Trama do Destino

Edson Fernandes

Porto de Idéias
EDITORA

São Paulo, 2010

TRAMA DO DESTINO

Edson Fernandes

Editor
Sebastião Haroldo de Freitas Corrêa Porto

Projeto Gráfico e Capa
Juliana Signal

Imagem da capa: *Mit dem Adler*, Paul Klee

Revisão
Silvana Pereira de Oliveira

Dados Internacionais de Catalogação na Publicação (CIP)
(Câmara Brasileira do Livro, SP, Brasil)

Fernandes, Edson
Trama do destino / Edson Fernandes. --
São Paulo : Porto de Idéias, 2010.,

ISBN 978-85-60434-77-0

1. Ficção brasileira I. Título.

10-05584
CDD-869.93

Índices para catálogo sistemático:
1. Ficção : Literatura brasileira 869.93

EDITORA PORTO DE IDEIAS LTDA.
Rua Pirapora, 287 - Vila Mariana
São Paulo - SP - 04008.060
Tel. (11) 3884-3814 - Fax (11) 3884-5426
portodeideias@portodeideias.com.br
www.portodeideias.com.br
twitter.com/portodeideias

Aos meus queridos pais Antonio Augusto Fernandes e Nair Espossa Fernandes, que me possibilitaram dar o primeiro passo, para cumprir o meu destino e me ensinaram, na simplicidade da vida a essência do amor como única forma de sabedoria.

Ao meu amor Margareth, os nossos destinos se cruzaram, quando eu bati a sua porta e você abriu o seu coração cheio de alegria, ali iniciou a convivência que fez nascer esta obra.

À Marly e Ivan, responsáveis da inspiração que só os amigos nos oferecem como em uma canção poética.

Aos tantos amigos e amigas que estão entrelaçados no centro do meu coração.

Às deusas e às mulheres que geram a vida e tramam nossas relações nos recônditos misteriosos do Universo.

A teia do Céu é infinita,
Suas malhas são largas,
E ninguém lhe escapa.

Tao

ÍNDICE

APRESENTAÇÃO

Muitos se perguntam - mesmo quem não acredita Nele - por que razão Deus atribuiu à mulher o privilégio de dar a vida a um novo ser, de ser a reprodutora da espécie humana, justamente ela que é tida como o sexo frágil, pelo seu corpo delicado, pela sua voz mais suave, pelas suas mãos e lábios menores. Colocar alguém no mundo, ainda mais neste mundo, não é nada fácil e, pela lógica, isso deveria ser atribuição para os homens, que têm físico forte, mãos e lábios maiores, vozes mais graves e de alto volume sonoro. Mas a lógica de Deus é diferente de todas as lógicas que Ele mesmo criou. Afinal, não é Ele quem escreve certo por linhas tortas?

Certamente, Deus atribuiu a maternidade às mulheres porque o ser que concebe outro ser e lhe oferece a vida, sente-se e torna-se responsável por ele. Colocados no mundo, esses seres buscam amor e abrigo desde as primeiras necessidades e desde os primeiros medos, perigos e obstáculos que têm que enfrentar. É no abraço dado por braços finos, é nos beijos e no sorriso de um lábio pequeno, é no colo de pequena proporção, é nas mãos delicadas, mas firmes, e, principalmente, é na alma feminina - enorme, generosa, iluminada - que todos os seres humanos encontram o amor e o abrigo de que tanto precisam. É na fragilidade, na doçura, na generosidade e na sabedoria da mulher - mãe, esposa, amante, irmã, amiga ou qualquer outro papel que ela desempenhe - que todos, até os homens mais fortes e seguros de si, encontram sua morada, seu porto seguro, o bálsamo para sua dura existência.

Dentre os papéis desempenhados por uma mulher, o de mãe é o que predomina, pois em todos os outros ele está presente; há um pacto entre as mulheres que a maioria até desconhece: elas cuidam dos filhos umas das outras, são unidas neste aspecto, mesmo quando são suas amantes, suas esposas, suas irmãs, suas amigas, pois os lábios que beijam e que dizem palavras doces, as mãos macias e delicadas que afagam, os braços que entrelaçam o peito são sempre daquele ser a quem Deus deu a sublime tarefa de dar a vida. Dar a vida em todas as situações da vida. E por que a mulher ? Porque essa fragilidade toda, essa doçura de alma, a transforma no mais forte e poderoso ser do planeta, principalmente quando aqueles a quem ela ama estão em risco ou estão sofrendo.

Mesmo nos momentos da História da humanidade em que o espaço social era monopólio dos homens, não são raros os episódios em que foram mulheres fortes e maravilhosas que tornaram possível a evolução, o engrandecimento e o sucesso de seus filhos, maridos ou irmãos, que ficaram famosos porque tiveram o seu apoio e sua orientação: ao lado (e não atrás) de um grande homem existe uma grande mulher, sendo que a segunda é a condição para o primeiro. Melhor: igualdade! Ela também não vive sem o homem, porque, sendo um ser de amor, precisa canalizar esse sentimento e destiná-lo a alguém: ao seu filho, mesmo que ele seja filho de outra.

Força feminina, alento feminino, sabedoria feminina, amor feminino são intensamente mostrados aqui, nesta Trama do Destino, por intermédio das características e das ações de personagens femininas que representam tudo que até agora foi dito sobre as mulheres nesta apresentação. Trama, substantivo também feminino, confeccionada por mulheres excepcionais, mentoras, guias e abrigos no/do destino de tantas pessoas.

A belíssima e sedutora Trama do Destino, de autoria de Edson Fernandes e narrada por alguém que teve suas rotas alteradas por fatos e por momentos de profundo sofrimento, como os das grandes guerras, mostra muito do aprendizado por que passaram as pessoas que os vivenciaram, ensinando às gerações vindouras a superação do sofrimento e a recompensa que receberam ao encontrar um novo destino, revendo aqueles que sequer sabiam que já haviam conhecido, conhecendo novos amores, novos amigos e se deparando com mistérios que são tão naturais, mas que a desconhecida força interior dos homens faz com que eles chamem de sobrenaturais. O melhor de tudo: sentir novamente o cheiro de pão numa mesa rodeada de entes queridos, que narram suas histórias e devolvem a todos a paz e a felicidade de uma rotina pacífica, em que o pão parece ainda mais cheiroso e os entes ainda mais queridos!

Trama do Destino é uma obra literária que contém aqueles ingredientes que provam que a arte imita a vida e que a vida imita a arte porque arte e vida são praticamente idênticas: amor, esperança, fé, mistério, superação, felicidade se contrapondo e vencendo no final das contas o ódio, o desespero, o ceticismo, o desconhecido, a fraqueza e a melancolia, mostrando que o melhor da vida só é verdadeiramente experimentado, muitas vezes, depois que o pior acontece. E que o melhor da vida está nas coisas e - principalmente - nas pessoas mais simples e próximas de nós.

O que leva o leitor a não querer parar sua leitura é a maneira como todos esses fatos e sentimentos são ordenadas na narrativa de Trama do Destino pelo narrador, que consegue falar ao leitor sobre coisas tão conhecidas dele de forma que pareçam tão novas e diferentes. A obra também é uma aula sobre Mitologia, Misticismo, História, Filosofia, Arte, Dramaturgia e, por si só, é uma aula magna sobre Literatura.

Trama do Destino é uma daquelas tramas que levam a distantes viagens no tempo e no espaço sem que se perca a referência do aqui e do agora, do "outro" e do "eu", algo que só uma obra de arte literária autêntica pode propiciar.

Todas as tramas da obra e até as que não são tramas, intermediadas pela presença de mulheres fascinantes, fortes, sábias, amorosas e por isso - até rimando - generosas, mostram que mulheres como elas são o melhor da obra divina porque Deus estava mulher quando criou o universo e tudo que dele faz parte de maneira tão bela e perfeita.

Bem-vindo a esse privilégio, leitor, que é saborear a delícia da leitura de Trama do Destino, pois, o que começa aparentemente com gosto meio amargo, termina de maneira tão doce que o leitor fica com gosto de "quero mais"!

Rosa Beloto

Capítulo 1 · O Destino Começa Aqui ·

SEGREDO DO DESTINO

14 de Janeiro de 2008 23h 31min

É tarde da noite. Chego à casa de praia. A pasta de trabalho é deixada na mesa do quarto. O relógio na parede marca o avanço do tempo. O inesperado sobressalta os costumes e rompe a rotina que me é familiar.

Vejo a vida jogando com dados viciados. Os erros se repetem. Vivo de perdas, desatento aos sinais. Tenho feito escolhas equivocadas que corrompem a vida. O caos controla a ordem dos acontecimentos, ainda assim as lembranças se espalham nos cantos da casa e duas verdades me surpreendem: a primeira foi um sopro de ar que insuflou as narinas e me fez nascer; e a segunda é que morrerei. Nesse instante me vi morto na cama.

O corpo esfria imerso num cubo de gelo. Adentro no túnel de névoa fria e atravesso a escuridão, uma cegueira alvacenta embaça a visão.

Abro um espaço com os dedos entre os vãos da persiana na janela do quarto. Observo a bruma erguida atrás das árvores, há uma coruja que pia ruidosa, acasalando no galho; o céu se cobre com uma manta escura, bordada por pontos luminosos; a cadeira de balanço na varanda é arrastada pelo vento; cavidades se abrem no mar, atrai a vida que repousa na areia; o sal salta a boca e a orla negra estica a praia, quebrando a linha divisória do oceano, enquanto uma carga perdida flutua isolada nas ondas à deriva. Tudo é movimento.

E quando algo além do meu alcance me toca, sou tomado por uma intensa imobilidade.

Deito na cama e observo o teto do quarto, acompanho o ventilador com os olhos girando. O calor é intenso e a respiração profunda. As pálpebras pesam. Suspiro de olhos fechados. Imagens surgem como paisagens passando em velocidade no vidro do automóvel.

De súbito irrompe o bizarro desejo de viver obcecadamente. Mas a morte é obcecada pela vida. Esbarro nos limites da existência. E enquanto espero por um telefonema, o destino cruza o meu caminho após tantos anos e me observa com ares de quem conhece o futuro.

Retomo a respiração e sou levado por uma estranha sensação ao escrever a primeira página deste livro...

Um clarão se abre. Sensações passam lentamente. Estirado nu na areia, apanho conchas do mar como uma criança brincando na praia.

Envolvida no halo de lúmen a lua brilha e ao lado vejo meu vulto se desenhar em contornos sombrios na escuridão.

A força da maré indica a chegada da madrugada. Nesta noite a vida é trazida aos suspiros. As águas arrebentam nas pedras, despertando um gigante adormecido. Uma libélula toca com suas asas o canto da minha boca, abro a mão e recebo o pouso excitado nos lampejos de luz.

De repente o relinchar de um cavalo explode a galope. As patas do animal soam forte no ritmo de uma marcha militar. Ponho-me de pé. O coração deste lugar bate como um tambor sob meus pés, a palpitação escapa da terra.

A luz da lua ilumina uma grande roda de carroça, arrancada de seu eixo, girando. O cavalo a persegue veloz. Afasto o corpo temeroso, arremesso-me para trás num só salto.

Enquanto a cena do corcel atrás da roda se desvanece, ouço alguém rir compulsivamente no mar. Olho ao redor e nada enxergo. Atiro o corpo nas águas e flutuo. Até que as ondas gigantes me arremessam ao infinito. Caio ao lado de uma menina de corpo franzino, boiando de vestido branco florido. Seguro sua mãozinha. Sinto medo!

A menina ri e fala com voz fina:

— Não tenha medo, ele é meu amigo.

— Quem é o seu amigo?

— O cavalo.

— Quem é você?

Ela continua rindo e repete sem cessar: "Não tenha medo. Não tenha medo".

Estou temeroso, a água é gélida e a escuridão toma o mar por completo. Digo exasperado:

— Vou salvar você!

— Você primeiro vai se salvar — ela responde, virando a cabeça de lado.

Sinto-me um pequeno peixe arrastado no ímpeto pelas mãos de Netuno, arremessado de um lado a outro. Até que surge um redemoinho e, como se o tridente do deus do mar me segurasse na ponta de uma lança, sou bruscamente atirado ao abismo. Meu corpo desaba vertiginosamente. Agarro firme na mão da menina. Fecho os olhos e peço a Deus que nos ajude. A força centrípeta traga nossos corpos. Seus dedos finos se soltam. Ela é rapidamente engolida no círculo brutal. Giro no movimento espiralado para o abismo abaixo dos pés em direção ao inferno.

As sensações são confusas e as imagens passam aceleradas na mente. Agito o corpo e respiro ofegante. Bebo água compulsivamente. Minha cabeça desce e sobe. Sou engolido pela boca salgada e levado até sua garganta mortal.

Grito incessantemente alto e rouco. A voz se esvai. Meu corpo padece.

Estico a cabeça e num impulso me atiro para o alto. Ouço uma música conhecida, observo uma tênue luz brilhar à frente...

INTIMIDADES

15 de Janeiro de 2008 09h33min

O celular toca. As luzes do quarto estão apagadas e a claridade da manhã penetra timidamente na janela. Entorpecido de sono não encontro o aparelho. Apalpo a mão sobre o criado-mudo, acidentalmente esbarro no abajur que cai no chão ao pé da cama. A lâmpada quebra.

Penso em silêncio: "Meu Deus, a casa está um caos, tem coisa espalhada prá tudo quanto é lado".

Ajeito o corpo atordoado, coloco as mãos na cabeça inundada de suor, o som estridente do telefone perturba meus sentidos tocando, tocando e tocando.

Exclamo impaciente: "Aparelho dos infernos, que não para de repetir essa musiqueta chata!".

O coração palpita como se fosse sair pela boca. Salto da cama. Por um momento, pensei que morria afogado no mar, ao segurar a mão de uma garotinha, sofrendo de acesso de riso.

Respiro profundamente no alvoroço da emoção, sem muita noção da realidade ao redor, tropeço no aparelho ao acaso ao pé da cama. Atendo-o com a voz rouca.

— Alô... Alô...

— Parabéns papai! Feliz Aniversário! Eu te amo. Muitos anos de vida.

— Olá Dora. Obrigado amor... Tudo bem? Amo você... E ai minha filha... – falei reticente sob o impacto do pesadelo.

— Você está bem? — indagou assustada ao ouvir as frases entrecortadas no desatino das ideias.

— Sim... Sim... Tudo bem... E você filha? Como vai?

— Estou com saudades. Quando a gente se vê? Estive pensando uma coisa. Veja o que você acha. Estou querendo...

A ligação cai. Não há sinal.

A manhã nasceu nublada com relâmpagos riscando o céu. A cabeça rodopia atordoada nas imagens do sonho: menina, cavalo, roda, lua, afogamento. Levo as costas da mão até a testa. Estou febril.

Por um instante pensei na minha filhinha de onze anos de idade caindo no mar e se afogando. Não suportaria que uma tragédia a abatesse. Dora é uma menina dócil e indefesa, pode sofrer a qualquer momento um acidente, o mundo está tão violento, que... Queria protegê-la, mas... E se algo grave acontecer... Meu Deus! O que farei? Preferia morrer ao vê-la em sofrimento.

Recomponho os sentidos e caminho em direção a janela, cambaleando. Abro a persiana, enquanto recordo os acontecimentos e as pessoas nos fragmentos de imagens que me alcançam. Algumas lembranças me vêm na forma amável, feitas de fotos e cartões eternos, que eu jamais esquecerei; outras amargas demais para serem lembradas como cicatrizes profundas que o tempo deixa.

Olho no espelho pendurado na parede e me surpreendo com as olheiras sob as pálpebras, os braços caídos ao longo do corpo e as unhas sujas e mal cuidadas. Pareço um moribundo pálido sem o lume dos olhos claros. Estou nu com os cabelos grisalhos desajeitados, a barba por fazer. Sinto como se carregasse um peso nas costas. Enxergo um olhar distante, daquele estranho que me vê no espelho.

Esse lado da face preso na sombra me faz lembrar que hoje é o meu primeiro aniversário sem família e amigos.

Houve uma época que não fazia sentido acordar com a casa despovoada, sem as festas que tanto me regozijei. Antigamente o mundo pintava o meu nascimento com balde de arco-íris no céu. Os cumprimentos começavam logo na manhã e terminavam ao anoitecer. Depois de alguns anos, descobri que esses dias são amargos, de nuvens negras e céu lúgubre.

Ainda que esteja com quarenta e cinco anos, sinto-me um menino atirado ao chão de bermuda e boné com as caixas de presentes abertas. Estou de insolência com a realidade, as lembranças me arremessam para trás. Giro no caleidoscópio do tempo, do vidro embaçado de meus óculos espio a vida no jogo de esconde-esconde, as lembranças fazem de mim um brinquedo. Balanço com fios presos aos membros e a cabeça, tornei-me uma marionete manipulada por fatalidades.

Abro a janela e coloco a cabeça para fora, a água inunda meus poros. Sou lavado até a última gota.

O pesadelo me arrasta nas sombras projetadas pelo medo. A estante de livros ao lado da parede me atraia como um ímã.

Com a cabeça fora da janela, lembro das pessoas que eu perdi ao amá-las e daquelas que me amaram e partiram. Recuo molhado aos pingos sobre o tapete, estendo a mão. Apanho um livro na estante e leio um poema. Sou arremessado às flores do mal. O poeta me espia no centro das sensações turbulentas, no êxtase atroz da morte e lança palavras como uma corda que agarro para salvar a minha alma exilada do resto do mundo. O pensamento me protege no esconderijo da razão. O excesso de palavras perturba a mente. Escuto minha voz murmurar frases sem nexo.

Cubro os olhos para não enxergar as fatalidades, não há lugares para onde olhar, estou acuado no cerco de lembranças, resvalo no pungente da memória.

Há noves meses atrás o destino escreveu minha história e eu não sabia...

FATALIDADES

Abril de 2007

Na agência de publicidade e propaganda, meus pensamentos flanavam, a atenção vagueava sobre a realidade além do meu redor. A noite mal começara e eu não conseguia sequer cumprir a rotina de trabalho. Assegurava-me que qualquer evento, por menor que fosse, não viesse furtar minha segurança, ainda que distraído naquele momento, mantinha a caneta levantada na direção da porta como uma espada, esperando que ninguém me arrancasse daquela rotina.

E para minha surpresa o imprevisível sobressaltou a estabilidade dos meus hábitos. Carlos Alberto abriu a porta da sala, chegou de braços abertos e sorriso largo, trazia a notícia aos berros que fechara uma grande conta para a empresa. Atuaríamos no mercado de alguns países na América Latina com novos escritórios de representação.

Meu sócio é um eminente estrategista comercial, além de carismático, tornou-se um líder nos negócios da comunicação, e, bem que me lembre, desde os velhos tempos da adolescência essa habilidade apontava evidências do seu futuro.

Nesse dia fez-me um convite, de nó folgado na gravata, iríamos ao café bar na esquina (local de intermináveis reuniões, confidências e desabafos), para comemorar o fechamento do novo negócio, sem hora prevista para sairmos.

Há alguns anos nos associamos e fundamos a agência de publicidade e propaganda. Afeiçoei-me tanto de sua amizade, que acabei lhe atribuindo uma designação especial com a alcunha de Cacá, muito mais por seu temperamento infantil do que pela redução de seu primeiro nome, nunca lhe revelei tal segredo.

Todavia, esse detalhe não interferia na divisão de responsabilidades na administração da empresa, enquanto ele realizava a captação de clientes no mercado e negociava com os veículos de comunicação, por minha vez criava as peças publicitárias e dirigia cinquenta e quatro funcionários de diferentes departamentos.

Cacá carregava uma vitalidade aos quarenta e oito anos, que lhe custava horas de academia, os cabelos tingidos de loiro e o sorriso aprazível faziam os ares de um homem sociável e de encanto ardil, mas quem o conheceu bem, sabia de suas manias de conquistas sem medir consequências com os negócios e principalmente com as mulheres.

Saímos apressados com os paletós jogados nas costas. Fechamos as salas e nos despedimos do vigilante, de passos lentos entramos no barzinho, que já da porta mostrava uma atmosfera dançante com muitas bebidas e barulho ensurdecedor de conversa e música ao vivo.

Tínhamos uma mesa cativa a nossa disposição em frente ao balcão principal, do lado extremo esquerdo do modesto palco, onde a banda de jazz tocava a todo vapor. Repleto de pessoas o lugar acumulava no corredor grupos que tomavam os copos ao ritmo da música, outros se encostavam a parede embaixo das fotos de Miles Davis, Billie Holiday, Duke Ellington, Ella Fitzgerald, Louis Armstrong, Aretha Franklin, Sarah Vaughan, Charlie Parker, Janis Joplin e Ray Charles. Percebi que essa noite seria típica, de passos dançantes, bebidas tomadas com prazer, encontros de casais e jogos sedutores no intervalo entre uma música e outra.

A banda jazzístico-bluesbom tocava canções antigas, enquanto os casais dançavam freneticamente e empurravam as mesas e cadeiras para os cantos, improvisando uma pista de dança no espaço que comprimia os corpos nos movimento de braços e pernas.

Bebíamos um pouco além da conta com os copos de whisky tilintados para o alto, ríamos como executivos triunfantes, deixando descuidadamente as gravatas caírem sobre as porções de salames e queijos, as costas se inclinavam nas cadeiras e os braços agitados para cima, serviam-nos de demonstração pública, de algum poder mantido sobre aquele território.

Cacá passava os olhos em cima das garotas disponíveis. Atento ao balcão principal observou duas mulheres fascinantes, balançando os ombros, e desprovidas de qualquer pudor, que nos olhavam abertamente com ares de caçadoras. Ao meu ouvido, ele sussurrava que aquilo acontecia desde o momento em que entramos. Não sei se a fantasia que lhe era peculiar provocava na mente a imaginação dos fatos ou se poderia considerar aquilo como um acontecimento real. De qualquer forma, ele recompôs o corpo na cadeira, acertou a gravata na gola da camisa branca e simulou arranjar os cabelos cheios de gel, em seguida convidou as duas mulheres com os braços estendidos para se sentarem à mesa. Mesmo inspirando simpatia, meu sócio é impulsionado por uma vaidade frívola de caráter presunçoso. Alguns indícios de insegurança cresceram depois de sua separação conjugal, o avanço da idade o colocou próximo dos sentimentos de solidão e futilidade, ele vivia nitidamente essa crise.

Há dois anos havia se habituado a viver de aventuras românticas. E aquela situação se mostrava favorável, ele flertava com a loira com um sorriso maroto, e a morena se insinuava para mim com olhares voluptuosos. Parecia um jogo entre a caça e o caçador, só que eu não tinha ideia de quem seria caçado naquela noite.

A loira tomou a iniciativa e se aproximou com a amiga. Cacá foi espalhando galanteios, levantou-se e as acomodou na cadeira como um verdadeiro gentleman. Dizia palavras lascivas com gestos insinuantes, demonstrava o afã de viver uma fantasia com os ingredientes de aventura, das técnicas de sedução, que me eram tão bem conhecidas por nossa amizade de longa data.

Quanto a mim, a vida conjugal tinha tomado outro caminho. Estava casado com Carmem há vinte anos com quem tive uma menina de onze anos e um menino de dezenove anos. Era verdade que atravessava também uma crise matrimonial, mas não me motivava nem um pouco trair minha mulher. Meus hábitos se estabeleceram diferentes, acabei optando em trabalhar excessivamente na agência, além de viajar a negócios; havia também o prazer em praticar longas caminhadas e exercitar-me na natação. Creio que tais atividades não apenas me preenchiam de satisfação, porém me serviam de válvula de escape para os problemas que só se agravavam. E para aumentar ainda mais nossas desavenças, Carmem frequentava encontros sociais com clientes do escritório de advocacia, onde se tornou diretora-sócia. Ela vem de família tradicional. Seus pais deixaram uma herança considerável, o que gerou um acúmulo no capital e um aumento da arrogância.

Para ser sincero, não sei se esse juízo de valores

poderia ser considerado a razão principal para a mudança do meu comportamento naquela noite. Simplesmente, aceitei meus instintos sem me digladiar com eles, deixei-me seduzir pela sensualidade da garota morena. E por gestos íntimos nos movíamos com palavras libidinosas durante o jogo de intenções veladas.

Ela lançou os olhos escuros penetrantes sobre minha expressão de garoto assustado. O cabelo longo e liso caía solto no delicado vestido verde decotado, que delineavam os rijos seios salientes, saltando da roupa, as coxas volumosas tocavam minhas pernas trêmulas. Sob o efeito da bebida os instintos me guiaram, foi quando ela me viu frágil, pronto a se romper, me sentia um animal acuado na caça, e sem hesitar, ela avançou seus lábios, e como uma felina beijou-me ardentemente, tirando-me qualquer chance de soltar o ar preso nos pulmões.

Não consegui controlar a inquietação que borbulhava nas veias. Dançávamos agarrados, de corpos enlaçados nas sombras da parede como animais se acossando desfeitos de quaisquer pudores.

Envolvido por beijos e carícias da mulher anônima, a imagem de Carmem veio do nada, carregada de culpa. Aquilo me provocou vertigens de tal modo que me perturbou a razão do espírito. Afastei a morena, empurrando-a, saí assustado e não me despedi. Carreguei comigo um véu vexatório, encerrado nas proibições morais da família de infidelidade ao tropeçar nas cadeiras.

Fiz o caminho de casa de imediato e cheguei com a postura dissimulada. Observei Carmem e Dora discutindo sentadas, acaloradamente, gesticulavam no desvario entre mãe e filha, pela simples razão de a menina usar a maquiagem que não era dela.

Minha mulher tem uma personalidade marcante, de tamanha energia moral, que provocou o meu afastamento da postura inexorável cultivada por ela durante tantos meses.

É estranho, que durante um período no casamento, demonstrava a delicadeza de uma garota meiga, que afagava meu rosto. E foi com o tempo que se tornou amarga e intolerante, quase irreconhecível. Antigamente havia algo de especial nela, os cabelos pretos curtos envolviam o rosto e o nariz fino em um véu de seda, e sem entender a razão, vi o seu semblante se fechando dentro de uma concha no fundo do mar, depois de tantos anos, sufocando a suavidade que tanto me atraía. Sua grande preocupação voltou-se em cuidar do corpo nos moldes das revistas especializadas em boa forma. Os olhos castanhos parecem saídos de um quadro de Georges La Tour, pena que ocultos na fumaça de uma vela que se apagou.

Enquanto a discussão entre ambas tomava conta no inferno de Dante, João Pedro estava fechado como sempre no seu quarto, ligado à internet, navegava no labirinto de sites musicais e filmes, dentro da gruta de salas de bate-papo, num mundo virtual, plugado aos seus amigos em sites e webcan. Há algum tempo um muro intransponível ergueu-se entre nós.

Fiquei parado atrás do sofá branco, ouvindo as duas no mais puro digladio das mulheres, que se esmeram na hegemonia de opiniões.

— Já falei várias vezes, Dora, você não tem o direito de usar o que não lhe pertence. Aquela maquiagem é minha e você acabou com tudo — Carmem falou com irritação.

— Mamãe, eu só usei um pouquinho. Não queria acabar com a maquiagem — disse de forma sedutora.

— O que importa não é o valor da maquiagem, filha, mas você deve aprender a pedir emprestado o que não é seu.

— Espera aí, mamãe, nada a ver, uma parte da maquiagem era minha, papai me deu o dinheiro.

— Você vai meter seu pai nessa discussão para ele lhe proteger como sempre faz?

Sentei-me ao lado de Dora, percebi que a menina estava aflita e cabisbaixa, as mãos apertadas e as unhas cravadas na carne como se pedisse socorro. Meu coração partiu ao meio.

Ela lembrava a doçura da minha avó e o comportamento consumista de Carmem, não tinha a mínima noção dos males que as compras em excesso faziam. Infelizmente se colocava alheia aos conflitos pertinentes a uma categoria universal, como: fome, miséria e desigualdade social. Esses itens não faziam parte do seu estilo de vida, como me disse em certa ocasião.

Usava a maquiagem e as roupas da mãe como se fosse uma mulher adulta, fez tanto regime desnecessário que parecia um palito andando em pé, quase contraiu anorexia. Planejava colocar em dois anos silicone nos seios — que mal tinham se formado —, botox daqui a cinco anos nas bochechas e deixaria os lábios carnudos com cirurgias. Isso dava arrepios, me indispunha com ela criticando tais escolhas. Acusava-me de ser um pai velho, sem senso estético.

Minha filha herdou uma força voluntariosa da mãe, pouco se importando em dizer em qual shopping iria com as amigas nas intermináveis horas de atualização dos lançamentos da moda. Entretanto, o rosto pueril de expressão singela, foi o suficiente para me enternecer. Dora tornou-se a minha princesinha.

Carmem percebeu minha intenção em proteger Dorinha, enrugou a testa, uniu as sobrancelhas, estremeceu os lábios e lançou um olhar calculado de ira, me intimidando. Naquele momento, lembrei do seu pescoço beijado por meus lábios tantas vezes. Amei aquela mulher em uma época da vida como nunca havia amado.

Subitamente avançou sobre mim e farejou o meu pescoço feito um cão treinado, afastou-se de sobressalto e ergueu a cabeça desconfiada. Fiquei imóvel, atento ao que viria. Houve um silêncio por alguns instantes, daqueles que a mulher faz com competência quando ela quer flagrar o homem de suas escapulidas. Nossos olhos se cruzaram como um duelo de espadas tocadas no ar. Bruscamente, sua voz irrompeu a fina partícula de átomos que nos separava e, em tom severo, produziu com veemência o impacto da voz ao criar uma reação em cadeia.

— Que cheiro é esse?

— Nada — respondi inocentemente.

— Isso é cheiro de mulher. Com quem você saiu?

— Saí com o Cacá pra comemorar a nova conta no barzinho próximo da agência.

— Dora, vá direto pro seu quarto, preciso ter uma conversa com o seu pai — falou com o dedo em riste.

Minha filha permaneceu imóvel, olhou-me com temores. Novamente Carmem repetiu a ordem como uma juíza indica ao acusado o banco dos réus. A menina se levantou e saiu correndo. Sempre achei que as pessoas vestidas com a capa da justiça julgam o outro e furtam o poder de alguém, para justificar as próprias fraquezas.

Ela parou com a mão na cintura e a ponta do pé batendo mecanicamente no chão, bufou o ar, apertou os olhos, quando sua mão subiu na minha direção, e falou aos berros: "Acha que sou idiota, chegando quietinho na minha casa com cheiro de outra mulher e ainda misturado com bebida?".

Não suportei aquele desafio, empurrei-a para o sofá, ela caiu sentada, com expressão cínica de quem foi brutalmente agredida. O sangue subiu a minha cabeça, joguei contra ela o seu lado de advogada executiva, que havia sufocado a sua sensibilidade feminina e a transformara em alguém intransigente e amarga, além de não possuir as noções básicas de educação dos filhos, só dava atenção aos clientes e às festinhas sociais. A voz denunciava a embriaguez, que apesar de inconsequente, me dera forças para enfrentá-la.

Inesperadamente, João Pedro abriu a porta do quarto, parou diante de nós e berrou alterado:

— Parem! Não aguento mais essa merda.

Em seguida deu as costas, fechou os punhos e bateu a porta, sem medir forças desmontou a fechadura em um golpe. Pedro morava em uma redoma de vidro, que ninguém ousava penetrar; o cabelo e o tamanho cresceram, a responsabilidade não. O jeito desleixado de se vestir lembrava as coisas jogadas pela casa sem nenhum cuidado, suas explosões não eram incomuns. De comportamento retraído, cobria o rosto com os longos cabelos; recentemente havia colocado duas argolas no nariz, um metal atravessado na orelha direita, e decidira usar uma maquiagem cinza em baixo das pálpebras. Vestia uma roupa escura com casacão comprido, fizesse frio ou calor, além de um dragão tatuado no braço, dava a impressão de quem acabara de sair de uma visita ao cemitério. A nossa distância foi feita de infinitas diferenças e diálogos impensados.

Olhei Carmem ao meu lado com a cabeça baixa, soluçando. Bati os punhos cerrados na mesa, sem imaginar exatamente o impacto que aquelas palavras provocariam. "Sinto que esse menino não é meu filho. Não sei de onde veio".

Ela virou-se para mim, tomou impulso e me acertou com uma bofetada. Então, retomou o fôlego e com uma tacada seca e direta, daquelas que você arremessa uma bola de bilhar na mesa, falou aos berros: "Quero o Divórcio!"

Não lhe dei atenção, arrumei os cabelos amassados e fui me desculpando de maneira automática, habituado as nossas brigas frequentes. E como se uma bomba estivesse em suas mãos, ela jogou-a no meu colo de uma vez, confessou que estava apaixonada por outro homem. Caí sentado na poltrona, apertando seu braço, deixando as marcas dos meus dedos. Aquilo me transtornou de ira, perguntei bramindo o nome do cafajeste. As vísceras saíram pela boca.

Carmem virou as costas com indiferença e nada respondeu. Exigi novamente o nome do pusilânime poltrão e desde quando esse caso ignóbil acontecia. Ela postou-se diante da porta do nosso quarto, e, como quem bateu o martelo no tribunal ao final de um julgamento, falou sem nenhum ar de culpa: "Assunto encerrado!".

Deu dois passos para frente e encostou os papéis do divórcio no meu nariz, alegou friamente que a culpa de tudo era minha e o advogado do escritório iria me procurar na próxima semana, portando os documentos da separação.

Retruquei em não aceitar o divórcio. O amor que dediquei àquela família não me permitia presenciar o fim do casamento. Nunca deixei faltar nada naquela casa e estava certo de que as diferenças existem entre os casais. Mantive minha posição inflexível como um defensor da causa familiar.

Porém, Carmem foi incisiva, exigia a separação e a divisão dos bens. O desespero de ver o casamento ruir e a sensação de traição tomaram conta de mim. Saí chutando e esmurrando a porta do quarto, imaginando que aquilo fosse um blefe dela para me vencer.

Todavia, nada aconteceu durante duas horas, até que ela veio ao meu encontro. Por um instante nasceu uma ponta de esperança, que não durou mais do que um suspiro; arremessou algumas das minhas roupas no chão com total indiferença, bateu a porta do quarto e trancou a fechadura.

O mundo desabou em cima da minha cabeça, os olhos lacrimejaram. Caí ajoelhado como se uma faca me apunhalasse as costas.

Desmoronei na mixórdia de camisas, cintos, calças, sapatos e ternos. Encostei-me na parede. Minha filha saiu do quarto com o ursinho na mão em prantos.

Fiquei imobilizado. Naquela noite a nossa história havia terminado. Percebi que não perdia apenas o casamento, mas o amor, a minha pequena Dora e o respeito, quanto a João Pedro não faria nenhuma diferença. Talvez fosse até um alívio ao seu espírito.

A garganta deu um nó, me sufocou, fiquei alguns segundo sem ar. Solucei horas de lágrimas vertidas. No mesmo instante me perguntei. Como recomeçar se prosternou a estrutura de uma vida?

Sozinho e longe daquilo que um dia fora uma família, parti sem as pessoas que amei. Teria de encontrar forças para me levantar, seguir adiante, sem saber por onde começar.

A CARTA

15 de Janeiro de 2008

Ouço a tempestade lançar-se com pingos grossos contra o vidro da janela. O vento bate a porta dos fundos na cozinha.

As artérias estão inchadas. As lembranças explodem na minha cabeça. Algo se rompeu. Átomos se fragmentam. Espalham dores. O que restou? A solidão. O desalento. Nada.

Carmem e eu estamos sem manter qualquer contato desde o divórcio. A traição causou-me aleijão moral. Deixei de pensar nela e perdi o valor aos seus olhos. No início da paixão líamos poesia, abraçávamos ternamente, lançávamos as pontas dos dedos nos lábios; a maciez da pele, a curva da boca, a taça de vinho depositada no chão excitava os íntimos desejos. Aplacava os sentimentos exilados na alcova do meu quarto, pensava em seus olhos me penetrando como lâminas afiadas. Arrisquei meus sonhos por aquela paixão. Fui cortado por palavras que dilaceram. Acumulei cicatrizes.

Quando ainda éramos jovens, Cacá era seu amigo, comentei meus desejos por ela. Bastou demonstrar o mínimo interesse, e ele não pensou duas vezes, criou uma sequência de situações de encontros entre Carmem e eu, o que nos levou ao casamento. Durante os sete primeiros anos, a felicidade seguiu seus passos, mas sem que notássemos, nos perdemos como se um veneno fosse destilando em nossa rotina. Passávamos de um cômodo a outro nos esquivando, os olhares tornaram-se automáticos, os abraços ficaram reservados apenas para as festas de Natal e os aniversários.

Refugiei-me no trabalho para escapar do fracasso daquela família, Carmem se distanciou, tornou-se frígida.

Descobri que há dois meses ela e o meu sócio se encontravam. Morri de cólera e o compeli a se explicar. Fiquei intrigado se realmente estavam de caso. Ele negou prontamente com argumentos que não faria uma coisa dessas comigo. Carmem havia se apaixonado por um homem, o qual Cacá não conhecia, ela procurava nele um ombro amigo, um protetor, temia o futuro. A insegurança me rodeava, parecia como uma mosca girando em volta de um torrão de açúcar. Aquela desculpa não era convincente. Fiquei afastado dele por muito tempo e deixei de frequentar a casa de minha ex-mulher. Lamentei a distância de Dora, cobria-me de dor a imensa ferida, cuja íntegra parte da vida havia desvanecido.

Mas, o pior era imaginá-la com outro homem.

Por que a separação aconteceu? Afinal, fiquei casado tantos anos, e de uma hora para outra fui traído. Seria destino?

Não irei negar meu livre arbítrio só porque dizem por aí que tudo o que não explicamos ou deixamos de entender é obra do destino. Essa ideia me enfurece, principalmente depois da traição.

Desde pequeno aprendi o preço da liberdade, que me custou horas ouvindo as histórias do meu pai sobre sua fuga na Europa durante a Segunda Guerra Mundial. E posso garantir que o problema que hoje atravesso pouco se compara ao infortúnio de papai.

De uns dias para cá, pessoas que eu nem conheço falam com alguma relativa frequência do destino, reiteram histórias próximas da minha, algumas são trágicas e até abrandam meu desânimo; há aquelas que vêm me consolar, dizendo que se aconteceu é porque tinha de acontecer ou Deus escreve certo por linhas tortas. Torto estava eu, que nem pensar direito conseguia.

O que é esse destino que tanto se fala aos quatro ventos? Quem criou essa ideia de destino?

Se é que o destino vem com as falhas humanas, então a ignorância serve de alento sobre aquilo que ele pouco justifica aos homens.

Meus os olhos se distraem e voltam-se ao canteiro de flores no jardim. Conto os passos da porta até o mar todos os dias. A casa na praia serviu-me de conforto, adaptei-me a uma solução provisória, que o problema da separação havia me submetido. Mudei mais rapidamente do que esperava, pintei as paredes de branco, iluminei os ambientes e abri as janelas. A casa me deu o perfume das flores e o sol das manhãs. Há uma pequena cozinha, que pouco uso, o closet guarda roupas separadas de algumas peças de natação e de caminhadas que me habituei a fazer ao amanhecer. O banheiro ainda é o meu lugar predileto, deito na banheira e ouço música, me sinto um bebê no ventre da mãe. No quarto há uma estante de livros atrás da cama, ao lado da janela guardo poemas, discos, filmes, coleções e algumas obras ainda não lidas. A televisão está no alto da parede com o DVD, meus pensamentos me distraem, esqueço de acompanhar os filmes. Há um computador sobre a mesa de trabalho, no qual crio os projetos para a agência, algumas fotos dos meus filhos ficam ao lado da cabeceira da cama e o sofá branco está próximo da janela. Os objetos estão espalhados sobre a cômoda, atrás do sofá há um enorme tapete vermelho que cobre toda a extensão do quarto. Na parede ao lado da mesa de trabalho estão penduradas três reproduções dos quadros de Kandinsky, iluminadas por uma luz artificial vinda do teto. Procuro manter o essencial, sem exageros. Antes vivia o excesso que a vida exige e nada dá em troca.

As lembranças invadem minha casa. De repente, ouço o barulho de um livro caindo da estante, volto o corpo com agilidade e o apanho do chão, imediatamente o reconheço: pertencia a minha avó. Jamais o abri. Reviro algumas páginas soltas e amareladas, marcadas pelas traças. O tempo o consumiu, da mesma maneira que faz impiedosamente com tudo. Escrito em castelhano, trazia o título Señoras del Tiempo. No seu interior encontro uma carta, que escorrega entre minhas pernas, a tomo em um rápido reflexo e caminho até o sofá com a página despedaçada entre os dedos.

Datava de alguns meses após o fim da Segunda Guerra Mundial. Escrita em húngaro, ressaltava as manchas espalhadas nas pontuações ao final das sentenças. Uma leve marca de dedo feita de restos de tinta no canto superior direito do papel lembrava uma digital de identidade. A letra suave e arredondada criava um sutil movimento nas palavras e frases que dançavam no tempo. Por sorte papai me ensinou a língua húngara na infância durante as intermináveis noites nos fins de semana. Ele trouxe o livro de gramática, o dicionário e alguns sonhos na bagagem. Apesar do meu parco contato com sua cultura, eu lia bem em húngaro.

A carta endereçada ao meu avô e trazia um tom delicado nas primeiras linhas.

Brasil, primavera de 1946.

Meu amado,

Parti sem você, para um mundo que eu ainda não conheço, estou com as nossas crianças e a esperança de vê-lo um dia. O destino nos levou através do mundo e agradeço a Deus a ajuda recebida. Fugimos de um canto a outro, entre países desconhecidos, enfrentamos perigo, fome e miséria. A destruição e a desumanidade encontradas na viagem ainda doem na alma, clamo a paz para as famílias viverem juntas, longe das doenças da guerra.

Sinto sua falta meu querido, eu não sei se você ainda continua vivo. E com a ajuda de Deus e das fiandeiras, as Senhoras do Destino, será revelado se a minha esperança tem motivo de existir no coração, ainda apertado de sofrimento de sua ausência. As crianças estão bem, mas assustadas, a guerra e a violência são armas para o fim de qualquer resíduo de inocência dos nossos pequenos.

Tenho lutado, meu amado, como Don Quixote enfrentou os moinhos de vento e Ulisses foi ao mar destruir as bestas marítimas. A guerra e a ganância dos governos nos separaram, mas a esperança não pode ser abalada na frieza da ignorância. Os corações daqueles que ainda acreditam no amor entrelaça nosso encontro, mesmo que eu saiba que a distância torna você, meu amado, mais presente do que nunca, imaginando-o agarrado aos meus braços durante a noite.

Por um milagre escapamos da morte, ocultos no caminhão carregado de sementes de trigo, o mesmo que saiu de Budapeste rumo à casa de Eleonora, na cidade de Szombathely. Foi por Deus que nos salvamos, havia uma mão divina entre nós e os soldados.

Fomos acolhidos por muitos lugares por onde passamos, mas no Deserto de Atacama, no Chile, próximo ao povoado de San Pedro, a dez quilômetros do Vale da Morte, permanecemos por dois meses na casa de tecelagem que pertencia a uma jovem herdeira de sua falecida mãe.

A garota misteriosa foi gentil, ela parecia mais uma mulher madura e experiente, inexplicavelmente sabia da nossa trajetória de refugiados na Europa. Foi um anjo que veio do céu, abriu a porta de casa e nos ajudou.

Foi naquele lugar árido e estranho, em que o silêncio é o maior ruído ouvido a uma distância infinita, que ela me mostrou o poder do destino, a verdade das deusas fiandeiras, Senhoras do Tempo. Levou-me ao atelier para encontrar três senhoras, que trabalhavam incansavelmente cobertas por mantos negros.

Hoje sei que as fiandeiras tecem nosso destino, e na bênção dessas senhoras, nós sobrevivemos.

Humildemente peço a elas, que o manto sagrado tecido cubra de felicidade a nossa família e, acima de tudo, que você meu amor viva em paz para um dia se deitar ao meu lado e sonharmos com um mundo melhor.

Com todo o amor que nos uniu me despeço para encontrá-lo,

Eternamente sua Anna.

Meu corpo é tomado de arrepios, as pernas tremem, não sinto os pés tocarem o chão. A carta da minha avó esquecida em um livro velho na estante, corrompido por traças. Por que papai nunca mencionou San Pedro de Atacama no Chile?

Lembro dele contando a história arrebatadora de sua família como refugiados da Hungria. Atravessaram momentos de luta para chegarem vivos ao Brasil, passaram por cidades bombardeadas e correram risco de morte. As dificuldades de sobrevivência e as retaliações étnicas tinham sido disseminadas na Europa. Contudo, o que eu não sabia é que eles estiveram no Deserto de Atacama e conheceram essas senhoras misteriosas.

O que teria acontecido? Chegaram por engano ao Chile ou foram forçados a seguirem pelo deserto, dada as pressões que a guerra exerce sobre os refugiados?

Mas, que ideia sem sentido é essa de Senhoras do Tempo. Minha avó não inventaria esse delírio! Com certeza deve haver alguma explicação. Por que papai jamais relatou essa passagem insólita?

Alguma coisa me remetia a uma ideia assombrosa de deusas do destino na mitologia, senhoras vestidas de manto negro ou mulheres do tempo, talvez... Ou poderia ser outra coisa.

E se aquela carta fosse um código para o meu avô, que era um militar na Hungria? Ou seria uma proposta de mudança em busca de refúgio? Só que não fazia sentido ir à região mais árida do planeta, depois de passar por lugares devastados durante a guerra. A não ser que o desespero os levasse ao deserto como um alívio para as almas aflitas. O que havia de tão especial no Atacama?

Capítulo 2 · Fuga e Destino

MEMÓRIAS

Segurei a carta, saltando no tempo. Imaginei Ivan, meu papai, contando sua longa jornada de fuga através das cidades na Europa, ao passar pelos infortúnios da guerra.

A maneira audaz de se entregar à fé e à esperança como única forma de sobreviver, me tocava como um acorde musical paralisava os ouvintes atônitos num auditório. O olho espiralado do tempo me puxava para um buraco cavado na memória.

Quando criança, os detalhes da história não me escapavam, ficava atento sem perceber o barulho do antigo relógio de parede bater as horas. Acompanhava as narrativas ao som dos estalos da madeira acesa na lareira da sala. Papai apanhava o cachimbo e o fumo de hortelã ou alfazema e usava o perfume predileto de jasmim, sabia que naquela noite contaria sua história. Ele erguia a cabeça, falava com a voz que soava como um trovão, com o cachimbo no canto da boca dava uma baforada para cima, preenchia a sala de fumaça e me olhava sobre os óculos caídos.

Dizia que a guerra mudou o seu destino e desde criança aprendeu a sobreviver aos horrores da morte, e, por mais tempo que isso tenha acontecido, as marcas de desumanidade, miséria, violência e humilhação permaneceram intactas em sua memória.

Na sala de estar, eu abria o álbum de fotografia da família sobre o móvel, olhava as fotos dele com a vovó e o vovô na porta da igreja aos domingos em Budapeste; do tio Antal, irmão do meu pai, passeando nas ruas e nas praças da cidade; da tia Eleonora, dançando polca durante as festas, da alegria dos amigos reunidos com a família nos fins de semana, da bela arquitetura da cidade antes dos bombardeios. Era inimaginável romper com vidas tão delicadas de pessoas dignas, deixando para trás seus lares, sofrendo as violações físicas e morais. Carregavam as malas arrastadas ao chão, as órbitas escuras e as costas curvadas, ainda que famintos, se refugiavam nos hospitais, escolas, porões, igrejas e abrigos. Buscavam um meio de transporte para escaparem e caso houvesse comida e um canto seguro para dormir, esse seria considerado um dia de sorte. A paz se tornara impossível de existir.

A família do meu pai abandonou a casa, perdeu os bens e a vida do meu avô. A situação em Budapeste estava grave, a escola de Ivan fora destruída, não havia igrejas para o alento do espírito, o trabalho era escasso e o caos tomara conta da cidade. As crianças brincavam nas ruas vigiadas por mães inseguras, as marchas dos soldados assustavam aos pequenos, que corriam imediatamente para as casas. Minha avó reunia a família na mesa de jantar, racionava o alimento e a água. Todavia, procurava manter a dignidade com as poucas roupas asseadas que havia restado.

Papai me dizia que naquela época, a Europa atravessava uma das mais temidas violências da história. Nada se comparava ao terror de ataques frequentes tanto por terra como por ar, tiros e explosões de granadas, barricadas bloqueando as ruas, aviões carregados de bombas incendiárias, batalhão de fuzilamento à luz do dia, civis enfiados nos abrigos antiaéreos, infantarias do exército combatendo em quaisquer condições de tempo. As comunicações frequentemente eram cortadas, a luz elétrica desligada e os sons ensurdecedores das sirenes anunciavam os ataques, provocando o terror na cidade. Era impossível seguir uma vida ou imaginar o trágico fim que a guerra reservaria aos sobreviventes. Muitos deles perderam parentes, amigos, sofreram mutilações no corpo e danos mentais.

Escapar sempre era um risco, os caminhos eram perigosos, não havia segurança e tão pouco alimento. Ao fugirem, se escondiam nas cabanas da mata, corriam os riscos de sofrerem ataques militares nas trilhas. As doenças eram muitas e o cansaço vencia aos errantes refugiados caídos nas estradas.

Se por um lado cresci ouvindo os horrores da guerra, por outro, papai fazia questão de ressaltar a história dos sobreviventes se movendo dignamente, amando a vida com uma ilustre intrepidez, na defesa da autoridade moral, do respeito e decência humana, e, apesar de serem aviltados, lutavam com brio, respeitando os mais velhos e o decoro às mulheres, sem esquecer-se dos jovens educados e a deferência dos idosos.

Certa vez ele me disse que nas horas de crise, sempre há a oportunidade de recuperar a identidade esquecida nas origens familiares e qualquer recordação, por menor que seja, deveria começar com as pessoas que amamos. É uma bênção lembrar-se daqueles que nos amaram mesmo na ausência. Tenho pensado em papai, sinto como se ele estivesse ao meu lado, abotoando o paletó, me olhando com atenção delicada, e eu estirado no sofá, de corpo franzino, agarrado a uma almofada com dez anos de idade. Nos momentos que passei ao seu lado quando criança, da maneira como ele ensinou-me o respeito construindo o amor.

Quando o passado vem a mim, parece que há uma explosão de ondas se chocando, as lembranças respingam imagens, é como se o mar abrisse a janela do tempo, as marés espiam-me o íntimo.

Minha educação na infância foi severa, feita dos costumes da Europa Central. Papai dizia com voz veemente: "Seja ordenado. Pense antes de agir. Não demonstre fraquezas". Tinha a sensação de que a guerra o tornou mais disciplinado do que deveria.

A postura de comportamento húngaro com influência germânica era bem conhecida, mas não posso esquecer-me do seu extremo afago e o amparo que recebi nos momentos mais difíceis. Quando mamãe falecera no dia do meu aniversário de cinco anos, ela esperava o meu irmãozinho nascer, mas o bebê não veio ao mundo, uma terrível doença os levou embora, sem que pudéssemos fazer nada. Ela nasceu da Transilvânia, conheceu papai no Brasil anos depois de deixar sua cidade. Era uma mulher ansiosa, de temperamento inquieto, sofria de ataques nervosos; o médico dizia que era por causa da guerra. Quando não estava alterada, o que lhe provocava um nervosismo incontrolável, mamãe brincava comigo como se fosse uma criança. Lembro que corríamos no parque e andávamos de bicicleta, depois nos abraçávamos dançando na sala. Quando ela faleceu, precipitei-me ao desespero, abriram feridas que jamais cicatrizaram. Meu pai foi tomado de uma dor, só conhecida no período da guerra; fechou as portas e janelas, vestiu preto e chorou dias seguidos.

Havia madrugadas que eu saía da cama e ouvia música na caixinha de joias de mamãe, com uma minúscula bailarina rodando, tinha sido um presente do amor de papai para ela, ainda hoje a guardo em uma caixa de papelão fechada. Depois de semanas de luto, meu pai abriu as portas e janelas, tirou a roupa preta e sentou-se ao meu lado, explicou que minha mãe havia partido para um jardim luminoso. Acho que ele não suportava mais viver o pesar e decidira consolar-me da dor.

Vejo claramente a imagem de Ivan como o homem mais vaidoso que conheci. Tinha um estilo elegante, a camisa azul clara passada com afinco, abotoada no colarinho, as mangas compridas fechadas até o punho por duas abotoadoras prateadas, um fino paletó escuro, a calça preta de bom corte, os sapatos lustrados e as meias combinando com o cinto de couro. Era alto e magro, trazia os ares de alguém culto, os olhos azuis, o bigode escuro aparado no tom de seu cabelo curto, castanho claro, e o rosto comprido de expressão delgada, como um fio de seda esbranquiçado. Durante a narrativa na fuga da família, fazia gestos graciosos com as mãos dançando na sala em movimentos arredondados. A voz preenchia o espaço como música, cruzava as pernas e mantinha o ar sereno, suavizava o relato dramático do que viria.

Lamentei saber que ficamos sozinhos na família. O tio Antal foi morar na Austrália com endereço desconhecido. Ele parecia um itinerante, vivia de país em país sem conseguir se estabilizar. A tia-avó Eleonora retornou à Hungria após a guerra e lá se estabeleceu. A família era pequena, mas emaranhada entre tantas histórias.

Passei momentos felizes ao lado de papai, mas a vida lança golpes irrefletidos sobre nós e destrói a solidez das intimidades, nos deixando brutalmente sem o amor de um dia para o outro. E em uma manhã ele não estava mais comigo. Fiquei aos pedaços. Sofri como nunca. Algo se rompeu. O coração se partiu ao meio.

Essas recordações me dilaceram a alma. Prefiro o esquecimento da dolente lembrança da partida que me cobre de lúgubre do que trazer à memória a dor, obscurecendo o centro do meu céu exultado por eles.

Neste momento, mantenho as forças que ainda me restam, me apego às imagens da infância, que me preencheram de júbilo. Naqueles tempos convivi com alguns amigos, e aprendi a escolher em quem poderia confiar. Papai me dizia que confiar sempre era um risco e como um menino tímido ficava com o rosto ruborizado ao enfrentar a sala de aula na escola durante os exercícios no quadro negro. O temperamento calmo não ocultava o meu acanhamento, o que me tornou arredio a qualquer ameaça. Ergui muros de proteção contra as pessoas indesejáveis como a diretora da escola, onde estudava. Fui de uma idiossincrasia reservada. Se por um lado essa timidez foi-me uma marca, por outro cultivei a irreverência.

Certa vez não parava de conversar na aula, ironizava Dona Judite, a diretora; falava e andava como ela, imitando seu modo autoritário. Era uma senhora de cara fechada e feição rígida, corpo volumoso, com um jaleco branco abotoado até o pescoço, adorava andar com uma régua batendo na palma da mão. Confesso que a expus na sala com alguma competência, os colegas não paravam de rir, a professora sentada à minha frente ficou irascível com a indisciplina, ordenou de imediato que me levantasse e não praticasse qualquer movimento até o sinal tocar. Fiquei parecido com uma estátua de corpo congelado. Cobri o rosto de vergonha. Desejei ser uma avestruz e meter a cabeça na terra, mas nunca me arrependi de mostrar a face tirânica daquela mulher. Apesar desse incidente, fui um aluno com boas notas, mesmo porque papai corrigia as lições ao chegar da alfaiataria e supervisionava meu desempenho ao lado da diretora geral. Havia um pacto feito entre ele e a Dona Judite, era o de levar a minha educação com mão de ferro e se eu não cumprisse com as obrigações escolares, ele me trancava no quarto até decorar a lição.

E foi naquela época, na escola, quando conheci a crueldade dos meninos maiores. Eles me empurravam nos cantos do pátio no colégio com um sorriso nefasto no rosto, se regozijavam em me machucar, falavam que homem não chorava, e seu eu abrisse a boca, eles gritavam: "Marica, marica, marica". Tinha de aguentar a dor do braço torcido com lágrimas secas. Uma vez perdi a paciência e sentei a mão no rosto de um garoto, que dizia ser o dono da rua.

Fiquei três dias de suspensão na escola. Papai nunca levantou um dedo para me bater, mas me dava castigos. Nesse dia fiquei trancado no quarto, decorando a tabuada de matemática e o livro da Segunda Guerra Mundial. Um dia pensei que ele se esquecera de dar a ordem da minha saída daquela prisão domiciliar. No terceiro dia contado ele enfiou a chave na porta e me libertou, disse em tom alto: "Você é um bom menino, deve usar a cabeça para não sofrer". Sai em silêncio do quarto e fui obrigado a pedir desculpas a Dona Judite. Por sorte trazia uma queda natural para os estudos, o que não configurou o castigo de todo cruel como poderia parecer.

Depois da minha liberdade anunciada, passei a buscar abrigo nas obras de arte, na beleza das produções estéticas dos livros que eu encontrava na biblioteca dele. Foi-me a companhia ideal nos dias solitários.

Havia também o prazer de frequentar o clube perto de casa. Cumpria um ritual após sair do colégio, caminhava longamente sozinho e tomava o lanche de queijo com tomate e salada, o suco de laranja natural e uma maçã. Sentava no banco da praça e fazia a refeição, depois corria ao vestuário do clube, colocava a roupa de banho e me atirava na piscina. Passava horas nadando no refúgio submerso das águas, abaixo da perversidade do mundo. Finalmente, retornava a casa, não utilizando caminhos rotineiros, preferia pirambeiras e morros, no jeito de um pequeno aventureiro, me orgulhava em dominar os atalhos descobertos. Fazia mapas no rascunho do caderno durante as aulas, a professora descobriu e me repreendeu ao encontrar linhas, retas, curvas e perspectivas traçadas das ruas do meu bairro, ao invés da lição. Recheou o boletim de advertências, que naquela altura contava com poucas folhas em branco; e ainda para completar as transgressões assinei com a letra de papai todos os aterrorizantes "Comunicados aos Pais", que recebi. Depois escondia a caderneta escolar embaixo do meu colchão, que ele nem desconfiava.

Lembro que havia livros marcados por meu pai na biblioteca de casa, prontos para minhas leituras. Passei por tanta chamada oral, que desenvolvi uma memória do tamanho de elefante. Reclamava, sussurrando durante as noites, sobre a forma austera que foi feita minha educação, mas de nada adiantava, estudar era a prioridade de minha vida para Ivan.

Na adolescência descobri a arte de desenhar paisagens e retratos. Talvez por influência do meu tio, agarrava as dimensões do espaço só de ver o nada que me olhava de volta, e com os ânimos acesos fazia os traços na última página em branco dos livros, quase todos elaborados com afinco. Depois, me aventurei a escrever poesia, muito mais por ser fisgado pelas palavras como um peixe faminto preso ao anzol do que um talento natural que poderia surgir, e que de fato mostrou minha inépcia para ser um poeta. Valeu-me mesmo foi vencer o acanhamento com as garotas, cujos escritos singelos eram-lhes dedicados. Confesso que o mesmo ímpeto que as idealizava não foi colocado na atitude intrépida de pedi-las para namorar, as meninas até que gostavam e se sentiam cortejadas, mas no instante em que abria a boca para fazer referências à arte ou literatura, retiradas das obras lidas, elas sumiam e eu não entendia a razão. Convidei certa vez uma amiga para ir comigo ao museu assistir uma palestra sobre História da Arte. Fiquei plantado duas horas e ela não apareceu. Conclui que essa não era a melhor estratégia. Precisava conhecer o segredo das garotas, surgiu uma ideia perfeita, pediria ajuda ao Cacá, famoso no exercício de seduzir.

Apesar de todas as precauções de relacionamentos, ainda assim mantive com ele durante anos os laços de amizade. Foi meu único amigo. Fizemos até um pacto de irmãos, daqueles em que os meninos usam os punhos. Enquanto eu passava a cola das provas e fazia a lição, ele arrumava as meninas para sairmos. Depois de alguns anos frequentamos a faculdade e como era de costume os trabalhos ficavam por minha conta e ele armava os encontros. E num desses encontros conheci Carmem, que viria a ser a mãe dos meus filhos. Quando a levei pela primeira vez a minha casa, a apresentei ao meu pai. Percebi que tive uma péssima ideia, ele não parava de falar de casamento, festa e netos, parecia até que viria a ser o noivo. Quando nasceu meu primeiro filho, chorou feliz durante uma semana. Já no nascimento de Dora, ele havia partido desta vida.

Apesar de tantas lembranças que carrego, as histórias de refugiados da Segunda Guerra foram as que marcaram a minha infância, posso recordá-las detalhadamente ou, ao menos, o que imagino lembrar, e sem qualquer tipo de controle, elas se misturam na mente. Alguns fatos podem ser criados pela necessidade de evitar que o vínculo com o passado não se perca, outros surgem com absoluta precisão e, como as lavas de um vulcão, descem a montanha da memória. Tudo o que recordo, me é certo sobre a verdade, atravessa o tempo na forma de imagens, o que é relevante se consolida no que eu acredito e não me importo se existem equívocos, sigo as sensações. Os fatos me tocam profundamente, fazem-me sentir inteiro de alma.

De qualquer modo, tenho parte das histórias na memória feitas de fatos e a outra como as imagino. A verdade se tornou aquilo que acredito ser.

Na casa de praia, diante da janela do quarto, olho os barcos navegarem sob a tempestade, em um repente sinto que as lembranças serão mais longas do que a vida.

A FUGA

Ano de 1944 Preparativos da Fuga

Minha avó Anna batizou papai com o nome de Ivan na igreja do padre Mircea, seu confidente. Semanalmente ela o convidava para alguns almoços nos dias das orientações espirituais e reunia a família ao redor da mesa durante as orações e os longos discursos da incansável moralidade cristã. Papai tinha completado doze anos naquela época, e seguia à risca as crenças de sua mãe. Já meu avô não dava atenção a esses assuntos, comia de modo rude, feito um cavalo, talvez para sair das vistas do pároco, que tinha os óculos grossos e a voz mansa, de idade avançada, às vezes parecia ter desperto a senilidade de suas frases soltas sem muito nexo e passagens bíblicas frequentemente esquecidas.

Antal era o filho mais velho, havia completado dezesseis anos e, segundo meu pai, era um pouco relapso das obrigações religiosas. Quando o padre começava as orações, fazia um cacoete de subir e descer as sobrancelhas, Antal ria de cuspir a comida. Anna o olhava com os olhos arregalados, chamando a atenção, e ele não dava importância ao olhar severo da mãe.

A preocupação de Anna com a religião e cultura criou o hábito de ler à noite os livros de literatura e a bíblia, afagando o rosto dos meninos; essa herança foi passada por meu bisavô húngaro. Ele tinha a sensibilidade de um artista e venerava a literatura, apesar de ser um homem simples, sem estudos escolares, era o melhor artesão de móveis de Budapeste.

A educação disciplinada aos olhos zelosos de Anna, transmitida por herança familiar, servia para ambos os filhos. Titio entrava de castigo, repetindo durante uma hora as orações com o rosto voltado contra a parede, se lhe faltasse a disciplina.

O irmão do meu pai, apesar de ser um transgressor natural, era solidário, dono de uma imensa generosidade, acostumado com as coisas simples da vida. Nunca exigiu nada dos seus pais. Com o rosto anguloso de queixo proeminente mantinha os olhos abertos voltados para dentro. Os vizinhos o achavam diferente dos outros garotos, ele falava sozinho ao caminhar nas ruas, como se houvesse outra pessoa ao seu lado. Certa ocasião, no mercado, discutia com as latas de ervilha, parecia que estava brigando com alguém invisível. O dono do estabelecimento chamou minha avó, ela deu um puxão na sua mão e o levou embora.

Papai dizia que Antal era criativo, desenhava retratos com perfeição. Quando jovem chegou a ganhar algum dinheiro na rua vendendo os trabalhos sob encomenda. Mas, o que ele adorava mesmo era viajar, conhecer lugares. Apesar de apresentar um comportamento bizarro, não cultivava os medos como conhecemos, com exceção da escuridão, que o atormentava desde criança. Ele dormia com a luz acesa, e sua mãe acordava de madrugada para desligar a tomada do abajur. Mas, essa mania de ficar na claridade não diminuía sua coragem, enfrentava os meninos na rua com brigas frequentes, que resultavam em reclamações das mães dos garotos. Sua audácia ao se defrontar com turmas de baderneiros o tornou famoso no bairro, colocava os meninos para correr. Certa vez disparou atrás de cinco moleques com um porrete na mão, sem nenhuma explicação, os fugitivos nunca mais foram vistos vagando pelas ruas. Porém, essa atitude perturbadora o afastou dos amigos.

Uma vez Ivan perguntou ao Antal qual era a razão de sua mãe estar tão calada. Ele respondeu: "Você não sabe o que está acontecendo?" O irmão menor o olhou sem entender, Antal notou sua inocência na total ignorância dos fatos, e disse: "Os russos estão chegando, para mamãe isso é o fim, vão trazer enxada e foice para cá".

Imediatamente ele foi até a cozinha e interrompeu Anna nas atividades culinárias. Perguntou se ela estava triste com os russos porque colocariam todos para trabalharem no campo com enxada e foice na mão. Ela abaixou até a sua altura e o chamou de Ivanzinho; lembrou-o dos livros escritos na Hungria, que mostravam a crueldade do comunismo, os sonhos e os bens da família destruídos pelos russos. Haveria proibições religiosas, perderiam a casa, sem contar as ferozes hostes do exército vermelho, ameaçando a família como selvagens sem coração. Chorou em seguida.

Ivan falava com orgulho da sensibilidade e inteligência de sua mãe, que possuía o dom de criar a atmosfera ideal ao seu redor. Os olhos pequenos, castanhos claros, ressaltavam os longos cabelos escuros, presos, na maior parte das vezes, em tranças soltas nas costas. Apesar da pouca estatura, em contraste com o seu marido ríspido, os longos discursos sobre política eram equilibrados. Ela trazia uma postura refinada, própria das mulheres de boa educação, dedicada às longas horas de leitura nos livros e aulas de piano.

E em uma noite de 1944, Anna reuniu a família e comunicou que fugiriam de Budapeste. Falou com lágrimas nos olhos, segurando a mão de seu filho menor:

— Tenho uma notícia difícil para vocês, meus amores. Vamos deixar esta casa. Os ataques estão aumentando dia após dia e o pai de vocês disse que a situação vai piorar.

Ivan olhou o rosto pálido de Antal, com metade da cara na penumbra e a cabeça caída. Um imenso vazio cobriu a família. Anna notou o pesar e se levantou da cadeira, pediu soluçando que arrumassem as malas e ninguém deveria olhar para trás.

Ficaram consternados, de ânimos abatidos. Sigmund, meu avô, era um oficial do exército, trazia na mão a convocação expedida do alto comando, enquanto olhava a todos na sala de jantar sentados, mantendo os punhos cerrados.

Quando disse bramindo:

— Saiam todos imediatamente. Arrumem as malas. Partirei amanhã. Não tenho tempo. Este é o mapa que vocês seguirão.

Falou em tom alto, como era de costume, e concluiu como um comandante batendo os pés no chão. Ele abriu os grandes olhos azuis cortados por uma tênue luz, postou o corpo militar com os braços estendidos, e gritou as palavras encadeadas por frases curtas e precisas, segurou o mapa de fuga e o apertou contra o queixo. Manteve o corpo firme como um soldado condecorado por medalhas, estufando o peito, ergueu o nariz e dirigiu o olhar ao nada.

A forma que ditou as sentenças levou Ivan a acreditar que enfrentariam os soldados russos no caminho da estrada e como uma criança destemida retrucou que se encontrasse um soldado com lama nas botas pularia em cima dele e arrancaria o seu couro.

Anna pediu que a fé em Deus fosse a única arma usada para combater a violência, em seguida uniu as mãos ao alto e fez uma prece. Criou uma corrente de oração na sala. Os ossos tremiam de medo e as lágrimas inundaram os olhos. Finalmente beijou o pequeno crucifixo prateado preso ao redor do seu pescoço.

Naquela madrugada a casa ouvia a pulsação do coração de pessoas desesperadas. Algumas vezes, a mesa de jantar na sala tremia com as bombas, a terra recebia o fogo cruzado e as paredes pareciam estar prestes a desabar. Durante o intervalo entre um bombardeio e outro, se fazia uma respiração mais longa, por vezes papai me contava que curvava o corpo e apertava a barriga ao ouvir disparos de canhões, depois sentia dores e corria ao banheiro tremendo dos pés a cabeça...

SHALOM E OS ESQUECIDOS POR DEUS

Momentos entre a paz e a invasão nazista

Antes de qualquer sinal de destruição de guerra ou dos aviões alemães sobrevoarem Budapeste, em esquadrilhas marcando o céu para proteger a cidade dos efetivos aliados; antes mesmo dos ataques noturnos iluminarem a noite como tochas de fogo disparadas no céu, soltando bombas incendiárias e transformando em ruínas a suntuosa beleza da cidade; antes que as forças germano-húngaras fossem criadas e a Hungria declarasse guerra à Rússia ou Hitler invadisse o país; antes que setenta mil homens resistissem aos aliados ao longo do Danúbio e a Hungria sofresse a pressão do cerco russo, implantando o comunismo no final da guerra e antes que nascesse o dia em que um judeu se sentisse ameaçado por alemães e não vivesse livremente para ler o Torá, frequentando a sinagoga e realizando as festividades religiosas e se tornasse confinado em guetos, passando por situações subumanas, de humilhação e de tortura, levado aos campos de concentração, realizando trabalhos forçados ou enviados às salas de envenenamento ou fuzilado ou queimado vivo ou jogado em valas comuns, a vida na cidade transcorria normalmente, os judeus gozavam de liberdade como qualquer cidadão e praticavam a religião judaica.

Papai me contava sobre como as pessoas em Budapeste sentiam-se felizes, cumprindo uma rotina naquela cidade pacata e, em nenhum momento, ninguém poderia imaginar que a guerra mudaria o destino de húngaros, judeus e imigrantes que por ali passaram.

Ele narrava detalhadamente que, durante a semana em Budapeste, acordava cedo, reunia os livros e os cadernos, colocava o uniforme da escola, tirava a camisa branca engomada da gaveta, vestia a calça curta cinza com os sapatos pretos brilhando, as meias brancas até a canela, depois entrava no banheiro e penteava os cabelos, ajeitava a boina e tomava o café da manhã, que sua mãe preparava ao redor da mesa para a oração matinal.

E antes que a oração terminasse, o tio Antal passava a manteiga no pão em baixo da mesa, como acostumava fazer todas as manhãs. Anna servia de leite as xícaras, Sigmund abria o jornal e lia as notícias, sempre criticando a demora do governo para resolver os problemas da Hungria ou opinando sobre um assassinato cometido, defendendo veemente a pena de morte como única solução para todos os males do mundo. Anna desconversava e perguntava a Ivan se ele havia feito a lição da escola ou se o filho mais velho não iria procurar emprego. Antal simplesmente virava a cabeça para o lado e se retirava ao quarto, tomava na mão o papel e lápis, sentava na escrivaninha e rabiscava a folha para terminar o retrato de alguém, que havia encomendado. Seu pai se revoltava e jogava Anna contra ele aos berros, chamando-o de "menino vagabundo". Mas, em seguida se acalmava e pedia que mostrasse o retrato que estava a desenhar. Depois Sigmund colocava o uniforme do exército, descia a rua até o batalhão para despachar a papelada sobre a mesa no quartel, que o fatigava nos afazeres do escritório militar. Preferia a ação de treinamento dos recrutas em campo aberto e, como ele mesmo falava: "Vou colocar aqueles preguiçosos na linha".

Pouco antes de tomar o rumo da escola, Ivan beijava sua mãe e se despedia do irmão, que continuava absorvido com os retratos. Apanhava duas maçãs e as colocava na mala escolar, uma era para comer no intervalo da aula e a outra reservada a Shalom Cohen Hayyim, seu melhor amigo.

Ivan entrava na rua de Shalom, e juntos faziam as trilhas até a escola. Era um menino de família judia com os cabelos escuros e curtos, bem acima da orelha, e os olhos marrons parecidos com as vilas empoeiradas. Ivan atirava uma pedra na janela do quarto para acordá-lo e gritava seu nome três vezes. Ele tinha o hábito de perder a hora e se atrasar aos compromissos, mas tinha no amigo o cúmplice para suas travessuras.

Shalom pulava o muro e Ivan, para diminuir o impacto da sua queda, o esperava de braços abertos, normalmente os dois caíam na rua e rolavam na calçada. Saíam limpando o uniforme com as mãos de terra e corriam pelas vielas, atravessavam o trilho do trem e passavam por dentro do mato, olhando curiosos, com alguma frequência, para a casa vermelha, onde morava a mulher nua, que em breve lhes serviria de iniciação aos prazeres dos adultos.

No alto da colina havia uma casa repleta de quartos, janelas altas com cortinas cerradas. Na entrada, um tapete vermelho e lustres suntuosos acolhiam os visitantes, de onde mulheres saíam para a sacada de camisolas, acenando aos homens que por ali passavam. Durante as incursões discretas aos aposentos das meretrizes, os homens suspendiam as golas dos casacos e ocultavam os rostos com chapéus. Anna sentia-se envergonhada daquelas mulheres, chamava-as de pecadoras entregues aos prazeres do mal. Isso só incitava ainda mais a curiosidade de Ivan e Shalom, que subiam no telhado da casa vermelha para espiarem por um buraco da telha a mulher nua dentro do quarto.

Em uma manhã, a caminho da escola, fizeram planos para observarem de cima do telhado a garota mais jovem e cobiçada da casa, com os cabelos compridos na cor do fogo, a boca carnuda feita de batom vermelho e os seios volumosos, que balançavam pelas ruas de Budapeste, tirando-lhes a respiração só de imaginar.

Naquele dia decidiram escalar a parede até o telhado e, na mais pura inocência dos corpos, descobriam ao toque dos dedos sob as calças curtas o deleite de observar as intimidades de uma mulher.

O plano era perfeito, vê-la sair da cama de manhã, de camisola, se despindo, mostrando as curvas bem formadas, desvendadas por completo na sua pela branca, banhada por uma luz, que se por um lado maculava os olhos de Ivan e Shalom, por outro os preenchia de desejos. Aquilo criava uma mudança abrupta no corpo dos meninos, passando o dia atormentados, sem conseguir pensar em mais nada.

Naquela manhã, ambos subiram no telhado, conforme o combinado. Shalom tomou a frente de Ivan, enfiando a cara no buraco e retirou duas telhas, ampliando a visão. Ivan o empurrou para o lado e inclinou o corpo para baixo, quando a mulher nua começou a tirar a camisola por cima da cabeça, com os braços cruzados, puxando vagarosamente a roupa. Os meninos viram de olhos estatelados aquele pedaço de corpo que surgia lentamente como se um ritual do gozo fosse começar. Os garotos se acotovelavam, assistindo ao espetáculo da nudez numa autêntica cerimônia sagrada no fim de semana.

De repente as telhas que não suportavam mais seus pesos trincaram, e Shalom despencou num estampido que ecoou na casa, caindo, por sorte, em cima da cama da mulher nua que, ao vê-lo gritou, feito uma bezerra desesperada. Ivan, por sua vez, ficou pendurado, segurando na viga do telhado, bem na mira de Shalom deitado na cama. E antes que qualquer dor fosse sentida, um golpe misericordioso foi dado, eles olhavam aquela beldade protegendo os seios descobertos com as mãos em forma de duas conchas.

Ivan não suportou o próprio peso, e ao balançar de um lado a outro, caiu vertiginosamente sobre seu amigo, provocando um novo grito da mulher, que desta vez retirou as mãos dos seios e as levou automaticamente ao rosto estarrecido. Os mamilos se mostraram enrijecidos como se os olhassem num tom rosado, feito de duas luas no céu acesas por halos incandescentes, palpitou o coração dos meninos, provocando um fervor em seus órgãos masculinos. Naquela altura a atenção de toda a casa tinha se voltado àquele quarto.

Não houve uma pessoa sequer que entrou pela porta, arrombada por homens de calças nas mãos, presenciando a bizarra cena dos garotos, com espalhafatosas gargalhadas ao verem as expressões de prazer e medo dos meninos. E tomados por um sobressalto surpreendente na queda, ainda que paralisados pela monumental escultura viva da mulher nua, os meninos se preocupavam não por terem caído do telhado ou serem flagrados por tantas pessoas, aos risos, mas pelo castigo que receberiam em suas casas, depois que as famílias fossem devidamente comunicadas. Nem se poderia imaginar o pior que estaria reservado a ambos

Esse incidente, que segundo Ivan não foi completamente desastroso porque pela primeira vez viram as volúpias de uma mulher desnuda com o corpo tentador, por um lado havia provocado uma sensação de constrangimento por causa da queda, por outro, os instintos estavam aguçados, dando aos impulsos mais primários o privilégio de se deparar com a beleza despida de qualquer pudor, do púbis coberto de pelos ruivos, no suculento ventre de pêssego amadurecido. Acabou dessa forma servindo de iniciação para aquilo que seria uma mera curiosidade infantil, transformada no prazer de adultos.

Naquele mesmo instante, puderam entender o motivo dos homens casados, solteiros e itinerantes entrarem cedo na casa proibida e saírem tarde da noite ou na manhã seguinte, retornando com alguma frequência dias depois.

Lembro quando criança que pedia ao meu pai para explicar sobre essa tal iniciação com mulheres. Ele abria um sorriso e dizia que eu saberia no dia em que uma garota passasse na minha frente e o meu coração disparasse sem poder controlá-lo; e, com certeza ao completar treze anos não seria difícil entender o sentido da sua história. Perceberia as mudanças em meu próprio corpo. Fiquei esperando esse dia enquanto olhava os telhados das mulheres próximas a minha rua. Nunca tive coragem para subir em qualquer um deles. Uma vez enfiei o olho no buraco da fechadura do banheiro das meninas na escola, aquilo me custou um castigo da diretora geral e, sinceramente papai tinha razão, a tentação do prazer estava acima de qualquer ato repressivo.

Depois da aventura na casa vermelha com a mulher nua, Ivan contou-me que na semana anterior à queda do telhado, eles andavam apressados em direção à escola para os exames finais, que a professora preparava criteriosamente. Sabiam das dificuldades das avaliações e de como a severidade inexorável dos pais, ainda que crianças cujos afetos enlaçassem suas relações e o semblante iluminado de aprazível desígnio do amor imputava-lhes, havia a obrigação aos estudos, independente de qualquer tipo de volição surgida ou de caso pensado, que viesse a demonstrar, por menor que fosse o relapso escolar, ambos estariam sujeitos à rígida disciplina familiar.

Shalom estava taciturno, mantinha um andar de quem guardava um segredo, ensimesmado com o olhar enigmático, prendia o ar ofegante, fazendo trejeitos de nada revelar, e apenas dava indícios da existência de algo que o perturbava. Sua fala contida mantinha o corpo indelével de criança com a maturidade imprevista. Era um menino loquaz e não se enfiava em si como o fazia Ivan. Tinha por hábito atropelar as palavras, e sem conseguir respirar pausadamente, emendando uma frase na outra, tão pouco deixava que os outros respirassem; passava de conversa em conversa sobre qualquer coisa que lhe viesse à cabeça, ninguém sabia de onde tantas histórias surgiam. Ivan puxou-o pelo braço.

— Você está diferente — comentou.

— Fui iniciado — disse Shalom.

— Iniciado? — Ivan perguntou intrigado

Ele explicou que tinha completado treze anos e homem nessa idade faz o Bar Mitzvah, assume a responsabilidade da vida adulta, torna-se membro maduro da comunidade judaica e passa a ser responsável pelos seus próprios atos. E agora mais do que nunca deveria se dedicar às aulas de órgão e tornar-se o orgulho de seus pais e da comunidade, honrando a família.

Era como se o cabo da maturidade fosse dobrado e submetesse sua moral de homem aos olhos temerosos de Deus, depositando a fé no Torá, sobretudo ao carregar os preceitos divinos no comportamento reto, pensou Ivan. Ao menos ele se dedicaria ao órgão como nunca, o que lhe atribuía alegria como nas brincadeiras e travessuras ingênuas própria da ludicidade das crianças nessa idade.

Ivanzinho coçou a cabeça e comentou que sua iniciação se deu quando Sigmund apontou o dedo no seu nariz, e o lembrou da responsabilidade que deveria assumir, sabendo distinguir o certo do errado, honrando suas calças como homem, caso contrário sofreria punições no estilo militar. Já sua mãe acreditava que somente após ter-se tornado adulto com idade superior aos dezoito anos ou se casasse com uma boa moça, é que tais atribuições passariam ao seu encargo. Contudo, enquanto esse dia não chegasse, ela o vigiaria com os devidos cuidados e ele estaria sob sua responsabilidade. Para não haver desavenças, quando seu pai estava por perto ele se mostrava homem quase feito, acatando as determinações paternas, porém, se sua mãe aparecesse, deixava por sua conta protegê-lo das encrencas em que se metia, defendendo-o perante seu marido. Assim, distinguir as opiniões, o tornou um menino adaptado ao nicho familiar, quando ocultava com alguma habilidade as peraltices feitas na infância.

Mas, para Shalom o ritual religioso judaico não era bem assim, tanto aos olhos dos membros da sinagoga como para seus pais, que esperavam dele uma postura responsável, e ele já saia na rua de kipá como homem. Tinha de assumir desde cedo as próprias atitudes e não decepcionar a comunidade, que o manteria sob vigilância moral, ainda que discreta.

Ivan lastimou. Imagine estar na mira de todos, se não bastasse os pais, agora qualquer um daria opinião como bem entendesse na sua vida. Ele o abraçou, tomando para si as dores do amigo. Todavia, Shalom esclareceu que era importante assumir perante Deus sua evolução na terra, a partir desse dia poderia ler o Torá, na sinagoga, como um homem faria.

E ao ouvi-lo falar sem pausas previstas, Ivan fez-lhe imediatamente um pedido: "Jamais revele essa iniciação aos meninos da rua de cima". Disse com ares de preocupação.

Havia uma rivalidade antiga, apesar de pouco esclarecida e de longa data. Os meninos da rua de cima poderiam achar que Shalom se vangloriava de ser mais homem do que eles e ambos ficariam dias sem poder subir aquela rua novamente, dando voltas na praça para chegarem até a escola.

Lembrou a Shalom de uma manhã quando tomavam banhos nus no rio, e ele havia feito a circuncisão, os meninos descobriram e criaram uma tremenda confusão. Alguns garotos falavam que um dia seu órgão cairia e outros se indignaram achando que ele desejava apresentar provas irrefutáveis, que estivera com uma mulher na cama; enfim, os dois enfrentaram aos socos e pontapés os garotos da rua de cima, e correram quando Ivan gritou o nome do seu irmão Antal, temido por toda a redondeza.

Ele lamentou naquele dia, depois de revelada a iniciação de Shalom, que as incursões ao pomar de frutas do fazendeiro asqueroso acabariam. Lá se habituaram a passar nas terras de um homem solitário, que havia envelhecido depois dos seus filhos terem abandonado a casa sem motivos previamente explicados ao pai ou aos vizinhos. Um dia, simplesmente fizeram as malas, levaram uma charrete com dois cavalos e partiram para um lugar não revelado, deixando o homem sozinho, lânguido e de aparência doentia tal qual uma ameixa seca.

O dono daquela fazenda, depois da partida dos filhos tornou-se ósseo e esquálido, de calças emporcalhadas com os cabelos brancos ralos e sebosos; tinha o pomo de discórdia dos vizinhos e a mania de repetir as frases como se houvesse um eco nas montanhas. Acreditava-se que ele era surdo, por isso gritava a mesma frase duas vezes, a primeira para si mesmo e a outra para quem passasse nas redondezas.

Quando Shalom desafiava Ivan a atravessar a linha do trem e caminhar até o pomar para furtarem as frutas, do outro lado da estrada, olhava-o de soslaio, balançava no ar uma moeda para tirar a sorte do predestinado que subiria na árvore, enquanto o outro as apanharia, enfiando as frutinhas na mala da escola.

A moeda lançada ao alto caiu de quina numa pedra, Shalom tentou convencer Ivan, que havia perdido e deveria subir na árvore, enquanto ele ficaria em baixo e apanharia as cerejas com cuidado para não machucá-las. Após uma longa discussão, foi Shalom quem subiu e Ivan recolheu as frutas, além de indicar as mais maduras ao amigo, que balançava os galhos.

Mas, o fazendeiro havia percebido que alguém estava levando suas cerejas embora em plena estação e desconfiou dos garotos que por ali passavam. Naquela manhã os esperou com facão atrás da moita, crente que acertaria as contas com os pequenos invasores.

A fazenda enorme tinha pomares, que se perdiam de vista. O sol ofuscava a visão de Ivan, que olhava para Shalom, descendo as cerejas suculentas. A brisa tremulava as folhas das árvores e a grama alta recebia as frutas atiradas. A paz daquele lugar ermo era perturbada pela presença dos pequenos salteadores.

Inesperadamente, Ivan, agachado com uma das cerejas nas mãos e a outra dentro da mala escolar, notou uma sombra se projetar a sua frente, levantou vagarosamente os olhos na direção do brilho do facão suspenso no ar e soltou um grito prolongado, que desequilibrou Shalom da árvore. Ao perceber o perigo em que estava, chutou abruptamente a canela do fazendeiro, que soltou o instrumento afiado e inclinou o corpo de dor. Shalom desceu, pesando em suas costas curvadas, levando os dois ao chão. Ivan puxou o amigo pelo braço e com a outra mão arrastou na grama a mala aberta, que espalhava os cadernos, canetas, borrachas e livros no caminho, deixando um rastro dos garotos que disparavam num ritmo alucinante. Ao longe o fazendeiro berrava, cambaleando com a perna atingida. Eles se meteram astutamente no matagal tão bem conhecido.

Ao escaparem das garras do velho fazendeiro, que lhes provocava asco só de olhar, cruzaram por acaso ou por obra do destino que fosse e isso nunca se soube de fato, o caminho dos meninos da rua de cima bem na encruzilhada da estrada principal. Aquele dia trazia as surpresas para uma vida inteira, parecia que o mundo tinha caído sobre suas cabeças.

Os garotos irados estavam com os punhos cerrados e os dentes rangendo. E ainda se não bastasse, os cinco meninos prontos a desferirem golpes certeiros, traziam o reforço de um rapaz maior do que eles, de músculos fortes e ombros largos, irmão do garoto que atormentava Shalom por causa da circuncisão. Estavam encurralados com as pernas trêmulas e o suor escorrendo. Foi quando Ivan teve uma iluminação, jogou para o alto as frutas que havia sobrado na mala rasgada.

Foi o tempo de a gangue se distrair e olhar para cima, que os dois sortudos atravessaram de modo atrevido o único flanco livre da tocaia infantil. Saíram a toda disparada, numa célebre corrida, que ficou conhecida por metade de Budapeste, escapando por milagre do bando que gritava e arremessava pedras e paus sobre eles no centro da cidade.

No mesmo dia Antal foi informado do ocorrido, imediatamente tirou satisfação com os meninos, conhecidos como os principais arruaceiros da cidade. A horda das crianças nunca mais ousou fazer o caminho da encruzilhada na estrada e nem se interpôs no caminho de Ivan ou Shalom, a paz reinou durante um período prolongado, graças a Antal, que poderia ter sido uma lenda viva na cidade se a guerra não tivesse chegado a Budapeste.

Depois de se cobrirem de lembranças, Shalom confessou que não havia realizado os estudos no dia anterior para os exames finais. Ficara com a cabeça nas responsabilidades que deveria assumir e fora abatido por um pesadelo. Sonhou que estava sentado no centro da Sinagoga com milhares de dedos apontados contra ele, sem poder sequer se defender das acusações levantadas, cujas imagens no sonho lhe eram aterrorizantes. As paredes racharam, a água vazava em abundância e a cadeira em que estava sentado flutuava na inundação provocada pela tempestade. Diante dos severos olhares de sua família, foi carregado a um quarto escuro nos fundos, e se deparou com roedores e gosmas de centenas de baratas esmagadas, de cascas secas e asas soltas. Ele tocava a úmida parede que desmanchava entre seus finos dedos. As imagens foram de tamanho terror, que o despertou tarde da noite aos prantos, agarrado ao travesseiro soluçando.

Ivan abaixou o corpo, em um gesto de desamparo, com os olhos voltados ao chão e os dedos amassando os cabelos, ele confessou que não havia tocado nos livros, porque ficou o dia no rio nadando e esqueceu-se do resto do mundo.

Meu Deus! Ele seria reprovado na escola. Era o fim das brincadeiras e dos longos banhos no rio. Shalom levantou o amigo desesperançado, e movido pelo desalento, desceram pela rua na direção da escola.

Ivan retornou febril após a prova. Deitou na cama e passou a noite em silêncio, tomado por uma amargura que lhe doía na alma e calcinava a pele, fatigando seu corpo que adoeceu em baixo dos lençóis molhados de suor. Shalom, por sua vez, estava envergonhado, três dias depois de fazer o Bar Mitzvah, se viu na condição de um homem esmagado como uma formiga pelas botas indiferentes da vida. Ele derramou lágrimas que lhe cobriu o corpo de lamúria, o ar de seu quarto estava lacrimoso, imaginava que a descoberta das notas baixas seria vergonhoso para sua família. Caiu em desalento pela humilhante notícia, que seria recebida por toda a comunidade judaica.

Os meninos foram cedo até a escola, na semana seguinte, apanhar os resultados catastróficos, que em breve seriam entregues pela professora; mas, sem maiores explicações, decidiram adiar a devastadora notícia que o boletim traria. E guiados pelo instinto incontrolável, suplantando qualquer lamento ou dor, foram atraídos pelas sensações da casa vermelha, flamando a pele e os órgãos masculinos excitados ao abismo da nudez. Espiariam a mulher nua como uma deusa arrancada da terra.

E foi no quarto dessa deusa monumental, que ao despencarem do telhado e deitados por acidente na cama, a dona da casa e administradora do negócio, uma senhora de meia-idade, baixa e volumosa, com rouquidão na voz e uma verruga em cima da testa, segurou firmemente as orelhas dos meninos, cercados por homens e mulheres, se regozijando com gargalhadas. E sem nenhum aviso, aos berros, chamando-os de moleques enxeridos, levou-os através das ruas da cidade, despachando-os para suas casas. Alertou aos pais que nunca mais os deixassem se aproximar daquela casa, se não, tiros de espingarda seriam ouvidos e ela soltaria os cães das correntes para moerem as canelas daqueles intrometidos.

Se Ivan tomou uma surra de cinta de seu pai e teve de rezar o Padre Nosso horas a fio e ficar preso no quarto durante duas semanas seguidas, Shalom, além de ser privado de comer na mesa com a família, ainda tinha de ler o Torá o dia inteiro, ameaçado de não mais tocar o órgão, que ele tanto amava, e por um tempo indeterminado ficaria enclausurado em casa, sem autorização de olhar sequer pela janela.

As cartas da diretora da escola, que destacava a palavra REPROVAÇÃO em letras garrafais, haviam chegado ao conhecimento de ambas as famílias juntamente com os meninos arrastados de orelha suspensas pela dona da casa vermelha.

Foram dias silenciosos para Ivan e Shalom, longe da brisa que carregava as águas do rio dobradas por lufadas de ar, da luz cortante do sol perfurando a transparência das folhas com raios amarelos e vermelhos; longe dos parques e da Ilha de Santa Margaret e das poças de água formadas depois das chuvas que não seriam mais pisadas e nem chutadas por seus pés, espalhando as águas sujas no ar. Apenas as folhas das árvores batiam contra a janela ou ficavam presas no vidro sem que pudessem tocá-las. Os gritos das crianças e o murmúrio das conversas na rua diminuíam com os dias de clausura.

Durante o tempo que Ivan ficou trancafiado na casa, olhava discretamente através das janelas, afastando as cortinas. Via chegar diariamente caminhões repletos de soldados alemães e tanques de guerra controlando o tráfego de transeuntes. As barricadas feitas de latões nas esquinas cercavam as pessoas que corriam e gritavam afoitas ao carregarem malas sob vigilância do exército nazista e soldados húngaros, que atravessavam de um lado a outro a cidade em formação militar. Criou-se um alvoroço, que arrancou a paz das casas, violando a intimidade de milhares de cidadãos.

A porta do quarto de Ivan foi aberta por sua mãe em uma manhã conturbada, tirando-o do castigo, que o consumia antes mesmo do seu término. Ela pediu que tivesse cautela ao caminhar nas ruas e, caso fosse necessário, lembrasse aos soldados nazistas que seu pai era um comandante do exército húngaro. Não soube explicar o que estava acontecendo, se mostrava apreensiva, de rosto tenso. Seu pai não retornou a casa desde o dia em que os soldados chegaram com as bandeiras da suástica e as espalharam na cidade. Antal parou de visitar seus clientes e os retratos já não eram feitos como antes, os rostos desenhados eram de expressões tristes e olhares caídos. A casa de Shalom estava fechada e marcada com a estrela de Davi na porta de entrada. Havia um soldado alemão de metralhadora pendura no ombro vigiando quem passava por ali dia e noite.

A família de Shalom ficou confinada na residência enquanto os judeus eram marcados nas roupas e nos braços e levados por caminhões, compelidos ao desespero de mães e de pais separados de seus filhos, e dos idosos empurrados por armas em suas costas. Outros ainda escoltados em filas se comprimiam em um pequeno espaço cercado na região central, mediando cerca de um quarto de quilômetro quadrado.

Ivan parou na porta de Shalom sem conseguir olhar pela janela ou ouvi-lo tocar o órgão. A casa estava trancada, a rua, a via de acesso, era vigiada e as pontes bloqueadas por barricadas. Um soldado apontou na direção de Ivan com o dedo em riste, ordenou-lhe que se afastasse. Ele correu assustado e voltou para casa

Os dias passaram sem que Shalom saísse às ruas. Até que ao surgir de uma noite, Ivan viu seu amigo com os pais acompanhados por uma escolta militar caminhando em direção ao gueto, sob o comando de soldados da SS. Ouviam o estrépito som de tiros disparados e a voz que bramia das ordens militares. Confinados, conviviam em um local inabitável repartido com milhares de judeus amontoados como animais.

Ivan retornou ofegante por ruas tensas. Ouvia o som ensurdecedor do toque de recolher à noite. Chegou em casa e enfiou-se sob a cama com o coração disparado.

SEMENTES DO MISTÉRIO

Durante a história, papai virava-se de lado na poltrona e arrumava o corpo com os braços caídos, olhava para cima e sem perder a sequência continuava o relato com lágrimas nos olhos. Suspirava como se o passado saísse de seus pulmões.

Deitado no sofá eu esperava de suas palavras um milagre. Os meus sentidos eram levados para longe daquela sala, preenchia o meu mundo despovoado, ao ouvi-lo como um anjo, falando de Shalom.

Olhava aquele homem sentado na poltrona, reunindo suas lembranças espalhadas aos cacos, me confiava a sua memória e a esperança do mundo.

Às vezes fazia uma pausa mais longa nas narrativas e alimentava pensativo o fogo da lareira com lenha, depois voltava a sentar-se na mesma posição. Retomava a história, referindo-se a mim como um guardião de seus segredos. Comentava que meses após o antissemitismo ser instituído na cidade e a prisão da família de Shalom acontecer, o cerco russo ao redor de Budapeste aumentava, provocando um estado de absoluta tensão. A família fugiu apressada. E a primeira parada planejada foi na casa da tia Eleonora, irmã de sua mãe, na cidade de Szombathely, divisa da Áustria com a Hungria.

Sigmund conseguiu um caminhão de sacos de sementes de trigo para transportá-los, por precaução designou um soldado húngaro como motorista e dois ajudantes. Os camponeses convocados eram fortes e tinham os braços grossos, habituados ao trabalho árduo da terra. O soldado era magro e polido, falava a língua russa e conhecia os costumes daquele país. Os três homens vestiam roupas comuns e carregavam falsos documentos.

Na madrugada os tiros de canhões não cessaram. A família subiu na carroceria do caminhão com as bagagens, levando poucas roupas, peças de higiene pessoal e alguma comida. Papai apanhou o álbum de fotografias da família, o dicionário húngaro e o livro de gramática, enfio-os amarrados nas calças dentro da mala. A lona foi desenrolada por um soldado do lado de fora ao comando de Sigmund, as cordas seguravam as pontas nos ganchos presos à carroceria.

Anna despediu-se do marido e subiu na carroceria com os olhos úmidos, apertou Antal e o Ivan, no abraço que os envolveu dentro de um círculo de amor. O caminhão partiu e Ivan não olhou um só instante para trás. Ele compreendeu o que significaria aquilo, começaria uma nova vida em algum lugar e nunca mais voltariam para casa. O destino os empurrava para locais inóspitos, habitados por pessoas inominadas, ocultos nas sombras do medo, atendendo por apelidos, mantendo a origem desconhecida, evitando levantar quaisquer suspeitas sobre suas identidades. Havia expatriados, apátridas, exilados, espiões e refugiados como Ivan.

A família deitou-se sobre os duros sacos. Ivan apertou as sementes e sentiu que cultivaria outra terra semeada nos pés de trigo, que só os refugiados creem existir. A partir daquele momento ele havia se tornado um sobrevivente, parou de contar as horas e evitou adivinhar os dias da semana, mas mesmo ocultando o presente não conseguiria esquecer as lembranças, que emergiriam nos anos seguintes.

Ele me dizia que quando criança, sua mãe contava a história de um menino que vivia na cidade das montanhas, onde não crescia trigo. Os outros meninos não se aproximavam dele. O garoto trazia uma cicatriz no lado do rosto, que descia até a ponta da boca. Uma noite ele caiu de cama com febre, tomado aos cuidados de sua mãe por dias seguidos, a temperatura não cedia. Aflita ela entregou ao filho três sementes de trigo, disse que naquela madrugada ele deveria plantá-las. Se as sementes não morressem, viveria, caso contrário, a morte o levaria. Durante a noite levantou-se ardendo em febre e levou as sementes até os fundos da casa conforme sua mãe dissera. Cavou um pequeno buraco e as jogou sobre a terra, cobrindo-a. Na manhã do dia seguinte, sua mãe foi ao quarto onde ele estaria, mas não o encontrou. Desesperada o procurou nas redondezas, porém o menino havia sumido. Ao caminhar no quintal, a mulher se depara com milhares de pés de trigo; sem entender o que estava acontecido, vai ao quarto do filho, e em cima do travesseiro encontrou a fronha marcada com um longo ramo de trigo. A cidade soube do milagre. Todos diziam que o garoto da cicatriz havia subido na plantação do trigal até o céu e entrado no jardim luminoso, espalhando as sementes na terra. Depois daquele dia o trigo cresceu em abundância na cidade e nunca mais faltou alimento nas montanhas.

Houve um instante, que Ivan acreditou que iriam a um jardim luminoso e viveriam nas montanhas com farta comida, longe dos bombardeios e tiros.

Mas percebeu que durante a viagem nada se parecia com a história do garoto. Carregavam três cantis de água e uma sacola de batatas cozidas. A lona fechada minimizava o frio, que aumentava ao longo do dia, porém a escuridão cobria a tímida luz, que entrava por um pequeno orifício da lona rasgada. Era difícil beber a água sem verter na roupa ou comer as batatas que caíam ao chão. As estradas cobertas por lamaçais se embebiam da chuva torrencial. O caminhão dava vários solavancos e os empurrava para os lados nos trechos mais acidentados. Algumas vezes o motorista e os ajudantes desciam do veículo para retirá-lo dos atoleiros. Na carroceria se ouvia o barulho do motor velho e o eixo do veículo de carga ranger como um animal feroz.

Na longa viagem adormeceram em cima dos sacos, enquanto a chuva caía como uma bica corrente. Ivan ouvia sua mãe gemer melodicamente uma canção de amor, que transpassava o amor nos ternos laços dos filhos.

De repente escutaram um barulho na estrada. Anna levantou-se rapidamente e empurrou os meninos para o fundo da carroceria.

Enfiaram-se como ratos assustados atrás dos sacos. Abruptamente, as cordas da lona foram desamarradas. O corpo de Ivan ensopou-se de suor, escutando três soldados bramindo. Por uma pequena fresta entre os sacos os via com as armas e uniformes russos, um deles acendeu o cigarro com fósforos, que o motorista ofereceu, o outro um pouco mais afastado tomava vodka, tirada embaixo do banco dos ajudantes e o terceiro preparava-se para subir na carroceria de arma em punho.

Um flash disparou na mente de Ivan naquele instante. Lembrou-se de Shalom, ao ser levado ao gueto por soldados nazistas com as roupas rotas marcadas com a estrela de Davi e um boné de pano apertado, empurrado contra a fila por soldados.

Cabisbaixo seguia ao gueto entre centenas de judeus. Shalom agarrou a cintura de seu pai e segurou no braço da mãe, que carregava o filho menor no colo em baixo de tempestade.

Nenhum movimento rompia as imagens na lembrança de Ivan, que suspirava agonizante no fundo do caminhão, ao surdo som do bater das botas dos soldados. Resistia às recordações do gueto vistas da rua.

Ele sabia que a morte visitava os judeus todos os dias, cujos parentes eram enterrados com as mãos esfoladas de homens e mulheres silenciados por disparados.

Shalom estava desolado com o braço marcado por um número de série, desnutrido, comia uma tigela de sopa aguada, batatas apodrecidas e pão semanal. Dormia amontoado com doentes que gemiam à noite ou deliravam agonizando e se demonstrassem doenças, fraquezas ou perturbassem a ordem estabelecida, os nazistas tomavam a suma providência de eliminação em massa.

O frio escorregava nas paredes umedecidas, os pés enfiados em jornais congelavam e o pensamento passava pela fome. Ouvia-se da calçada os gritos suplicantes, as mulheres e as crianças choravam. Menos Shalom, que permanecia silencioso, implorando a vida que o transformasse em pó, reconhecendo a eternidade nos dias.

Certa manhã Ivan aproximou-se cautelosamente do gueto cercado por arame farpado e um muro erguido de cinco metros de altura, vigiado por soldados armados e cães ferozes seguros por guias, carregou em baixo da blusa cerejas escondidas para Shalom. Aproveitou-se do portão de entrada aberto, e em silêncio viu o amigo sentado com o corpo encolhido, abatido e magro, de aspecto doentio, a cabeça baixa apoiada nas pernas finas, feitas de escoriações, parou diante dele, tocou seu ombro e lhe entregou as cerejas. Sorriu e o olhou com lágrimas nos olhos.

O menino comeu faminto e retirou algumas sementes de sua boca, observou-as como quem olha um rubi e do lenço retirado do bolso, guardou-as. Balançou a cabeça como se despedisse com os olhos fechados. Foi então, que a noção da realidade que os dividia entre dois mundos, se interpôs a ambos. Ivan deu lentos passos para trás, voltou desolado às ruas de Budapeste.

Essa imagem ficara presa à teia de sua memória. Naquele dia, a ideia de homem em Ivan cresceu tão rapidamente, que não se sentiria mais um menino na Hungria ou em qualquer outro lugar, nem mesmo naquele caminhão carregado de sementes, escondido com sua mãe e irmão atrás dos sacos de trigo.

Imediatamente voltou seus sentidos aos fundos da carroceria, sofrendo a ameaça dos soldados soviéticos. Ouviu o barulho da baioneta enfiada na ponta do rifle, que a esmo perfurava os sacos fechados com golpes rápidos.

O som penetrava como uma lâmina cortante num movimento preciso, prevendo que seria fisgado pela boca como um peixe no anzol, ele segurou a respiração, apertou os olhos e agarrou os braços de sua mãe.

E num instante houve um silêncio. Os combatentes do exército vermelho olharam as sementes, escorregando para fora da carroceria, soltaram risos e acenaram para o caminhão prosseguir a viagem. Após alguns minutos de direção, o motorista avisou que o perigo havia passado, manteriam o percurso sem desvios e com sorte não se depararaiam com barreiras inimigas.

Suspiraram aliviados na estrada pelos próximos quilômetros que se seguiram até a casa de Eleonora.

ELEONORA DE TODAS AS ALEGRIAS

Papai dava uma pausa na narrativa e diante do crucifixo sobre a cômoda de mármore, inspirava-se em Deus ao fazer o sinal da cruz de religioso que era, prestava de modo singelo o agradecimento por sobreviver aos infortúnios da guerra. Retornava à poltrona coberta por um tecido claro de estampas florais vermelhas, amarelas e verdes, depois se sentava trocando o fumo do cachimbo.

Ao meu lado fazia das lembranças um ritual, colocava o álbum de fotografias da família sobre os joelhos, abria as páginas das folhas amareladas, olhava as fotos com lágrimas, suspirava ao continuar.

Eles ficaram alguns dias passando de uma estrada a outra. Agarrava-se ao corpo de sua mãe, enquanto congelava de frio, rangendo os dentes, até chegarem à estrada que dava acesso à casa de Eleonora.

Surgiu ali o primeiro sinal do destino, as vidas foram salvas nas sementes de trigo. Ele apanhou um punhado delas, enfiou no bolso da jaqueta como uma espécie de talismã, guardando-as como um sinal de Deus.

As ruas naquela cidade permaneciam quietas, não havia ataques aéreos, bombardeios, artilharias ou tanques. Comparado a Budapeste parecia um paraíso, o mundo se esquecera daquele lugar. Mas, essa sensação não perduraria por muito mais tempo, o avanço das tropas inimigas acontecia em todo o território húngaro e lá não seria diferente. Havia ameaças das tropas vermelhas por todo o país.

Eleonora espiava pela varanda a estrada, viu do alto a família e correu para a cozinha, mais do que depressa apanhou as bebidas e os doces, colocou uma música na radio vitrola, saiu com os braços abertos e soltou gritos de felicidade na sacada da varanda. Parecia abrir a casa para uma festa na cidade.

Ela era uma mulher baixa e volumosa, de alegria contagiante. Sua beleza se movida por uma indescritível espontaneidade. Na ocasião trajava um vestido cor-de-rosa de estampa florida, a saia rodada de babado, levava as canelas para fora, um casaco escuro de pele, sapatos brancos e echarpe colorido. Movia os braços espalhafatosamente com palavras que saíam aos gritos.

Suas festas na região tornaram-se famosas, com danças, cantorias, bolos, quitutes e canções ao piano tocadas por ela. Antes da guerra a casa vivia cheia de homens, mulheres e crianças. Os rostos dos amigos se abriam como girassóis na varanda, o chão sacudia com as batidas dos pés durante as danças, prolongadas nas noites de lua cheia.

Assim que chegaram, ela apanhou Ivan e Antal pela mão, e como tivessem voltado às brincadeiras sem se importarem com os conflitos, pulavam passando por cima do sofá e das cadeiras, depois corriam na dispensa entre vassouras e baldes, agitavam os braços para o alto e giravam em forma de roda. Anna observava deitada no sofá, cansada da viagem com os olhos vermelhos.

Eleonora saltava de um lado a outro, os pés faziam o chão tremer. Parecia uma atriz no palco ao exibir-se durante a apresentação de uma peça.

Havia uma história que papai contava. Um dia ela abandonou seu esposo e fora a Budapeste ser atriz de teatro. Ele descobriu. Ficou furioso, apanhou um caminhão esbaforindo de raiva, invadiu o teatro aos chutes, empurrando quem a sua frente passasse. E antes que ela subisse ao palco, deu-lhe um puxão no braço e a carregou a força até o caminhão. Não sei se papai se excedia apesar da sua tia ser, indiscutivelmente, um pouco fora do normal. Nunca tive coragem de confirmar a veracidade desse acontecimento insólito.

Eleonora agia como se a guerra não tivesse chegado a sua porta, vivia em outro mundo. O marido falecera há anos e isso lhe serviu de alívio, na verdade podia fazer o que lhe dava na cabeça, sem prestar contas a ninguém.

A família ficaria hospedada por alguns em sua casa e somente depois partiriam de trem para a cidade de Dresden, na Alemanha. E enquanto esse dia não chegasse, Eleonora não suportaria esperar tanto tempo sem atuar para uma plateia, mesmo que o público fosse sua família. Retirou um texto da gaveta na sala e disse que ninguém ficaria extático como uma raiz de árvore, a tragédia grega, "Édipo Rei", seria interpretada. Anna interveio:

— Por que logo uma tragédia assim irmã? Acabamos de vir de uma.

— Olha bem, é a única da qual me recordo dos personagens e um pouco da história. Não precisamos fazer exatamente como ela é, mudaremos um pouquinho ali e acolá, vamos torná-la uma comédia divertida e moderna — falou como uma atriz ao convencer o diretor do teatro.

— Eleonora, os meninos são pequenos para entenderem esse tipo de peça, em que o filho mata o pai e se casa com a mãe.

— Vai Anna, deixe de ser antiquada; o mundo mudou não é o mesmo depois da guerra, e eles já viram pior do que isso.

Eleonora não esperou qualquer reação de Anna, correu em busca de calça, chapéu, sapato alto, cinto, terno do falecido marido, purpurina, lenço de cabeça, brincos, pulseiras, casaco e toda a porcariada que encontrava na casa. Trouxe as roupas e acessórios na cesta de vime da dispensa. Arrebatada com a ideia, ela mesma distribuiu os papéis:

— Anna você será o Oráculo, o Antal o rei Laio, Ivanzinho o Édipo e eu a rainha Jocasta. Pronto, todos conhecem a história e sabem o que fazer — foi falando como se estivesse à beira do palco.

— Só tem um probleminha tia, eu não sei a história desse tal Édipo — Ivan falou sem a mínima noção do que se tratava.

— Eu também nunca ouvi falar, mas gostaria de conhecer a Grécia, as deusas, as garotas bonitas. Dizem que lá a comida é ótima — Antal disse com espírito aventureiro, mesmo porque estava acostumado a falar o que lhe vinha à cabeça.

— Vamos até a sala filhos, que mamãe conta pra vocês — Anna se antecipou, certa que sua irmã confundiria a história.

Ela comentou que a tragédia havia sido escrita há muitos anos atrás, na antiga Grécia, por Sófocles, e se tornou famosa no mundo inteiro. Ele era um pensador de muitas ideias filosóficas e sociais, procurou por intermédio daquele texto, conscientizar as pessoas sobre o tipo de sociedade que estavam construindo e colocou o destino como uma força regida por deuses e deusas, da qual não escapamos. Sua concepção a respeito do destino não era em defesa das fraquezas humanas, mas criar uma consciência a respeito da impotência dos homens mediante as fatalidades, e daquilo que havíamos nos transformado. Édipo passou a ser um exemplo das consequências sofridas a partir das escolhas que fazemos.

ORÁCULO

Quando garoto lia a história de Édipo Rei, retirado da estante de papai. Porém, nada se comparava a história que ele contava.

A vovó Anna reuniu a todos na sala de Eleonora, observava os olhares ávidos vaguearem ao seu redor, formando uma audiência atenta.

Naquela ocasião, ela narrou a tragédia, retirando de suas palavras o destino, vendado aos olhos incrédulos as fatalidades tão costumeiras de existirem. E assim se seguiu a história:

Há muitos anos um bebê foi abandonado por seus pais, o rei Laio e a rainha Jocasta, da cidade de Tebas. O deus Apolo predisse ao rei, que se ele gerasse um filho, o mataria. Temeroso da própria morte, o rei ordenou que a criança fosse deixada no monte Citerão.

Abandonado, o bebê Édipo, foi entregue por pastores ao um rei e uma rainha sem filhos em Corinto.

Édipo cresceu e ao se tornar adulto consultou o oráculo de Delfos na pretensão de encontrar sua verdadeira identidade. Foi-lhe revelado um terrível destino: ele mataria o pai e casaria com a própria mãe.

Desesperado foge de Corinto a cavalo, esperando dessa forma salvar seus pais e descumprir o destino.

No caminho em direção a Tebas, cruzou com o rei Laio e sua escolta, sem desconfiar que ele aquele fosse o seu pai. Foi-lhe ordenado que liberasse a passagem ao rei. Édipo recusa-se a sair do caminho, o rei indignado com a ousadia do rapaz, executa seus cavalos. Enraivecido ele golpeia violentamente o pai com uma bengala, matando-o.

Édipo chegou a Tebas e se tornou rei. Casou-se com a rainha Jocasta sem suspeitar que ela fosse sua mãe verdadeira.

Após anos de reinado Édipo descobre a verdade. Jocasta cai em desespero e comete suicídio. Édipo vaza os próprios olhos e foge cego em direção ao exílio longe de todos até seus últimos dias.

Quando Anna terminou, Ivan intrigado pensou a respeito do destino daquele pobre homem; matar o pai e casar com a mãe era uma desgraça na vida de qualquer pessoa. Na tragédia via um pensamento universal da angústia humana. Acreditava que se Édipo tivesse ouvido seu coração, talvez não matasse seu pai, quem sabe não fugiria de Corinto e escaparia da desgraça de casar com a mãe. Isso só seria possível se a decisão de sua vida estivesse de fato nas próprias mãos, mas o destino não lhe foi benevolente, ele se cumpriu conforme o oráculo havia predito.

A impotência do homem na peça de Sófocles foi-lhe clara, ninguém dominava a natureza, nem o tempo que impiedosamente vê o homem, arremessando-o às fatalidades irreversíveis, cada pessoa carregava consigo os infortúnios sobre as atitudes tomadas e na formação de seu caráter, pois este dirá ao homem no que se transformou.

Anna lembrou que as decisões nem sempre são simples como gostaríamos; ao saírem de Budapeste, deixaram para trás suas vidas, tendo que reconstruí-las, engendradas nas malhas do destino. E essa atitude foi de uma imensa seriedade para Ivan ao reconduzir o seu futuro mediante as decisões tomadas. Viveria em algum lugar diferente do destino reservado a ele em sua cidade natal. Então, tomou a percepção que o mais importante naquele momento seria despertar a consciência, não bastando pedir a Deus que a guerra acabasse, antes precisaria rogar ao coração o fim dos seus conflitos internos.

Antal esparramado no sofá em frente à poltrona de sua mãe perguntou:

— Quais são essas escolhas que eu posso fazer, se o destino é o dono de quem vive e morre?

Anna respondeu com o afeto e a sabedoria que lhe eram peculiares. Disse que a morte seria apenas uma passagem no tempo, e não precisaria atormentar aquele que nela pensa. Pois morrer seria a pausa de quem vive: "A morte vem na companhia do medo", ela dizia.

A natureza do medo seria apenas uma das cores de um quadro pintado, desnecessário seria passar a vida mergulhando o pincel nas aquarelas escuras, nas tintas acinzentadas, ao invés disso poderia pintar o sol vibrando, tomando para si a cena do céu no nascimento das cores do infinito.

Ela apontava na sala as cores que falavam de esperança, outras de amor, algumas pintando a felicidade de um júbilo tão gritante que tornavam a noite lúgubre iluminada, de uma brancura ingênua, silenciosa, chegando mesmo a ofuscar os olhos com pinceladas de êxtase, sem que a existência se repetisse, mesmo que essa fosse à composição de um céu fechado, desprovido de estrelas. Ainda assim, a luz se lançaria sobre o presente, esticando a tela do instante, e este não se importunaria com as projeções do dia seguinte.

O amanhã, se finalizado neste momento, continuaria até o próximo dia. Tudo seria uma experiência. Tudo seria o inesperado. Nada seria como é hoje. Apenas o instante sobreviveria por aquele que passou pelo sopro da vida ou dele seria furtado diante do seu fim. E num repente tomaria o pincel carregado de tinta nas mãos e como se a vida fosse começar agora saltaria...

Eleonora interrompeu Anna e disse distraidamente:

— Essa conversa me deu fome... Vou trazer chá, bolinhos e quitutes. Alguém me ajuda?

Todos foram à cozinha degustar as maravilhas feitas por Eleonora ao redor da mesa coberta por uma toalha branca de linho fino bordada a mão, lembrando das festividades que tornaram aquele ambiente o centro das atenções na cidade. Ela apanhou os pratos e os talheres na prateleira ao lado da porta na varanda, enquanto Ivan pensava nos soldados russos que os pararam na estrada e por um milagre foram salvos. Era como se o coração soubesse o que fazer naquele instante, reconhecendo o desejo de sobreviver, como um quadro pintado com as cores da vida, que sua mãe acabara de dizer.

Ao terminarem de comer o último doce na mesa, um prolongado silêncio se fez, tocou a mente o verdadeiro motivo de estarem ali, voltariam a fugir através da Europa, passando por perigos e enfrentariam imprevistos sem qualquer segurança para o aconchego de seus espíritos.

E num repente, Eleonora, interrompeu e disse que aquilo mais parecia um velório do que o grupo de aspirantes da "Companhia Teatral Eleonora". Devaneio de titia. Ela debruçou os olhos cheios de brilho na sala e pediu que a apresentação da tragédia de Sófocles fosse feita sem mais rodeios, já que agora todos conheciam a história contada por Anna.

Tomou num rasgo Ivan pelo braço em direção à sala principal, entrou gesticulando espalhafatosa para abrirem a cortina de seu palco.

— Vamos encenar — disse ela. — O figurino de vocês está na cesta, cada um monta o seu. Criatividade é o que vale. Sou a rainha Jocasta, o povo de Tebas saúda a minha coroação com flores, o tapete vermelho vem aos meus pés e os meus súditos...

— Tia, não é dessa forma que começa a peça — Antal Interrompeu. — Você esqueceu? A criança é abandonada no monte Citerão, depois os pastores a encontram e levam o bebê ao reinado de Corinto...

— Para que seguir a ordem dos fatos, Antal? Podemos inventar outra peça. Sua mãe não falou que o destino está ligado às nossas decisões, ora bolas! Qual o problema de criarmos outra história?

— A senhora tem uma sequência na sua cabeça que nós não sabemos. E como vamos fazer a peça se desenrolar? — Antal comentou sem muita paciência.

— Você nunca ouviu falar de improviso? Eu sempre improvisei no teatro. A sala tem muito espaço, basta empurrar os móveis para o canto.

Depois de tanta confusão, a interpretação improvisada aconteceu num divertido tumulto. O júbilo daqueles momentos marcou as intensas alegrias de Ivan, prolongados por meses dançando, comendo e se divertindo como há muito tempo não fazia.

E foi durante uma madrugada qualquer, que alguém socou forte a porta da frente. Anna atendeu a um cabo do exército húngaro aos pingos dada a torrente tempestade, e este instantaneamente entregou-lhe o telegrama:

> Saiam rápido. O trem parte e não espera. Mudanças de planos.
> Assinado: Sigmund Frederick - Comandante 37° Batalhão do Exército Germano-Húngaro.

"Pobre Sigmund, a situação está piorando", disse Anna. Ele corria riscos de não voltar. Ela agradeceu ao soldado que partiu se despachando velozmente.

Quando a história da fuga chegava nessa parte, eu estava estirado no sofá, quase adormecido. Papai se levantava da poltrona e me carregava no colo até o quarto, cobria-me, deixava o abajur do criado-mudo aceso e se despedia com um beijo na testa. Em noites assim, eu me dispunha a sonhar com as histórias. Imaginava as pessoas que eu nunca conheci como a tia Eleonora, minha avó e meu avô. Apenas tive um contato tímido com o tio Antal. Um dia ele resolveu ir embora da nossa casa e deixou um breve adeus.

Encontrei acidentalmente um cartão postal sobre a mesa da sala enviado da Austrália, endereçado ao meu pai. O cartão dizia:

> Olá mano, estou ótimo, desenho pessoas na rua e vivo como bem quero, moro com uma australiana linda. Não sei se ficarei muito tempo por essas bandas, prefiro ir de um canto a outro, sem endereço fixo. Espero que você esteja bem. Depois conto as novidades. Abraços a família.
> Assinado Antal.

Nunca mais o vi depois de sua súbita partida. Algumas de suas lembranças desapareceram da minha mente, mas para não perder o fio da história, devido a certos fatos que escapuliam da memória, procurava criar uma atmosfera na sala com papai, colocava o cachimbo com o fumo em cima da lareira, arrumava o jogo de xadrez na mesa, abria a colônia de jasmim e ajeitava as poltronas, esperando que ele viesse a mim.

Ele contava a história do trem, chegando às pressas na plataforma de Szombathely. Imaginava ouvir o apito da locomotiva, faiscando sobre os trilhos, pessoas gritando e procurando um lugar no vagão aos atropelos. Na minha fantasia eu me via na rampa com as malas prontas para embarcar.

Naquela época, Ivan começou a acreditar que a fé seria um instrumento de Deus, ou você tem ou não, ele dizia. E nela encontrou forças para superar os temores, evitando a sombra de uma verdade indissolúvel. "Se a vida é o que se cultiva, o medo faz da intimidade o modo presente. Esse estranho é apenas uma página do livro, que pode ser virada, e quando ele é alimentado, uma semente cresce em dimensões maiores do que os caminhos percorridos durante a vida", ele afirmava convicto daquela ideia.

Aqueles pensamentos me instigavam e as histórias de fuga me levavam aos limites da existência, me faziam andar sobre o fio da navalha, que eu percorria cegamente. Ele me lançava aos desafios de sobreviver na vida que se desfazia a minha frente. E com a voz entrecortada de emoção, lembrava-se de Shalom, subindo no caminhão dos nazistas com uma arma colocada as costas, rumo ao campo de concentração de Auschwitz ao sul da Polônia. Da fresta da janela de seu quarto, empurrava discretamente a cortina e olhava a carroceria do caminhão fechada pela frieza dos soldados e depois corria até o alto da colina e avistava o trem que partia com os judeus molestados, levando Shalom embora para sempre. De seus olhos caíram lágrimas que jamais secaram.

Desde pequeno fui movido por essas lembranças de papai e por elas tomei a noção do valor que há na vida, foi quando aprendi a sobreviver as minhas perdas. E agora como homem feito, me vejo como jamais imaginei existir.

Por um instante me distraiu. Olho pela janela da minha casa de praia o mar engolir a areia com ondas incontroláveis. Vejo um barco do outro lado da praia. Vejo meus sonhos navegarem por falsas águas seguras. Vejo o mar agitado arremessar-me em muitas direções. E quando me prendo, as minhas expectativas nos velhos projetos de vida ou no relacionamento que se consumiu através dos anos, não enxergo a linha do horizonte, fico imóvel com o sol erguido, perco o instante, a oportunidade se esvai como a graça do deslize do barco nas ondas.

Hoje não quero terra firme, quero me balançar em alto mar e me atirar nas ondas inquietas. Quero abrir a vela do meu barco, esticá-la até cobrir a linha do sol e me sufocar de tanto respirar, me afogar na transparência das águas.

Nossa! Estou assustado com esse desejo, acho que é o medo, o vento abriu e fechou repentinamente a janela do quarto. Achei que a tempestade havia passado, mas ela está carregada de raios.

Dizem que um raio não cai duas vezes no mesmo lugar, mas estou duas vezes vivo: a primeira foi quando nasci e a segunda está sendo neste exato momento. E antes que os olhos se fechem, o destino se mostra na forma de respingos do mar, explodindo nas rochas, e me alcança como flechas disparadas por gentis argueiros. Essa sutileza da realidade me dói, de tão insuportável que é, recorro pensar me protegendo dos sentimentos feridos. Ainda assim é inútil. Tudo aqui está sendo lido na cicatriz, esmagando-me a alma, sem poesia e sem as cores de um quadro. Tudo passa a ser um confinamento para quem lembra.

A tempestade cessou completamente. Ouço a voz de papai relatar a história daquilo que chamava "Estação do medo".

ESTAÇÃO DO MEDO

Primeiros dias do ano de 1945

Naquela noite o trem os deixaria na cidade de Dresden e de lá seriam levados por um caminhão à cidade de Reigsburg, na Alemanha. Eleonora arrumou uma bagagem enorme e um tapete com ornamentos típicos da Pérsia, feitos de milhares de tramas à mão. Segundo ela, o tapete era digno de uma rainha e havia sido comprado por seu falecido marido, era de um valor inestimável. Antal carregou o peso da relíquia nos quatro quilômetros a pé até a estação; Anna e Ivan arrastavam as malas, enquanto Eleonora não parava de falar, saindo em disparada em passos largos.

Na plataforma ouviram o apito do trem que se aproximava. Inclinaram o corpo e viram os capacetes dos soldados alemães para fora das janelas nos vagões. Centenas de homens armados até os dentes a caminho de Dresden. Rapidamente, eles saltaram aos atropelos, criando um alvoroço com os rifles e munições. Houve um disparado por acidente de um soldado de olhos assustados e dedos hesitantes no meio da estação; o batalhão jogou-se ao chão, mas imediatamente percebeu que era apenas um recruta parado na rampa, segurando junto ao peito a arma com o cano ainda fumegando. O major o repreendeu com a voz severa e ordenou que ele voltasse ao trem. Ao restante dos homens, concedeu vinte minutos de pausa até o reembarque, que seguiria ao apito da locomotiva.

Na correria, a família de papai ficou aturdida com um passe assinado por Sigmund, que daria a autorização para seguiram viajem. Em meio ao corre-corre e encontrões, o passe não foi lido; no estardalhaço dos gritos para o breve desembarque, foram levados aos empurrões para os fundos do trem, onde se depararam com homens exaustos, arremessados aos bancos, deitados no chão com os capacetes cobrindo as cabeças e as mãos unidas sobre o peito, respirando ruidosamente durante o sono.

Ivan sentou-se ao lado de sua mamãe, Antal ficou só com as malas e colocou o tapete no chão, Eleonora deitou no banco. Aguardavam a partida do trem, que não demorou mais do que vinte minutos para sair da plataforma.

Ivan ouviu o comentário de um cabo com o rosto marcado por uma cicatriz, segurando uma faca ao limpar a lama das unhas emporcalhadas, que algumas linhas ferroviárias haviam sofrido bombardeios e os cabos de comunicação tinham sido cortados pelos russos. Contudo, não soube informar ao certo se a destruição dos trechos comprometeria os trilhos daquele trem.

Em qualquer percurso de fuga durante a guerra, a tensão era uma velha amiga conhecida, compartilhada com o silêncio de bocas caídas e expressões mórbidas.

Os bancos estavam enxovalhados de lama deixados pelas botas dos soldados, algumas canções folclóricas eram cantadas por homens nostálgicos de terras distantes. O cheiro de cigarro e bebida, além de dejetos humanos, infestara o trem, a fumaça das tragadas espalhava-se no ar e formava uma cortina que enegrecia o vagão. O regimento se amontoava cada vez mais. Pouco se enxergava do lado de fora, a visão se ofuscava das janelas embaçadas, enquanto as pitadas dos cigarros baratos e a respiração ofegante se mantinham com o insuportável cheiro fétido dos passageiros.

Os rostos famintos e os olhos vermelhos e inchados anunciavam a desmoralização dos soldados de expressões atordoadas próximos ao fim da guerra.

O que restaria a esses pobres diabos? Apenas as lembranças de suas casas e a ilusão de viverem em paz com a família. Havia os que retiravam as fotos de namoradas, mulheres e filhos levados ao peito, escondidas dentro do uniforme ou reliam várias vezes a mesma carta recebida, amassada e suja dos dedos imundos e alguns mutilados. Poucos eram aqueles que reveriam as famílias em seus lares, se as casas já não estivessem destruídas, as mulheres e filhos mortos por alguma granada ou atingidos por tiros.

Papai me dizia que sentiu tremores quando soube que eles faziam parte da Divisão de Infantaria Alemã e da Divisão Blindada da SS, reforço solicitado diretamente pelas ordens do Führer, despachada pela inteligência da Gestapo. O trem estava a caminho para proteger Hitler e o Alto Comando ao lado da juventude eufórica hitleriana, os aliados invadiam as cidades na Alemanha, tomando-as. O país não resistiria ao cerco das tropas inimigas, aniquilando a resistência germânica.

No vagão se falava com reservas das várias cidades atacadas e invadidas na Alemanha. A situação beirava o caos.

Aqueles combatentes se habituaram a indiferença humana, rumo à missão inútil na defesa de Berlim. O medo ressaltava a expressão moribunda nos corações exauridos, os olhares se voltavam ao abismo de seus pés. Eles já não se lembravam dos desejos simples que dão júbilo ao espírito, caminhavam para o fim que a guerra condena aos homens.

O chocalhar do trem sacudia os corpos e as armas trepidavam postas ao chão. Ivan viu um soldado, que dizia por meio de seus olhos vermelhos, o quanto cada um daqueles homens estava relegado à sorte e perturbado na escuridão dos infinitos dias de espera. A boca sedenta se enchia de água dos cantis arrancados da cintura, derramados no uniforme, com a saliva espumando e saltando até o queixo, deslizava do nariz um líquido viscoso de gosma preenchendo os lábios, o catarro era cuspido ao chão, urinavam e defecavam nos cantos do vagão.

Quando chegava nessa parte da história, papai dava uma pausa e inspirava o ar com a cabeça erguida, fazia um nítido esforço para se recuperar daquelas imagens escatológicas. Em seguida se levantava, abria o álbum de fotografias da família, retirava a foto de sua mãe com carinho e a beijava demoradamente, depois a colocava no lugar e voltava a se sentar.

Aquela cena me preenchia de comoção. A saudade que

ele trazia daquela senhora, criava no ar um silêncio da lembrança de cálidas cavidades no coração. Sua mãe servia-lhe de amparo das duras lembranças.

Prosseguia sem pausas, enquanto observava a sala de estar como um recanto sagrado maternal.

Dizia com as sobrancelhas erguidas, que naquele vagão os sentimentos estavam destinados ao medo. O temor levaria os soldados ao encontro da morte, não das balas e explosões, mas do medo de viver. Claro que um tiro na cabeça mata uma pessoa, porém esse seria o resultado derradeiro do temor. O que aconteceria em Berlim, é que eles atrairiam para si a morte nas amplas dimensões de seu significado, a bala de uma arma seria convidada a se encontrar contra suas cabeças.

O reflexo do rosto de um soldado se desmanchava pálido como a cera derretida na janela ao lado de Ivan, sufocando sua imagem contra o vidro. Via a natureza como o espelho mais transparente dos espelhos, não tinha forças para erguer a janela emperrada. Ficou imobilizado com os nervos rijos. Há tempos não se olhava através de um reflexo como agora, suas pernas trêmulas quase não o seguravam, apoiava os braços na porta do vagão e apertava novamente o rosto, deixando o contorno do semblante estampado no vidro.

O medo atribuía forças à insegurança, e cada vez mais, sem que fosse percebido, o medo crescia entre os soldados condenados.

Meu pai lembrava que ser um refugiado de guerra o levou a tomar conhecimento de certas coisas que nunca gostaria de saber. A tentativa de vencer o terror e a insegurança doíam na alma, algo parecido com a fome, uma dor conhecida por quem a viveu. Ele sentia essa realidade sair de seus poros como abscessos purgando e de estômago vazio debruçava sobre a barriga para enganar a fome que o consumia. Tudo estava em carne viva.

Com a consciência abandonada os soldados ficaram desprotegidos, era dolente descobrir isso, mas as perspectivas de morte os levariam ao último sentimento humano na zona dos infernos, penetrariam cegamente no olho do furacão.

Na guerra se aprende a repugnar a delicadeza e violar as nobres virtudes e mesmo se eles voltassem a rever suas famílias, o que era pouco provável, estariam dominados pelo medo, relegados a viver a insegurança do mundo. Papai concluía com a mão batendo no peito.

Perguntava-lhe: "Onde está o medo? Em qual lugar poderemos encontrá-lo?"

Ele respondia ao tocar o meu rosto: "Está em toda a parte e em lugar nenhum, filho, depende dos seus pensamentos".

Completou ao afirmar que o verdadeiro medo se alojava naqueles vagões. Os soldados tinham a estranha sensação de ouvir o som da morte, esmurrando a porta e uma voz chamando pelos seus nomes. Atento, Ivan ouvia os gemidos dos homens, enquanto os corpos se contorciam e os rostos se deformavam como os servos da besta que consumia suas almas e calcinavam seus ossos. De repente, alguém soltou um grito agonizante que se prolongou e foi nesse instante que o trem sacudiu no solavanco durante uma curva próxima ao penhasco. Os soldados seguraram as armas em punho, se puseram de pé, ajeitando os capacetes soltos e esfregaram os olhos vermelhos com as pontas dos dedos.

Papai acreditava que o apego daquilo que possuímos ou que se pensa possuir se transformava no medo, o significado da perda se não compreendido como uma fatalidade pela qual estamos sujeitos nos empurraria ao precipício do medo. Mas, perder é uma palavra inventada para explicar que não se tem mais o que antes se possuía.

"Como é possível perder algo que jamais nos pertenceu? As únicas coisas que possuímos estão resumidas na alma e na memória". Essa frase fora dita algumas vezes por sua mãe, a qual se somavam as suas principais referências. Naquele trem restara tão pouco para quem de fato existia. Surgiu uma tímida noção entre os soldados sobre aquilo no que haviam se transformado, abandonando a consciência, perdidos de alma. Eles escutavam os sons que chegavam aos ouvidos, mas não era possível compreender o significado das palavras ressoadas pela consciência ensurdecida. A mudez do pensamento que atingiu o diálogo interno do homem, no ápice da insanidade da guerra, foi silenciada por toda a Europa durante os anos de destruição.

Naquela viagem de trem, ao se perder o que antes se pensava possuir, poderia a consciência ter criado uma nova dimensão a consciência se um espaço nos nobres princípios fosse aberto, ainda que pela fresta da janela, olhando os campos bombardeados. Se restasse uma criança, ao menos que fosse, percorrendo a relva livre, porém, na guerra os homens são treinados para matar e não terem consciência disso, muito menos de nobres virtudes. Os passos indicavam a história na marcha do selvagem, dos fantasmas avistados de natureza nefasta, diluída por gritos perdidos no ar e de carnes abertas nas alamedas feitas de carnificinas e genocídios, despindo o real da nossa espécie, atirando os corpos aos charcos do pesadelo.

Ergui a cabeça e voltei-me às ondas do mar, na casa de praia, pensativo na história do trem. Fiz um mapa da memória, revelando meus medos, como aquela viagem cortada por linhas que se encontravam, feita de cruz no túmulo dos homens que lá seguiam.

Enquanto papai foi um refugiado de guerra e tornou-se um sobrevivente, sou um refugiado da sobrevivência e me tornei um campo de batalha, refém dos meus conflitos.

Alguns fatos me fazem sentir medo do mundo como este instante que se aproxima e me devora ao viver o próximo segundo sem escolhas, apenas terei de vivê-lo e o marcarei em meu mapa mental como uma lembrança que não se apaga.

Uma brisa tocou minha pele, o temor que me invadiu acalmou-se. O delírio me encontrou ontem durante a noite. Um furor terrível faiscou-me os olhos e a verdade que não veste disfarce veio com a cara lavada. Faço das lembranças um sonho. O sonho é o delírio de todos os delírios. Sigo na estrada deserta. Na minha frente um poço se abre, ouço uma voz me chamar. Arremesso uma corda, seguro firme e puxo os temores. Esfolo as mãos. Posso me reconhecer. Posso sentir a verdade atrás do delírio. Posso ver as ilusões dissolvidas no eco das águas.

Agora atirei um vaso no poço, ele se reveste de luz, recebo suas flores. Embarco na memória do trem motivado pela narrativa de papai. Avisto o mar do meu quarto. O delírio me devolve a realidade. O mar é o sonho delirante da verdade indissolúvel. A história da viagem do trem me desperta.

O PESADELO COLETIVO

O trem continuava a todo o vapor. Eleonora continuava deitada coberta por uma manta, encolhida de frio, dormia profundamente. Antal continuava encostado no assento com a cabeça jogada de lado e os olhos parados no ar. Anna abraçou seu filho menor sem lhe furtar o silêncio. A viagem continuava.

Ivan olhou ao redor e viu soldados completamente exaustos, motivados por uma tensão soberana, paralisados em estado catatônico. E inexplicavelmente, criou-se uma sequência de pesadelos coletivos, presenciado pelo pequeno Ivan: a única testemunha do fenômeno, que cobrira o trem da morte. E foi aos berros no vagão que os homens contorciam o corpo de rostos suados, dentes rangendo e pernas sofrendo de espasmos. Sonhavam imagens cadavéricas, balbuciando palavras sem nenhuma coerência lógica. Eram tomados por devaneios da mão que erguia a foice brilhante e descia sobre suas cabeças debaixo de um céu lúgubre; dos tiros disparados por um batalhão de fuzilamento sob as nuvens cinzentas que se aglutinavam; dos corpos queimados e atirados aos ratos em profundas crateras, exalando o cheiro de enxofre; da baioneta rasgando-os ao meio e abrindo os crânios infestados de insetos horrendos; do anjo negro caído do céu, que trazia o beijo da morte ao toque dos lábios e das almas suspensas por pássaros de fogo com bicos metalizados pontiagudos, arremessando suas almas aos infernos.

O trem vivia do inconsciente perturbado, dos horrores noturnos, parecia mais com a eternidade infernal do que o instante típico dos sonhos. Os homens permaneciam espavoridos com olhos cobertos por uma nuvem branca e os membros inferiores se agitavam. Não havia um soldado sequer livre da tortura das imagens, transbordantes em palavras e gemidos, na forma de um pedido de socorro, dado o efeito do pesadelo compartilhado.

De súbito, o comandante do trem despertou com um salto e ao perceber o estranho acontecido, sacou uma arma e atirou para cima, acordando os soldados, e em alto tom ordenou que todos se levantassem e arrumassem seus uniformes. Para acalmar os homens anunciou com austeridade, a mensagem do Estado Maior Alemão: "A força Ariana é uma raça superior e resistirá valentemente ao combate, não há o que temer".

Ivan sabia que isso não era verdade, o mundo tornara-se outro para qualquer raça, os princípios estavam tomados de crueldade e indiferença, o espírito torturado encarcerava os homens, petrificava o coração daquilo que um dia poderia ser considerado humano. Desceu o véu mortuário dos novos tempos. Falava-se de um novo destino criado naquela época, possuindo nas sombras inúmeras silhuetas, cobertas de mortalhas e de mãos cadavéricas cobrindo os ossos mortificados, sepultados nas valas anônimas, onde corpos enxotados aos pontapés e amontoados nos buracos de lama eram arremessados.

O silêncio cobriu o trem na quietude que só o destino se julga no direito de possuir. A guerra tornou-se um jogo perverso, feito de perigos no desterro das atrocidades. Nela o homem joga com tiranos insanos, déspotas alcoólatras, ditadores viciados, opressores impiedosos, governantes sociopatas e usurpadores do poder. Aniquilam e corrompem impiedosamente a natureza delicada do homem. Todas as formas de poder são revestidas de cruéis ações de governos e servem aos interesses de homens insanos na conquista de nações a qualquer custo. A bondade alheia serve-lhes de instrumentos de manipulação, se colocam como os salvadores dos menos favorecidos, mas são eles que aniquilam a natureza, eleitos pelo povo, que roga em vão a salvação dos seus heróis de papelão.

Aos pés desses homens nos atiramos, partilhamos de suas ideias nocivas, apoiamos ações desumanas da pior perversidade e nos curvamos diante das conquistas sangrentas. Acreditamos em falácias e apostamos nos falsos redentores; matamos nossos irmãos e irmãs; desrespeitamos a honra e não reconhecemos o homem livre; cometemos o genocídio dos nobres princípios e obedecemos cegamente ordens de homens néscios e ignóbeis, profanadores do sagrado e dos mandamentos invioláveis de um deus caído ao chão, conclui Ivan num prolongado suspiro.

MISTÉRIO DE JESUS

De modo veemente papai continuava a narrativa, falava do pesadelo de um mundo destruído. As forças armadas se intitulavam pioneiras das invenções das máquinas de guerra. Ofuscaram-se as lembranças dos entes queridos, do brinde e encontro dos velhos amigos, do prazer ao se deitar com uma mulher, do prato quente sobre a mesa, dos jogos animados entre adultos, das roupas asseadas, do abraçado dos pais e da flor nascida no canto mais modesto do jardim. Havíamos nos esquecido da vida simples, que poderia arrancar os soldados daquela realidade.

A natureza tocará seu dedo nos destinos que se cumpriam. O apega ao orgulho criara a vicissitude no homem, do que antes se exaltara na forma de humildade. Portanto, não é possível segurar um pássaro na mão e depois agarrar o segundo sem que o primeiro fuja. Somos destinados a viver as diferenças com maior ou menor grau de intensidade. O medo do desconhecido penetrava nos olhos vazios dos combatentes, enquanto a realidade relacionava os fatos entre si, deixando cada homem à mercê, bifurcando os caminhos entre viver e morrer.

A sensação de penumbra no trem alcançou Ivan com a imagem do seu quarto escuro, escondido sob a cama, enquanto ouvia os nazistas arrastarem os judeus aos caminhões pelas ruas de Budapeste. Uma fresta da janela aberta naquele vagão seria o suficiente para preenchê-lo de esperanças, pensou. Estava sufocado de medo.

Lembrou-se de uma passagem bíblica que sua mãe costumava ler, quando ele ainda era uma criança.

Jesus falava aos seus discípulos dos segredos da revelação divina. O mistério revelado na graça do ensinamento e transmitido no segredo da fé de um discípulo a outro, da cura dos leprosos de uma cidade a outra, da compaixão no calvário de um homem a outro: revelações do amor.

Eis o mistério da vida!

Era um domingo quando Jesus entrou em Jerusalém, sobre um burrico acompanhado dos discípulos. A cidade estava repleta de fiéis e o saudaram com folhas de ramos espalhadas ao chão, formaram um imenso tapete verde. Era o Domingo de Ramos.

Ele desceu do animal, caminhou a pé na cidade, voltou-se aos discípulos e disse: "aqueles que hoje me chamam de rei, serão os mesmos que me crucificarão amanhã".

Ao revelar o mistério da própria morte, o Mestre confidenciou aos seus discípulos o segredo da traição da cidade.

Como Jesus tinha conhecimento do mistério?

Conhecer a si o tornou consciente do seu destino: a morte na cruz foi o sofrimento e a dor para libertar a humanidade como jamais o homem havia visto antes. Jesus transformava os mistérios pessoais em segredos e anunciava a si como destino de cada homem. Entregava o amor na forma de perdão.

Em pé no meio da sala, papai lembrava que Jesus trouxe o perdão do falso amigo que o traiu com o beijo da morte; do discípulo ao negá-lo três vezes, dando-lhe as costas; da cidade o açoitando aos risos no calvário; da lamúria das mulheres; dos dados jogados por soldados romanos sobre as vestes sagradas ao pé da cruz; dos ladrões crucificados ao lado do Cristo que perdoa e da venda de sua vida por poucas moedas de um dos discípulos.

Jesus fez nascer da ignorância a compaixão no homem piedoso e da tempestade súbita aos olhos dos que se regozijavam do seu sofrimento. "E posso afirmar", dizia Ivan, "que jamais conheceremos outro como ele, sem nunca construir templos ou escrever uma única linha. Ele tornou-se o filósofo e o poeta do amor" e "despertou como ninguém a consciência livre, da forma mais singela conhecida: veio como um homem do mundo".

Meu pai voltava a sentar-se na sua poltrona e olhava o jogo de xadrez. Passava horas diante do tabuleiro, movendo as peças. Falava que a vida era um jogo, não para ganhar ou perder, mas para evoluir nos mistérios de Deus. Dizia que naquele trem a morte jogava com as suas vidas.

A mão do destino desceu sobre os passageiros. Jesus os acompanhava por túneis e abismos profundos ao redor de montanhas cobertas de neve. A sensação era que flutuavam sobre os trilhos e qualquer descuido do maquinista seria o suficiente para despencarem na garganta de um abismo.

Ele apertou o braço de sua mãe, que orava com os lábios se movendo.

Tocou no bolso da jaqueta, onde havia as sementes de trigo e alguns de cereja, lembrou de Shalom. Deitou a cabeça no colo de Anna, ela agarrou seu ombro com um dos braços e com a outra mão afagou o rosto do filho. No balanço do trem Ivan levou o dedão da mão à boca, sem perceber a imagem de Édipo deixado na cesta, veio acompanhada do abandono. Adormeceu profundamente.

Na manhã do outro dia, uma claridade surgiu da janela e bateu em seu rosto. Despertou sonolento e esfregou os olhos. A locomotiva apitava. O maquinista diminuiu a velocidade. Ele viu algo estarrecedor: uma cidade completamente devastada, vítima de bombardeios, apenas as chaminés das fábricas se mantinham intactas. A cidade de Dresden se tornou um imenso deserto de escombros, exalando o cheiro dos corpos que apodreciam traídos pelo que humano que traía o humano, do campo de concentração judeu mantido por alemães ao massacre daquela cidade por aliados.

A desonra mudava de lado como a dor e o prazer jogam com a sensibilidade e a razão.

Um soldado comentou que os corpos dos mortos foram retirados e queimados; outro disse que conhecera aquela cidade e do que antes eram ruas, praças e avenidas restaram ruínas; outro falou que os aliados estavam determinados a dar cabo da cidade e demonstrar sem escrúpulos a sua hegemonia sobre os alemães; outro apontou algumas crianças brincando em meio à destruição; outro enxugou lágrimas dos olhos; outro ajeitou o casaco do exército; outro bebia o último gole de água e tantos outros saltaram, correram dispersos por dentro da catástrofe de Dresden. Ivan não compreendeu o motivo daquele alvoroço, talvez fosse o delírio de outro pesadelo coletivo que começara.

Tomado por um intenso medo, ficou inerte. Observou atônito da janela do trem que chegava à plataforma e, entre soldados que passavam a sua frente, viu a imagem de Shalom com roupas rotas, olhos vermelhos e pálpebras escuras, segurando uma bola de futebol embaixo do braço. A pele parecia com um fio de seda esticado, pronto a se romper. O menino estendeu os braços e moveu os lábios colados como se fosse dizer algo. Ivan empurrou os soldados, que se amontoaram nas portas e janelas. Tentou se aproximar, enquanto alguns se acotovelavam. No desembarque saiu disparado e passou por baixo das pernas dos homens. Ao pisar na plataforma procurou com o coração palpitando o amigo por todos os lados, ele havia desaparecido com a mesma velocidade que o trem chegou à estação.

Viu centenas de crianças andando sobre os destroços. Então voltou a procurar Shalom entre os garotos, mas em vão.

Seria possível que o mistério divino houvesse abandonado aquela cidade e o amigo judeu ao sofrimento? perguntou a si.

Ficou-lhe claro que não seria apenas o destino daquelas crianças que estava em jogo, mas o de toda a cidade ao atingir milhares de pessoas no coração de Dresden como se um destino coletivo se estendesse por todos os lados. Talvez o espírito do amigo estivesse pairando ao redor da cidade destruída, abandonada por Deus.

Naquela manhã a destruição de Dresden passaria definitivamente para a história, onde nascer e morrer se tornaram suas únicas formas de respiração.

As veias sociais explodiam sobre o genocídio. Ivan observava a decadência humana e lembrava-se da imagem de Shalom ao guardar em segredo as sementes de cereja do lenço retirado do bolso como uma espécie de dom para sonhar. Ajoelhou-se nas pedras e orou pelo amigo.

Não demorou muito e a família encontrou o caminhão que os levaria a Reigsburg, partiram apressados, deixando Dresden para trás.

Percebi que essas histórias na infância formaram parte das minhas memórias de criança, numa realidade despida, como o sol se apaga durante o eclipse e nos deixe expostos às sombras.

Ouvia meu pai quando ainda era vivo, na sala da nossa antiga casa, narrar suas lembranças na mais secreta das intimidades de armadilhas montadas pela solidão.

Sentia-o isolado do mundo, acompanhado com o passado etéreo que se desfazia em minúsculas partículas no ar.

Com a carta da minha avó aberta, seguro na mão o peso do mistério. A minha vida que se configura neste quarto. Mergulho no sonho da história de pessoas que tornam a minha realidade palpável e, por isso, o peso do mundo continua em minhas mãos.

Meus olhos voltam ao lúmen de antes. Vejo um brilho no reflexo da janela. Noto que hoje a luz está mais clara do que ontem, ainda que oblíqua, ela se lança na praia ao cortar a noite com o halo da lua, cobrindo árvores, colinas, casas, barcos e cães que brincam nas espumas das ondas. Meu rosto retorna ao sorriso, não me sinto solitário como há pouco. Uma lufada de ar bate no vidro. A areia murmura molhada e as ondas explodem nas rochas ao apito das embarcações que se aproximam. Adiante um cardume atravessa o barco do pescador que atira a rede e provoca um longo impacto nas águas. Os golfinhos emitem sons. O céu é ruidoso. Os raios iluminam com flashes a escuridão e cortam o infinito como um painel de nuvens escuras. Retomo os sonhos, despertando meus sentidos para a vida. Descubro algo arrebatador. Vivo do êxtase noturno.

O céu nublado desvia minha atenção. Seguro distraído a carta de vovó, apertando-a contra o meu rosto. Ouço as ondas batendo nas rochas na porta de entrada, enquanto a leio sob o efeito de tremores uma segunda vez, quase desfeita pelos maus tratos. Fico pálido com a sensação de fim daqueles que viveram em guerra e do amigo de papai que se foi.

Li certa vez, em um livro chamado Tao Te King de um pensador chinês, que: "perder é o mesmo que ganhar". Entendo que a visão da destruição de Dresden para papai, bem como a perda de Shalom e tudo aquilo que antes possuía, o levou a recomeçar do nada. "As fraquezas fortalecem o espírito caído", ele me dizia com base na ideia da reconstrução da vida. E voltava a afirmar: "Estar no vazio preenche todas as coisas do mundo com os nobres princípios humanitários e a humildade da alma, que lançarão o homem à dignidade de uma vida". Ele quase soletrava essas palavras. Tudo estava por começar para ele.

Intrigava-me a fé dos refugiados, que eu jamais compreendi mesmo ouvindo inúmeras vezes as ideias de Ivan e todas essas histórias na infância. Sentia arrepios só de pensar. Imaginava como seria segurar os idosos e carregar as crianças no colo durante a fuga, seguir em frente em passos vagarosos com os braços apoiados nos ombros, de vestes rotas, mas ainda assim com a cabeça erguida, que a audaz expressão de suas faces representou para a esperança memorável de uma força invisível do amor.

Brilharam lágrimas em meus olhos.

E como seria possível manter a esperança se o coração fora destruído, perguntei-me soluçando?

Era a graça de uma humanidade delicada.

Ao ouvirem a marcha retumbante dos soldados, procuravam Deus em suas preces, inclinavam o corpo sobre os joelhos feridos e dos abrigos escuros faziam o santuário de uma oração. Eles praticavam com afinco o silêncio durante as batalhas e nos porões se abraçavam constritos e assoviavam canções de alívio. Pactuavam entre si a sobrevivência dos nobres de alma, e o sagrado da vida arrebatado de fé, salvaguardava as virtudes da compaixão humana e a altivez de suas origens com o amor das terras deixadas.

Imaginava ouvir quando criança, a voz de Shalom, relatada por papai, como um longo pedido de socorro no desalento do caminho, e escutava que essa impossível natureza da compaixão nascia nas poças de sangue das ruas. Quando pequeno, voltava os olhos para as chamas da lareira, enxergava corpos que se reduziam às cinzas.

Qual bizarro milagre seria esse?

A venda caiu dos olhos da inocência e dos prisioneiros levados aos campos de concentração enxergavam além dos clarões das bombas, o amor flamava em fogo o ódio, dissipava nas labaredas de lampejos a guerra; e ao toque da realidade sutil, a pele que ardia em carne viva, sangrava até a última ferida. Encolhi meu corpo diante da janela do quarto e chorei lágrimas da História do Mundo. Solucei o desespero de suas vidas. Guardei no meu peito de criança os refugiados e os enviados aos guetos como um abrigo aberto, eu os receberia, honraria seus nomes, e saudaria a paz dos seus filhos e me curvaria diante da coragem dos pais.

Tornei-me um homem descrente sem notar a esperança nas malhas da bondade de tão nobres corações, daqueles que apesar de caídos ao chão, estendiam as mãos aos mais necessitados.

E agora dou graças ao indissolúvel amor da família de papai e reconheço o meu rosto devolvido no reflexo da janela do quarto. Algo surge familiar, me expõe a vida.

Levo os punhos cerrados ao peito e faço uma oração. Escuto minha voz sussurrar uma prece para os espíritos, rogo a paz na tentativa de abrandar seus sofrimentos. Assim poderei diminuir os meus conflitos e afastarei os fantasmas que rodeiam o meu quarto.

Permaneci em silêncio na terra dos mortos, vendo a tempestade caindo na praia, abençoando a memória dos refugiados e torturados de guerra, dos clarões do céu sob a proteção do teto da minha casa.

Capítulo 3 · Deusas do Destino

ENCANTAMENTO DO DESERTO

28 de agosto de 2008

Estranho que durante os anos de longas conversas sobre a Segunda Guerra Mundial, meu pai jamais mencionou o Deserto de Atacama e esse misterioso encontro com as Senhoras do Tempo, no meio do nada, abrigados na casa de tecelagem por uma garota.

A carta de vovó continuou comigo e não me saiu da cabeça um segundo sequer. A saliva desceu pela garganta. Abaixei os olhos. Tomei uma respiração profunda. Virei a carta do avesso, atrás encontrei um estranho desenho de uma roda feito à mão.

O que aquilo representaria?

Apanhei o livro e abri a primeira página, folheio vagarosamente. Mas estranhamente, cada página, uma após a outra, nenhuma palavra ou imagem, não havia uma letra escrita ou qualquer tipo de menção, nem autor, editor, data ou anotação, nada mais do que o título Señoras del Tiempo, em letras douradas e capa de encadernação preta.

Como poderia haver um livro sem palavras? O que isso significaria? Por que alguém guardaria algo assim?

Dispus-me a ir ao Atacama, à casa das Senhoras do Tempo. Apanhei a mala e providenciei imediatamente a viajem.

No dia seguinte cheguei ao aeroporto de Santiago, por volta das oitos horas, uma brisa fina na manhã iluminada e quente provocou uma palpitação no coração, corri às pressas entre os passageiros e apanhei a bagagem no salão de desembarque. Levei roupas para o calor diurno e o frio noturno, além de bota, dois calçados confortáveis, protetor solar, a carta da minha avó, o livro em branco e um mapa detalhado do deserto.

Na saída do aeroporto avisei o Cacá do meu desembarque no Chile. Ele sugeriu que após a minha estadia no deserto, deveria passar por Buenos Aires e fechar o contrato da campanha publicitária com o cliente do ramo hoteleiro, a conta que meses atrás comemoramos no café bar próximo à agência. Cuidaria dos negócios após ir ao Atacama.

Então, telefonei para Dora, sentia saudades da minha filha. Tornei-me um pai ausente sem lhe dar a merecida atenção.

Carmem atendeu frivolamente. Dora havia se enfiado em algum shopping para as compras semanais com as amigas. Fui interrompido por Carmem ao comentar que João Pedro, fora à casa de um amigo, desligou o celular e não respondia aos e-mails, evitava assim passar por aquilo que chamava de "pressão familiar". Respeitei sua decisão para não agravar nossa distância que aumentava com o passar dos dias. Comuniquei minha ida ao deserto sem dar muitas explicações. Ela demonstrou total desinteresse no assunto. A ligação caiu. Ninguém retornou o telefonema.

Aluguei um carro no aeroporto. Viajei 1.300 quilômetros até a cidade de San Pedro de Atacama, a 2.440 metros de altitude, no norte do Chile, a região pertencia a província de El Loa, em Antofagasta, um oásis que se encontrava no meio do deserto. Coloquei o veículo na estrada e percorri por horas a paisagem de montanhas de pedra e areia, respirando o ar seco.

O lugar era árido, se ouvia o vento assoviar a quilômetros de distância, a areia se espalhava ao redor de tudo e a fumaça da alta temperatura subia no asfalto, transformava a vida em passos vagarosos de languidez. As formas moventes dançavam na areia. Parecia que o horizonte me observava com o olho vermelho do sol.

Encontrei lagoa salina evaporada no tempo há milhares de anos; vulcões que borbulhavam lavas, aves sobrevoando montanhas; campo geotérmico com inúmeras cortinas de fumaças, escondendo do tempo as estratificações rochosas; poças naturais de águas termais aquecidas no calor dos vulcões; vegetação rasteira soprando as sementes e montanhas que abraçavam o deserto.

O céu movia um cinturão de nuvens dissipadas ao vento. Na areia minhas pegadas seriam apagadas pelo tempo. O mistério dos nômades levou-me aos territórios de ventos que zuniam como seres alados invisíveis. Sentado no banco do carro, esperei o alvorecer de braços abertos e olhei o céu como se fosse abraçar o infinito de uma só vez. O dedo de Deus havia tocado naquele lugar.

Diante do nada, olhei o que o olhar pouco compreendia,

entreguei-me aos meus territórios despovoados, penetrei na imensidão da alma, descendo ao abismo da minha lógica que retém o infinito e ao tentar aprisionar as formas que capturavam os sentidos, uma lufada de ar vendou-me a razão.

Prossegui dirigindo com a pele áspera e a boca seca. Tive a chance de permanecer íntegro no silêncio renovado do meu espírito. Diálogos ruidosos gritavam, ouvia sons que cantavam à noite e durante o dia, a areia empurrava as montanhas. Se minha origem fosse ali, estaria no centro da terra sem poder existir. O eterno sem nome e de quatro faces me olhava sobre montanhas, abaixo dos vales, no alto do céu e dos lados na branca esteira, dançava ao vento com pernas invisíveis. Fui recebido como um hóspede no coração do mundo.

Segurei o mapa. Estava exausto. Milagrosamente fui levado de paisagem em paisagem ao vazio da minha mente, voltei despido de pensamentos, o vento impetuoso me empurrava às origens como um discípulo se curvava ao mestre.

Finalmente avistei San Pedro numa região de povoados. Algumas construções feitas de pedras, tijolos cozidos, barro amassado e madeira sinalizavam que eu estava longe das grandes cidades impessoais. As pessoas caminhavam de modo pacato, se cumprimentavam com sorrisos. A igreja singela lançava-me para fora do tempo.

Encontrei um homem idoso, sentado na porta da minúscula pensão próxima à igreja. Na cadeira de balanço ele permanecia sereno como aquele lugar, trazia na cabeça cabelos brancos e a pele morena, feições de um velho índio. Perguntei sua origem. Disse-me que era um índio aimará, marcado com as dificuldades de sobreviver naquele lugar.

Havia de fato um contraste entre turistas ricos europeus e da América do Sul, que percorriam as maravilhas do deserto e a pobreza dos herdeiros da região. Porém, talvez o infortúnio de viver fosse meu e não dos indígenas. Cada nativo era um anfitrião, via nos seus olhos as joias expostas da benevolência, estabelecidas firmemente e impostas nas virtudes de homens íntegros e solícitos. Viviam em casas singelas de madeira e pedra nos seus castelos de rochas, sobreviviam na alma.

O rosto do velho índio se voltava para baixo, suas mãos estavam enfiadas entre as pernas unidas, trazia os olhos cansados do tempo que avançava sobre ele. Perguntei-lhe se conhecia a dona de uma casa de tecelagem na região. Ele respondeu pausadamente:

— Você sabe o nome dela?

Questionou-me ao tocar o dedo na testa pensativo estirado na cadeira balançando. Olhei-o com meu corpo exaurido, sentei ao seu lado e me entreguei ao repouso, jogando a cabeça para trás, reconfortando-me.

— Não sei senhor — respondi. — Apenas posso afirmar que ela possui uma casa de tecelagem, em que vivem senhoras vestidas de preto — Toquei a carta guardada no bolso da calça.

— Sim. Essa mulher de quem você fala... Agora lembro! Volte pro carro e siga em frente cinco quilômetros, do lado direito caminhe a pé até não ver mais o sol atrás da montanha. Você encontrará o que procura.

O homem levantou-se da cadeira, quando surgiu na porta da pensão, uma jovem sorrindo e ajeitando o gorro. Ela tinha as mesmas feições do velho, usava um ponche bordado com formas geométricas típicas da cultura andina. Segurou o braço do índio, levando-o para dentro.

— Você é filha dele? — perguntei.

— Sim e também a proprietária daqui — respondeu, enquanto sustentava o homem com o corpo inclinado no ombro.

— Quer ajuda? — busquei uma aproximação.

— Você é novo por aqui. Certo? Vou dizer uma coisa, moço. Não dê atenção ao meu pai. Ele é velho e sempre delira, conta histórias de fantasmas.

— Você conhece a dona de uma casa de tecelagem por estas bandas?

— Não existe nenhuma casa de tecelagem por aqui — ela respondeu. - Turista tem cada mania. Aqui é local de turismo, moço, não tem fábrica nenhuma.

Ela balançou a cabeça, carregou o pai para a porta da pensão. Senti-me um idiota. Acabei fazendo papel de lunático na procura do sobrenatural. Mas, que vergonha!

Por um momento duvidei da carta de vovó. Mas, se vim parar neste fim de mundo foi com a intenção de desvendar esse mistério. Não desistiria até encontrar minhas respostas. Estava determinado.

Entrei no carro e segui a indicação do velho índio. A noite surgiu repentinamente fria. Após cinco quilômetros de estrada parei o veículo e fui a pé descendo o deserto, sem noção de distância, andava por dentro da escuridão. Caminhei devagar por cima de pedras, não sei por quanto tempo. Fiquei absorvido com a ideia de que a noite engolia a escuridão. Estava perdido. Os ventos frios cortavam a pele. Agasalhei-me até a cabeça com um casaco de lã comprido, um par de luvas, amarrei o cachecol ao redor do pescoço e cruzei os braços. Após um longo caminhar sem direção, dei com a bota em uma escada de madeira, acidentalmente desabei. Olhei para cima e uma construção suspensa com parca luz, coberta de penumbra, se impôs a minha frente.

Subi os degraus que rangeram soltos. No alto uma luz tênue de lampião iluminava uma velha porta aberta como se esperasse um visitante. Caminhei silenciosamente. O coração disparou. Avistei um salão com cheiro de carvalho saído dos veios das madeiras envelhecidas. Meus pelos eriçaram de um frio interno maior do que as ondas do vento vindas de fora. Os dedos dos pés congelados se retraíram nas botas. Uma luz caminhava flutuando. No meio do peito sentia uma bomba relógio pronta a explodir.

Atrás da penumbra surgiu o rosto de uma senhora segurando uma lamparina. E sem notar minha presença, acendeu com um palito fumegando, entre os dedos finos, velas fixadas nas paredes por suportes de ferro. Depois em passadas lentas se dirigiu ao centro e puxou uma corda, pendurada no teto, descendo um lustre antigo repleto de velas brancas. Cuidadosamente acendeu cada uma com o olhar impassível. Ao meu redor, dado ao efeito da luz, abriu um velho salão equipado de teares antigos, seguido de um silêncio, onde não havia nenhuma alma viva.

A mulher parou de rosto erguido e postura altiva, trajando um vestido longo na cor preta, desprovida de calçados ou sandálias, caminhava como se flutuasse com os pés descalços. O cabelo escuro e comprido e os olhos negros se retinham nas sombras. No seu rosto havia lembranças marcadas de uma civilização esquecida dos antepassados. Brilhou o colar prateado de roda no seu pescoço, de traços análogos ao desenho da carta de minha avó.

A senhora índia aparentava setenta anos ou mais, ou talvez menos, não me parecia seguro arriscar uma contagem do seu tempo. Na sua face havia marcas que transitavam nos séculos. A casa respirava suspensa no ar. Uma lufada de vento fechou a porta de entrada numa batida seca.

O rosto da mulher dividia-se entre a luz e a penumbra. Fitava-me sem precedentes. Sugeria que eu não lhe era um estranho.

Esticou o braço e tocou minha mão trêmula. Postou a voz rouca, nascida dos recônditos indígenas de rituais, danças e cantos sagrados, onde ervas mágicas são atiradas ao fogo. Depois puxou para o alto as longas mangas do vestido. Falou com palavras de encantamento sussurradas em meus ouvidos.

— Foi bom você ter vindo.

— Quem é a senhora? — perguntei, enquanto ela me olhava com o rosto para cima

— Pegue a carta no bolso.

— Aqui está — estiquei o braço para entregá-la.

— Não. Ela lhe pertence.

Meu Deus será que estou diante da alma de minha avó? pensei.

— Essa carta foi de sua avó.

— Sim — respondi aliviado. — Afinal, quem é a senhora?

SENHORAS DO DESTINO

A mulher permaneceu em silêncio e carregou a minha mão para dentro do salão. Na aquiescência de seu convite segui seus passos, ao toque dos finos dedos no espírito encarnado de uma criança. Conduzido aos fundos, desci a escada de madeira e na parte de baixo da casa havia uma sala modesta, onde duas cadeiras, uma mesa, o fogão a lenha, vários chumaços de algodão, três tesouras grandes, uma antiga roca para fiação e alguns fios espalhados ao chão faziam dali um cenário abandonado há tempos.

Ela apontou a cadeira na frente da mesa, convidando-me a sentar. Lançou um olhar gélido e entregou uma fita retirada da mesa que dizia: "Você veio aqui para descobrir o mistério do destino".

Sem compreender o seu significado, afastei-me em sinal de rejeição e perguntei de forma inconsequente e provocativa:

— A senhora é o destino?

— O destino é mais velho do que eu, filho.

— É uma espécie de seita secreta ou religião que a senhora criou?

Ela riu, balançou a cabeça e sem me dar chance para outra pergunta, respondeu:

— Você não escolhe o destino. Ele escolhe você.

Ainda sob a tensão daquela situação insólita em que me encontrava, perguntei-lhe de minha avó. Seus olhos brilharam, derretendo o gelo de seu olhar. Nesse momento, tocou meus braços sobre a mesa e referiu-se àquela época como sendo ela, a jovem acolhedora da família de húngaros refugiados de guerra.

Meu Deus! A índia era a garotinha da carta. O que aconteceu? Por que guardar um segredo durante tantos anos?

Seus olhos impávidos me convidaram a fazer a leitura dos seus pensamentos intrépidos. Eles me diziam que o salão das Senhoras do Destino fora consagrado naquele lugar anos atrás, recebendo minha avó e os que a seguiam e, em um dia qualquer, as deusas desapareceram subitamente, penetraram nas grutas montanhosas do deserto e deixaram a família livre para seguirem a viagem do destino.

Não parecia certa a identidade dessas Deusas do Tempo. Ela referiu-se às fiandeiras gregas como as Senhoras do Laço da vida e da morte, que eu já tinha ouvido falar durante as aulas de mitologia no colégio, só que jamais acreditei na existência real dessas personagens mitológicas, para mim não passavam de ficção criadas por uma antiga civilização grega.

A índia levantou-se da cadeira com ar severo, apontou o salão em toda a sua extensão como se descortinasse segredos e afirmou com a cabeça voltada ao alto: "Você está enganado como os outros que por aqui passaram, o destino de cada um de nós se enlaça nas mãos das deusas fiandeiras, independente dos desejos pessoais" — comentou.

Olhei ao redor e procurei pela existência das tais fiandeiras, não havia mais ninguém, apenas uma roca velha no centro, fios soltos e um chumaço de algodão. A velha mantinha os olhos sobre minha expressão de dúvida, ainda que incomodado com sua postura impassível, lembrou-me de como eu havia contado para minha ex-mulher o meu nascimento, numa espécie de comprovação de seus poderes. E sem que qualquer tipo de exaltação, mediante minhas investidas de encolerizá-la, dadas as colocações que eu fazia, ela repetiu exatamente a história de meu nascimento:

> Era uma tarde de verão. Deitei de lado e senti um conforto inesquecível. Estava com o polegar da mão na boca. Naquele momento nada do lado de fora me molestaria.
> Minha mãe estava comigo, podia sentir as sensações dela. Eu estava nela.
> De repente veio a agonia. Notei que fiquei deitado de ponta cabeça, comecei a me revirar de um lado a outro. Foi um mexe e remexe. Tentei romper as paredes, chutei, dei soco pra tudo quanto era lado e nada.
> Fui parar no hospital. Havia pessoas falando alto, luzes, barulho de sirene e correria.
> Senti ao redor do pescoço algo enrolado, uma volta, duas voltas e três voltas.
> Epa! O negócio sai do umbigo e fica dando voltinhas. Aquilo sufocava a garganta, parecia uma gravata com o nó apertado.
> Correndo no hospital entrei na ampla sala de cirurgia. Ouvi o barulho de algo rasgando. A luz bateu na minha cara. Abriram a barriga dela. "Puxa, o que eles querem?" — perguntei — "Será que esse povo todo vai entrar aqui, não tem lugar pra mais ninguém".
> Inesperadamente fui puxado para fora. Não tive dúvidas, saí berrando! Fiquei completamente roxo, com o pescoço apertado, mas logo o cordão foi cortado. Ai! Que alívio.
> Olhei para minha mãe linda de pele macia. Ela me segurou com afeto. Deitei em seu corpo. Sabia que ali era a minha casa. Fiquei faminto e procurarei alimento, depois daquela agitação, adormeci em seus braços.

E ao terminar riu uma primeira vez com a cabeça balançando, desdenhando minha história, às gargalhadas. Fiquei indignado. Senti minha intimidade invadida, porém confesso que ela sabia precisamente a maneira como me era peculiar narrá-la. Foi quando, por uma segunda vez, uma sensação de estranhamento se apossou dos meus pensamentos. Perguntei-me com as sobrancelhas apertadas. Como alguém que nunca havia me visto tinha pleno conhecimento desse ocorrido?

E como se ela soubesse o que os pensamentos me diziam, antecipou-se a qualquer apontamento meu e esclareceu que as fiandeiras gregas estiveram naquele salão fiando o meu destino. Apontou o dedo trêmulo para a velha máquina desligada. Disse que o algodão ao ser transformado em fio passava através da roca e a fiandeira girava a roda, quando o fio vinha impresso com o destino marcado, ele era cortado por uma tesoura.

— Eu li o seu antes mesmo de você nascer — comentou.

— Isso não é possível. Vim ao deserto para descobrir minha história e o segredo escondido neste livro com páginas em branco e a senhora me fala de destino escrito no fiozinho de algodão — coloquei o livro sobre a mesa.

— Ah, sim. O livro das Senhoras do Tempo. Guarde-o. Ele lhe pertence. Você precisará dele quando envelhecer... Não se esqueça...

— O que farei com um livro sem palavras? Olha minha senhora, respeito sua opinião, mas não dá para acreditar nessa história de destino. Não posso admitir três mulheres vestidas de preto decidindo nossas vidas. Acho que estou no circo, daqui a pouco falaremos de elefantes no deserto, isso se eu não for o palhaço e a senhora a domadora de cavalos.

Ela não se aborrecia, mantinha a postura serena de quem conheceu pessoas incrédulas e se habituara aos discursos dos materialistas irredutíveis. Apanhou um cobertor embaixo da mesa e o colocou sobre os meus ombros.

Aquela conversa me perturbava a razão, instigava-me. A história do meu nascimento, nem me fale. Finquei o pé no chão e não sairia dali até encontrar minhas respostas, tão pouco me deixaria enganar por uma índia louca. Ideia absurda acreditar que as fiandeiras gregas haviam vindo do Olimpo, além do mais, a maneira fanática, de trejeitos alucinatórios, eram suficientes para abominar suas crenças insanas.

Ela sentou na minha frente e comentou com os olhos fixos sobre meu olhar hesitante, dúbios da minha existência, configurando fragilidades evidentes do que pensava que as Fiandeiras do Destino, não eram mulheres comuns, mas deusas muito temidas, inclusive por Zeus, o deus mais poderoso da mitologia grega. Falou em tom de devoção, que essas senhoras surgiram e os seus poderes nasceram no tempo primordial, quando nada havia, nem homens ou mulheres, apenas deuses e deusas habitavam o universo.

Olhou a roca e segurou o colar prateado, falou ao meu ouvido que no início havia o Caos onde todos os elementos do universo estavam misturados sem forma, sem vida, sem luz e sem escuridão. Até que o Caos, uma força misteriosa, criou a separação dos elementos como um bico de ave que ao abrir se divide em duas partes. O Caos fez nascer a Noite (a escuridão) e o reino subterrâneo escuro dos mortos (Érebos). Mas, Érebos e Noite apesar de trazerem as trevas, experimentam a união em amor, gerando dois deuses: Dia e Éter, a luminosidade do céu diurno.

Nascia a luz fruto do amor, todavia acolhido na penumbra. Surgiu assim a dor para o temor dos mortais.

E foi na batalha da eternidade, quando Caos e Amor lutavam entre si na forma de luz e escuridão, que a Terra (Gaia) nasceu, assistindo ao embate entre a separação e a união, as trevas e a luz.

O Caos e o Amor foram os mentores da Terra na guerra entre o Dia e a Noite, e dela fez surgir o assento firme de sua casa, e por ser uma deusa de grande generosidade, recebeu a escuridão e a luminosidade, a felicidade e a infelicidade, a morte e a vida. Assim, a dor e o amor se abrigaram na Terra, convivendo com tudo o que existia.

Interrompi a índia, pigarreando discretamente; ela parecia trazer os olhos em estado de transe. Questionei-a duramente achando impossível tais mulheres terem nascido. Temia que a velha estivesse alucinando.

Ela prosseguiu sem me dar ouvidos e falou que o Destino desde o começo dos tempos foi atribuído às representações femininas nas diferentes mitologias, as figuras masculinas já não tiveram essa sorte. As fiandeiras do fio da vida e da morte estão em inúmeras culturas: na grega, as "Moiras"; na romana, as "Parcas"; na nórdica, as "Normas"; na africana, as "Senhoras do Pássaro da Noite" — Iyá-Mi Osorongá —; nos ciganos, a "Sara a Negra"; nos escandinavos, a tecelã "Frigga" — aquela que ama —, isso para não citar outras divindades.

As deusas gregas, chamadas de "Moiras", foram também conhecidas como "Senhoras do Destino", "Senhoras do Tempo", "Fiandeiras", "Deusas do Destino" e "Senhoras do Laço". São tantos os nomes que se tornou difícil memorizar cada um deles, mas essas nomeações resultam da representação feminina de criação ou destruição, aceitação ou rejeição, vida ou morte. São forças da tensão, regendo o dinamismo das oposições que se chocam entre si e completam a existência das formas, desfeitas na morte.

A índia apanhou o chá em cima do fogão ao lado da roca, segurou a chaleira de ferro fervendo e depositou duas canecas de barro sobre a mesa. Exalou um cheiro da mistura de ervas no bico fumegante, a fragrância das ervas, indiscutivelmente, inebriavam os meus sentidos.

Havia duas versões para o surgimento das deusas, dito por ela. A índia puxou a caneca de barro e a aproximou da boca, tomou o chá numa golada de olhos fechados, manteve a coluna na forma mais ereta possível e de modo respeitoso falou do nascimento das deusas, reverenciou seus nomes em sinal de devoção, reunindo os dedos, levados sutilmente aos lábios.

Na primeira versão elas são filhas da Noite (Nix), sendo que a Noite é uma divindade geradora das incertezas e da angústia. Quando o destino vem ao nosso encontro, sentimos dúvidas sobre os acontecimentos e não suspeitamos dos mistérios da vida. As Moiras, consideradas filhas da Noite, alimentam nossas dúvidas, nos arremessam à deriva no mar sem estrelas para nos guiar.

Na segunda versão, elas nasceram da mãe Têmis, símbolo da justiça. Ela segura com uma mão a espada e na outra a balança, os olhos vendados, simbolizando que a justiça é cega, todavia justa. O pai das Moiras é Zeus, o controlador do mundo, implacável em suas decisões. O Destino tornou-se imparcial e soberano, acima dos homens e dos deuses.

A índia levantou-se da cadeira, entoou notas, pronunciando palavras num canto mágico, de uma voz postada a uma ancestralidade milenar, referiu-se a cada mortal como possuidor da parte no destino, feito na parcela das dívidas contraídas na existência. Todo o peso foi dividido, ninguém pagava a dívida de outrem, cada um carregava o seu destino no coração como uma cruz presa ao corpo.

As deusas fiandeiras determinavam os acontecimentos de cada pessoa, de forma imparcial, sem atender as promessas dos mortais. Tornaram-se impessoais e cumpriam a lei do universo: quem deveria viver e quem deveria morrer e quando isso aconteceria. A partilha buscava o equilíbrio ensinado de sua mãe e a justiça pelo poder implacável herdado de seu pai, o poderoso Zeus. Foram vistas através dos séculos como mulheres temidas, tal a Noite, absorvendo a luz, criadoras das trevas.

O Universo dividiu as Moiras sabiamente em três mulheres, cada qual com uma tarefa diferente da outra.

Tomei o chá movido por uma indescritível satisfação, embebendo-me, dado ao paladar agradável das ervas espalhadas na boca. Indaguei à senhora, que ainda mantinha os olhos estatelados como duas pedras de ônix paradas no ar:

— Por que são três mulheres e não duas ou uma?

Novamente reverenciou seus nomes, abaixando a cabeça até o chão de joelhos, de mãos espalmadas. Disse que a primeira sorteia o fio, a segunda cria a trama, medindo e girando a roda da vida e a última determina o fim com uma tesoura.

O destino foi atribuído à mulher e seus nomes se tornaram temidos até na cultura soberana das antigas guerras e territórios conquistados: o povo romano. Chamavam-se "Parcas", o que significou "parcela" ou "parte" de uma vida que corresponderia a uma porção do universo. Cada mortal carregando o peso que lhe foi atribuído. A partilha dos acontecimentos distribuída.

As deusas fiandeiras usaram roca para fiar o algodão colhido, transformando-o em fio e passando por ela o material bruto extraído da terra nas sementes descaroçadas de algodão. E na roda, a linha fiada girava em tramas misturadas, finalmente a linha era cortada por uma tesoura e o destino se cumpria.

As três deusas continuaram fiando o destino dos mortais na soberania da eternidade.

A primeira deusa ainda hoje é conhecida como Clotó, a mais nova sorteia uma linha e puxa na direção da roca: o passado esquecido e a memória preservada.

A segunda, Láquesis, mede a linha e gira a roda, cria a urdidura e a trama entre as linhas: o presente da mudança e a imobilidade infinita.

A última, a mais velha chamada de Átropos, corta com a tesoura a linha, determina o fim: o futuro temido e a esperança dos aflitos.

O destino foi traçado!

A índia se calou com o semblante imóvel, longe daquele lugar. Suspendeu os braços como se fosse levitar e tomou uma respiração que insuflou suas narinas, absorveu o cheiro das ervas exaladas na fumaça do bule ainda fumegando.

O FIO DA VIDA

A manhã veio quente, a temperatura alta do deserto aquecia o salão das fiandeiras. As paredes claras ficaram rosadas com o reflexo do sol. Meu corpo transpirava por cada célula, a roca transpirava, a janela transpirava, o coração pulsava rapidamente, se aquecia do calor em brasa que vinha do deserto. A índia com a cabeça voltada para o alto não transpirava.

Os raios do sol atravessaram a minúscula janela de vidro, erguida a cerda de três metros e meio do chão. A roca iluminada por um quadrado recortado abria uma estranha dimensão, o restante do salão estava preenchido por velas. Tornou-se quase impossível olhar através da janela que me levaria para o outro lado. Aproximei a cadeira e subi sem as botas a altura de cinquenta centímetros abaixo da janela. No entanto, era difícil enxergar. Foi então que escalei a parede com as mãos, raspei as pontas dos dedos nas fissuras, torcendo o dedo mínimo da mão esquerda num buraco, perdi o equilíbrio e caí para trás. Arremessado ao chão encontrei a melhor posição para ver um canto do céu com a metade do sol exposto. E foi por acaso que surgiu um ângulo perfeito, o dia estava nascendo, só não sabia se o dia me olhava nascer. Apertei os olhos, abracei os joelhos e encolhi as pernas, saí correndo e dei um salto como um gato ardil. Arremessei o corpo contra a janela e estilhacei os vidros, despenquei em queda livre do outro lado, atordoado, bem no meio de um oásis, cercado de lagos e árvores. Uma ave branca de pernas finas pousou no chão e me fitava de lado, com a cabeça virada, parecia um flamingo vindo de terras distantes. De repente ele moveu o bico e de sua cavidade aberta disse: "Não tenha medo, você perdeu o que nunca lhe pertenceu, o agora é a vida, vá ao encontro do seu coração virtuoso, acorde para ser livre e não se esqueça de manter a mente aberta".

Olhei estarrecido aquele bicho falante. Permaneci sentado atônito com a cena bizarra. O pássaro alçou voo e partiu misturado ao sol.

Saltei da cadeira no salão das fiandeiras assustado, transpirando com o coração acelerado ao lado da roca. A índia na minha frente, sentada, me olhava com os lábios esticados. Ela sabia o que me acontecera.

Acordei de um sono profundo depois de adormecer não sei por quanto tempo, o sonho de atravessar a janela e encontrar o pássaro falante me deixou arredio naquele lugar que despertava a imaginação.

Sentia os olhos sensibilizados em virtude da claridade da luz. Fiquei aturdido por causa da noite anterior, passando de uma conversa a outra, devo ter chegado à exaustão. Afinal, ouvi-la falar durante horas a fio, entoando a voz hipnótica de rouquidão, criava uma estranha atmosfera de devaneio. Atribui o pesadelo e minha transpiração às forças psicoativas do chá, algo herdado da cultura andina da velha índia. Havia muitos descendentes de diferentes povos naquela região, eles carregavam as antigas crenças, fórmulas e rituais mágicos aprendidos no deserto.

Intrigado, perguntei-lhe sua origem. Ela me revelou que vinha da cultura dos Mapuches. Seu pai foi um famoso e respeitado Machi. Aprendeu o poder das ervas e a conversar com os espíritos no sonho. Acreditava que a alma era uma ponte entre o espírito e o corpo ao viver os fatos extraordinários no infinito de estrelas, a morada de tantos mundos.

Na sua cultura, Machi seria a pessoa que tem a autoridade religiosa, conselheira e protetora dos Mapuche, equivalente ao xamã. As mulheres de sua tribo adquiriam o poder espiritual através dos sonhos, realizavam uma jornada da alma para fora do corpo. A velha índia exercia a qualidade espiritual no Atacama como no passado foi de sua avó, que herdou os poderes da mãe, e um dia transmitiria a sua filha e então à filha de sua filha, seguindo a tradição da linhagem.

Ouvia a posição espiritual adotada pela índia, e sinceramente, achei uma loucura alguém falar com os espíritos. Levantei o problema antes mesmo dele se agravar:

— A senhora fala com os espíritos? Isso é brincadeira! Eu não acredito.

— Você separou da mulher — comentou, apregoando seus conhecimentos espirituais.

— Nós voltaremos a ser uma família?

— Primeiro deve saber da paternidade. Entenderá aquilo que o destino reservou.

— Como assim paternidade? Quer dizer que João Pedro, não é de fato, meu filho? Sempre achei isso — falei imaginando a minha ex-mulher com outro homem, que eu desconfiava há tempos.

A índia tinha razão, a ideia de João Pedro não ser o meu filho rodava na minha cabeça. Nossas diferenças se tornaram cada vez maiores e apenas reforçavam o que eu presumia. Ele só poderia ser filho de outro homem. Esse era o meu pior castigo.

Aquela mulher desprezível andou me enganando. Gesticulei fora de mim e soquei a mesa. É verdade que não suportei a ideia de ser passado para trás, talvez esse fosse o motivo da minha ira. O rigor sóbrio e a lucidez dos fatos que a índia havia descrito me impressionavam.

Queria descobrir como ela sabia da minha separação. Estava surpreso. Se havia de fato lido no fiozinho do algodão ou eu apresentava indícios de quem se separou, e assim não haveria dificuldades para identificar um homem solitário como me encontrava.

Ela afirmou que o sonho a levava aos fatos, bastaria confirmar com o fio impresso na roca do destino escrito, dizia que o sonho e o fio eram marcados ao mesmo tempo pelo destino.

Naquela altura, o calor estava intenso, enxuguei a testa úmida de suor e pensei em uma fração de segundos, que tipo de feiticeira seria aquela índia tão bem informada dos dados espirituais, uma verdadeira especialista do sobrenatural.

Ela se dirigiu ao fogão, apanhou mais chá de ervas suspeitas. Tinha certeza que ela estava me dopando, não cairia mais nas drogas inventadas do seu chá. Afastei a caneca, empurrando-a para fora do meu alcance e pensei se haveria uma explicação para como a minha família chegou nesse fim de mundo.

Ela cumprimentou de todos os cantos com o ar mais solícito, de baixo ao alto, fez uma reverência diante da roca, sempre em silêncio para não lhe furtar o gesto de braços erguidos como se nada contido naquele salão pudesse alterar o flutuante manto silencioso. A índia estava convicta de que a minha avó Anna seguiu um sonho no desfiladeiro das montanhas e as Fiandeiras do Destino levaram-na ao coração dos segredos de uma vida.

Ela dizia que ao depositar uma pedra sobre a areia um novo caminho começava. O sonho seria o princípio de uma nova mente despovoada de pensamentos, de imagens emergidas da alma. A tartaruga nascia em direção ao mar e retornava ao local de origem anos depois. É uma insolência duvidar do sonhador, pronto a receber imagens ligadas ao fio da vida; nesse momento ele seria tocado com o milagre do nascimento: acordaria para viver um sonho.

O feto passaria a existir no mundo material e o cordão umbilical se tornaria a casa da alma para as crianças, feitas nas raízes da mãe-terra.

A fiação das deusas despertava o feto adormecido no sopro da vida e o fazia de uma densa matéria ao se transformar em homem ou mulher. O nascimento emergia nas profundezas da caverna e o feto era um filhote que rompia o ovo, a vida se abria ao frágil corpo abraçado ao seio da mãe.

Segunda a velha bruxa, a deusa Clotó surgia ao puxar o fio na arte da fiação, retirando a alma do chumaço de algodão emaranhada no novelo cósmico, sem identidade própria e substância feita. Ela preparava a potência destinada a cumprir o destino. Seus dedos desembaraçavam os fios, enrolando-os, e atravessavam um pequeno buraco feito na roca, finalmente ele era puxado para o outro lado, despertando a memória durante os anos vindouros.

Nas mãos de Clotó a alma adquiria forma própria, era o início da identidade que se formava. Um espírito seria sorteado no nascimento entre tantas almas e passaria para a condição de Ser individual, gerando a consciência suprema. O início de uma jornada começaria na primeira trama.

Aquilo que foi chamado de "evolução", despertava o pequeno Ser da mente que se expandia.

Conhecer quem somos tornou-se tão importante como saber o que deixamos de ser: a consciência se ampliava ao enlaçar o fio na suprema existência da matéria surgida.

Depois veio a fiandeira Laquésis; ela media o fio e o colocava meticulosamente na roca.

A consciência possuiria linhas de diferentes tamanhos e formas, algumas tecidas de crueldade ou tramadas de compaixão, outras seriam cultivadas intensas ou tíbias, insolentes ou prudentes, e as que estariam entre a virtude e o vício. Com o passar dos anos o fio envelheceria as tramas tecidas, seja na memória vivida, seja nas experiências da reminiscência do caminho, criando um emaranhado encantador de recordações, com fotos e objetos guardados. O espírito seria preparado para a vida e nada mais além disso.

O fio cuidadosamente enrolado foi feito de tramas para o encontro de pessoas nascidas no útero da consciência, enoveladas por uma mente suprema, abrigados na casa do mundo. Enquanto as deusas tramaram o destino, o homem aprendeu a agir desde o momento mais primitivo de sua vida; e nesse instante o nascimento se tornou o fenômeno da consciência em busca do seu maior objetivo: apropriar-se da alma que a habitaria.

Finalmente, Átropos foi a última das três deusas escolhidas. Ela cortava o fio, encerrando definitivamente a trama das relações, para o alívio da sofreguidão de alguns ou a graça da revelação de outros.

A alma transcenderia e retornaria nos braços do rio da memória suprema, fluindo nas águas das eternas lembranças, feitas da identidade, da consciência que pensa sobre si.

A índia apanhou uma tesoura do chão e a colocou sobre a mesa. Ao apontar com os dedos aquele instrumento pontiagudo reluzente revelou o fim do meu relacionamento com Carmem, quando Átropos rompeu as ligações existentes entre nós, que havia se encontrado há tempos nos limites da separação. Então, um dia as tramas foram desfeitas e os fios escaparam da roca, saltando partidos ao chão, deixando-nos livres para cumprir o destino que se fazia. Completava-se dessa forma um encantador ciclo para o alívio das almas aflitas.

O CICLO E A RODA

A índia aproximou-se da roca, deu lentamente um puxão para baixo e moveu a roda de madeira que rangeu. Ouvia o barulho da máquina envelhecida, parecia que ela desmontaria ao menor toque. A senhora não deu atenção a minha hesitação, sentou-se na cadeira calmamente e cruzou os dedos com as unhas compridas.

Caminhei em direção ao equipamento de fiação, toquei seu aro, um som suave de seda ecoou como uma nota musical, trepidando-me os dedos, jamais havia visto algo assim antes.

Observava no alto uma teia de aranha feita entre dois aros superiores. O minúsculo ser de patas peçonhentas repousava imobilizado, não sabia se tiraria a sua vida com uma pedra ou o deixaria entregue aos seus fios. A aranha notou minha presença e permaneceu imóvel, levantei o braço e ela continuou estática, até que me aproximei; e, como se não estivesse ali, devorou um inseto que acabara de se prender. A roda se moveu lentamente para baixo, mudando a aranha e sua presa de posição. Afastei-me. A índia assistiu a cena, agitou os braços chamando minha atenção, seu dedo levantou em riste na direção da roca, mostrou o giro com o fio emaranhado, lembrando o movimento de subida e descida dos ciclos de mudança.

Presenciei a transformação da consciência no jogo entre a caça e a presa. Sentia-me como um ser acuado entre os fios da teia, emaranhado pela índia, que me devora com suas palavras de encantamento.

Ela sentou ao meu lado, tentando amenizar minhas suspeitas, e observou que havia duas possibilidades para a alma existir: uma seria descer nas águas escuras e se embriagar da ignorância, no rio do esquecimento; e a outra subir ao leito do rio e beber as águas límpidas da memória, onde o saber fervilhava.

Se fosse verdade o que ela dizia, eu teria descido correnteza abaixo, chocando-me contra uma rocha, devolvido na forma de uma gota aos seus afluentes. O ciclo da vida me empurrava aos princípios que eu havia abandonado. Entrelacei-me na teia da busca de minha verdade, que me escapava como a consciência falha nas atitudes da mudança.

A senhora índia me via imaginando coisas, vagueando com os olhos. Ela apanhou do chão os fios soltos envelhecidos ao lado da antiga roca, colocou-os sobre a mesa, distraidamente. Olhava para mim ainda em estado alterado de consciência.

Mostrou-me o fio emaranhado e comentou que o homem plantava a semente de algodão na terra, enquanto a mulher era a semeadora; o masculino trabalhava durante o dia para plantar fora de casa e o feminino fiava ou tecia a noite no lar; o sol iluminava a plantação e o ciclo lunar garantia a germinação; ele arava a terra e ela transformava o algodão. Assim, homem e mulher moviam o mistério da criação.

Só que o papel da transformação estava a cargo da mulher, ao gerar e trazer a criança ao mundo na sagrada tarefa do feminino, educando com antecedência o pequeno ser; ao passo que as fiandeiras preparavam o destino da criança. O pequeno ser representaria o futuro, que se lançava para todos os lados, e mesmo que se descartasse o tempo, o futuro sempre existiria antes de ele nascer; quanto ao passado, a vida se recuperava na memória, do tempo imaginado que se acostumava esquecer; já o presente inspirava o ar exalado como o pulmão do mundo escapava no instante fugaz da mudança. Por isso, pensar seria uma distração do tempo, que se esquece de contar as horas.

O emaranhado dos fios, ainda assim seria insuficiente, o leve desencontro seria um encontro marcado, aprisionar o tempo de vida seria tão assustador como ser apanhado na teia de aranha, debatendo-se inutilmente. Ao se entregar para a transformação assumisse outra forma de existência, como o inseto devorado pela aranha, em que a presa tornasse a aranha e esta o inseto sorvido.

Estava convicto de que a velha comentava aquilo com a mente em transe. Seu pensamento estava distante, as palavras me transportavam para outro tempo. Tomei um gole do chá por acidente, ainda temendo que ela me dopasse. Uma estranha visão se abriu a minha frente. Estávamos sentados ao redor de uma fogueira no deserto, avistando o Vale da Lua em cima de uma montanha, brincávamos de contar estrelas girando o corpo, até que a cabeça atordoada no rodopio lançava nossos corpos ao chão e os olhos fitavam o céu, tinha a sensação de que uma chuva de estrelas desgarrada do alto cairia sobre nós.

Será que eu estava de fato na casa de tecelagem ou o meu imaginário ludibriava a mente e nada daquilo acontecia?

Certa do que eu acabara de perguntar em pensamento, a índia observou:

— Homem descrente. Você poderá estar em vários lugares e não aqui sentado.

A senhora segurou o bule e liberou a fumaça presa na chaleira. Acompanhei formas voláteis redondas, distorcidas, entrecruzadas ao acaso erguerem-se. Penetrei na camada subjacente de sentimentos e olhei os contornos que vinham das imagens para fora da xícara fervendo.

Ela não se importava com minhas manias céticas ou observações irônicas, tão pouco com a posição incrédula em que me encontrava, eu não a perturbava, ela simplesmente tolerava-me, falando que o destino analisava meticulosamente as relações humanas e as intenções nas atitudes tomadas, sob os olhos do mundo, um manto de sentimentos era tecido de encontros e desencontros. A consciência encontrava um projeto de vida e investia esforços ao longo da existência. Porém, os princípios despertariam para o sentido das escolhas, avaliando as intenções nos pilares suspensos por sonhos nos projetos.

Interrompi aquele devaneio da velha índia e perguntei:

— Por que alguém é rico ou pobre, ama e não é amado?

Respondeu-me com o semblante sereno, que seria pelo mesmo motivo que alguns se sentem mais ou menos afortunados no amor. O princípio permaneceria, o que muda seria a manifestação dessa natureza.

A senhora contou que certa vez uma mulher jovem, de estatura baixa, corpo esquálido e de timidez destacada, mas ávida as conquistas de seus sonhos, entrou no salão das deusas, queixando-se da vida. Reclamava das perdas e sonhava em ganhar muito dinheiro e conquistar um amor que lhe fosse eterno. Chegou ansiosa, exigindo saber como o destino lhe daria isso de uma vez. A índia respondeu que se esse fosse o problema, não seria tão difícil resolvê-lo. Deveria acreditar na escolha e dar vazão aos seus sonhos.

Ela foi embora e passou meses cultivando seu desejo secretamente. Mentalizava a energia positiva, projetava imagens na tela mental de alguém rica, amada e feliz a ponto de ver cenas inventadas. Criou em seu corpo o modelo ideal para conquistar o homem que sonhava. Montou um negócio pequeno, mas promissor, finalmente comprou a casa dos seus sonhos. Conversava horas com divindades de várias religiões e meditava durante a manhã e à noite, visualizava imagens segundo as leis da atração. Ela entregou suas energias a essa obsessão de conquistas.

Subitamente, a moça ganhou dinheiro e alguém apareceu em sua vida. Tudo transcorria de acordo com o previsto.

Porém, havia algo errado, alguma coisa não se encaixava, ela estava infeliz. O amor e a riqueza surgiram como esperava, mas não foram suficientes para preencherem o vazio; era como se faltasse algo, uma peça no quebra-cabeça do destino da garota se perdera.

As deusas sabiam desde o início da existência da sua profunda ferida, enraizada nos veios da memória, ocultada numa história muito mais antiga do que o desejo de conquistas, que inocentemente acreditava obter por mera vaidade.

E foi assim, de um dia para outro, que a tristeza e a depressão a dominaram, tornando-a amarga e distante de quem a desejava. O amante a abandonou. Tomada de desespero emergiu do seu íntimo o desalento. A dor a encontrou sem compaixão e ela esmoreceu de sofrimentos.

Para alma todo o tipo de sentimento tem seu lugar. O apego surge em emoções que se manifestam com maior ou menor grau de intensidade. Para isso, se estabelecem diferentes critérios e prioridades aos anseios em dissonâncias com os acordes do mundo, na orquestração de dessemelhanças interiores, movidos por desejos e necessidades organizados no caos das ações pessoais. Assim, a roda girou.

A garota descuidou dos negócios, eles faliram, a alegria virou angustia e o amor se rompeu. Ela sucumbiu às pressões e foi internada a base de fortes medicamentos, ficando com sequelas emocionais. Demorou meses até a sua recuperação.

Um dia decidiu abandonar os desejos movidos no centro de seus caprichos e envolveu-se num trabalho missionário na África do Sul com crianças vivendo em condições subumanas. Anos depois conheceu um missionário cego, líder de uma equipe médica naquela região, que fora atingido por uma virose fatal na córnea, perdendo a visão, e por ele essa mulher se apaixonou e contraiu um casamento.

O passar dos anos alcançou a jovem garota, ela envelhecera na África. O marido falecera idoso. E de alguém que no passado não enxergava a própria realidade, pois estava cega de ver a vaidade que a consumia, abriu os olhos na escuridão, encontrando no marido um coração flamando aceso.

Ela percebeu que não seria necessário ver as cores do mundo, se as imagens internas lhe davam as pinceladas nas nuances de sensações a cada instante e sua visão se ampliava na intimidade da escuridão.

E movida por aquela paixão, olhou uma primeira vez, através do vazio, as crianças na África, e a elas estendeu o coração em seus últimos dias. E como seu último ato, foi ao deserto e entregou para a índia, guardiã da roca, o talismã que ela levava ao pescoço: a roda. Retornou dias depois à África e lá esperou o sol se pôr, deitou o corpo na terra para encontrar o amado como último desejo. Finalmente, enxergou a realidade se dissipar na noite para renascer em outro tempo. Cumpriu-se o ciclo na roda.

Olhei a índia fixamente. Instigava-me ouvir história, pensando que a mudança se manifestava em um movimento contínuo, às vezes a roda virava para cima, outras a queda era brutal, mas não o fim em si, apenas era um estado para a transformação.

A índia segurou com a mão o pingente pendurado, talvez trouxesse uma recordação da missionária, e comentou que os desejos não se resumem nos elementos essenciais da existência. Contudo, os princípios e valores criarão significados para uma existência emergindo no amor, na bonança e na felicidade dentro de um contexto maior, do que as meras conquistas que desconhecem a virtude no seu amplo significado.

Muitas vezes, as fatalidades trariam respostas indesejáveis, porém estas não representariam os verdadeiros valores para o destino. O amor e a dor se configuram em medidas humanas e não divinas. As Senhoras do Tempo mensuram a existência. Os ciclos dos acontecimentos se repetem e não aos valores e às crenças, estes são meros detalhes para o plano do sagrado e se resumem nas ações dos mortais, nas quais os homens são os temerosos do julgamento divino. O medo não só os denunciam como estes são condenados pela ignorância à ilusão no mundo das sombras.

— E afinal, qual era o vazio da garota rica, amada e feliz? — questionei.

A índia abriu os braços e continuou falando na consciência que ganhava a noção exata ao tomar posse do Ser Virtuoso como a riqueza da conquista do homem digno de sê-lo.

Explicou-me que a garota teve uma infância difícil, abandonada na casa de uma tia, passando por privações e humilhação, a memória ficou perturbada, repleta de desconfiança, dor e desprezo nas lembranças. A alma ferida arrebatou-se como um princípio da vingança, investindo na destruição de suas conquistas. Apesar de que a revisão de seu passado foi-lhe essencial ao enfrentar os medos, a ira, a sofreguidão e perdoar os pais; ainda que isso abrisse feridas. O destino da destruição se cumpriu como um cataclismo vindo do céu, nada lhe restou, a não ser a experiência de outra existência, um novo ciclo, retomando sua própria história nas crianças da África de seus últimos anos. Assim, libertou-se para uma consciência que a esperava repleta de virtudes. A roda girou novamente.

Atento às palavras da índia, perguntei:

— A família do meu pai, quando veio a esta casa buscava sobreviver com dignidade, uma prova disso foi o que eles enfrentaram durante a guerra, saindo de Budapeste, como a senhora mesma disse, quem nutre a virtude em um sentido maior e deixa de enxergar o próprio umbigo, consegue conquistar uma noção do coletivo, a consciência se amplia, para além dos temores pessoais.

— Sua família renunciou à terra, não aos princípios nobres — respondeu.

A índia retirou seu colar prateado e o depositou sobre a mesa. Segurou minha mão e me acariciou. Foi quando senti que ela sabia a pergunta que eu faria:

— Qual é a minha missão na vida?

— O que você aprendeu até hoje e o que acha que precisa aprender? — devolveu-me a questão.

— Para saber preciso consultar minha consciência — respondi.

A índia intercedeu e disse que eu deveria tomar posse da minha existência, antes de me render a consciência hesitante. A moral do homem virtuoso é a conquista de uma mente nobre, do respeito que começava no coração e se prolongava nos passos dados pelo caminho. Inúmeras seriam as experiências, algumas dolorosas, outras prazerosas, só que para o universo o sentimento de dor e prazer nada significa. A dor é de quem sente e o universo não consola a ninguém. A virtude por si já lhe é um consolo ao desalento da dor. O universo espera que a consciência se emancipe e não se iludida perante ganhos e perdas. Aceitar a perda é uma dádiva. A natureza humana quer sempre ganhar, como se a perda fosse um risco a beira do abismo, todavia ao adotar essa crença, já se vive no abismo, nos cantos mais obscuros da consciência, nos sentimentos negados, no homem expulso da Natureza, como foi no paraíso, as deusas Senhoras do Laço estavam lá.

A verdade se fundamenta na mentira acreditada, as ilusões permeiam o real e a luz precisa da sombra para existir. Nada se perdeu. Restou a virtude.

Os desejos e as escolhas são relativos, assim como a felicidade pode ser vista tal uma ideia ampla e mais surpreendente do que se imaginava.

Ouvia com atenção as palavras da índia, que pareciam aumentar sua força a cada frase dita, com palavras que me fisgavam por um anzol na ponta da vara de um pescador.

Naquele instante, permaneci calado, a índia me observava como se eu estivesse em um pequeno canto do deserto na forma de um peregrino, em busca da virtuosidade do meu "eu" efêmero.

PÊNDULO DO TEMPO

A noite se aproximava. Havia atravessado o deserto sozinho atrás de respostas. Inesperadamente me deparei com uma senhora afável e de grande vocação espiritual, todavia de sanidade duvidosa. Aquela ideia de sonho que conduz a alma para fora do corpo, falar com espíritos e ser a guardiã da roca das deusas gregas, fazia-me questionar se ela não passava de alguém que sofria de alucinações, uma completa esquizofrênica com compulsão por aquela roca velha.

Não confiava cegamente na índia. Talvez estivesse morto e o inferno de Dante tinha caído na minha cabeça de vez.

De qualquer forma, a noite trazia o frio. A senhora cobriu-me novamente com a manta, protegendo-me do vento que descia pela escada.

Ela sentou-se no chão diante da roca de madeira, abanou os braços me chamando. Sentei-me ao seu lado cauteloso. Dava-me a sensação de que seu rosto sofria mutações ou as noites sem dormir tinham criado na minha mente imagens que se deformavam. Entretanto, aquilo não me impediria de prosseguir com minhas investidas para descobrir o que acontecera com a família de papai naquele lugar.

Foi quando a índia perguntou-me com os olhos brilhando se eu fazia alguma ideia da importância daquela roca. E sem esperar minha resposta, antecipou-se ao comentário, que a roca atualizava o passado no presente e criava o futuro de expectativas e em tom cântico disse: "O passado é um sonho, o futuro não existe e o presente é mutável".

Aquilo me fez pensar se o passado fosse registrado na mente e a realidade transformada no presente, as experiências anteriores viriam na forma de herança da consciência e a mudança eclodiria no instante, e com precisão as Fiandeiras do Destino ajustariam essa intenção ao ritmo do universo, portanto, a realidade seria criada antes mesmo de existir o futuro.

Então perguntei se haveria livre arbítrio dado ao tempo do destino.

Ela respondeu:

— Como alguém pode ser livre se duvida ser. O futuro se escreve hoje. O destino precisa da sua existência. Você precisa do destino. Um é o tempo destino e outro é o tempo homem. Os dois existem em um só instante.

A senhora se levantou e subiu uma escada. Fiquei sentado no chão com essa história de tempo revirando na minha cabeça.

Não seria o tempo uma ilusão da mente?

Ela falou de sonho na forma da cultura Mapuche. E se o tempo fosse mesmo um sonho? Estaria refém de um pesadelo. O futuro e o passado seriam um jogo da minha imaginação? Talvez restasse o presente como única forma de realidade. E se vivesse em função das lembranças como as brigas em família, a enorme distância mantida de João Pedro e o fracasso do casamento, fatalmente o sofrimento me alcançaria. E se olhasse para o amanhã com a intenção de mudança, projetaria expectativas ou dúvidas, com certeza minha filha Dora estaria na minha tela mental.

Se por um lado carregava nas costas um esqueleto de lembranças, por outro as expectativas me assombravam.

Contudo, ao invés de ficar preso ao passado e à ideia do amanhã, olharia o tempo presente para cada pensamento, no âmago do instante. As escolhas se orientariam dentro das possibilidades reais, ao menos o que eu imaginaria ser real.

Mas seria possível orientar as escolhas livres com segurança, se o presente é por si fugaz?

O instante passa tão rapidamente como uma faísca riscando o céu, uma realidade imediata, que atravessa o canto dos olhos desaparecendo. E ao acontecer parece que o início e o fim não existem, o problema é esse intervalo que fica.

Há o pêndulo do relógio, a ponte que passa sobre o rio, a reta que cruza o espaço, a palavras que interligam a sentença como uma gangorra que balança. Será que o instante nasceu na simetria da vida e as retas nunca se cruzam de fato?

Se eu fosse uma reta iria carregar nas costas todos os pontos e traçaria um universo com milhões e milhões de instantes. E com sorte construiria uma igreja nos instantes da fé, me ajoelharia ao intervalo divino nos vazios entre um pensamento e outro. Depois faria os desenhos com círculos abertos e fechados e conversaria com Deus dando voltas no universo, me entregaria ao infinito na forma de um ponto sem lugar exato para existir. Moveu a linha. Três pontos. Dois pontos. Um ponto. Ponto vazio. Moveu a linha. A vida criou uma sutil perturbação.

ÚTERO DO MUNDO

Rangeram as tábuas na escada. A senhora descia os degraus ao carregar desajeitada uma caixa de desmedidas dimensões nos braços, que dado ao peso deslizou, e centenas de correspondências saltaram ao chão, criando uma mixórdia de cartas embaralhadas.

"Por que tantas cartas?" perguntei. Logo esclareceu que elas tinham sido escritas por pessoas que por lá passaram. Intrigou-me, ainda, quando ela, a propósito, me levou a considerar a existência da carta de minha avó entre tantas caídas no assoalho de madeira.

Após revirar a pilha de correspondências, reconheci a letra de Anna no envelope comparada à primeira carta. Naquela altura não sei se para o bem ou para o mal, segurei-a firme com o coração disparado. Sentei na cadeira e a abri cautelosamente para não danificá-la do lacre feito por gotas de vela. Veio a sensação de que era dirigida aos meus cuidados. E movido por intensa ansiedade, tomei-a sobre a mesa e a li com as mãos hesitantes.

Atacama, uma fração do ano de 1945.

Estou nas profundezas da caverna com todos aqueles que eu amo. Neste lugar a luz emana para a vida. No início parecia um esconderijo, mas depois se revelou no aconchego do mundo. Renasci como fênix. Mergulhei nas profundezas da terra-mãe. Bebi a erva das deusas, o talismã no sangue da gestação e o corpo vaso do útero transformado no lácteo da vida. Entreguei-me a tais mistérios e recebi a visão aberta na parede da caverna.

Hoje, somos acolhidos como nunca fomos por onde passamos. A escuridão nesse subterrâneo cria sentido aos raios de luz. Estou no útero do mundo como estive um dia no ventre de minha mãe.

A caverna é um vaso, que contém o mundo, os desígnios da vida e a condenação na morte. A gruta nos serve para a embriaguez do amor e transforma os tormentos em consolação às almas aflitas.

Durante a noite, uma fenda na parede se abre, posso ver o futuro como quem enxerga na escuridão. A roda gira e os fios marcados com o destino em números e palavras vêm a mim por sonhos. Decifro códigos. Há um livro escrito para cada alma, e ainda que invisível, nos vê com um olho no meio da testa.

Sei que em breve meu amor morrerá. O meu filho menor viverá na América do Sul e seu filho entrará nesta casa e encontrará esta carta. Minha irmã falecerá tempos depois que eu me for e o Antal se mudará com uma mulher para a Austrália.

Há um segredo de meu neto que o mortifica. Vejo na parede aberta sua busca angustiada, mulher e filhos se afastarem. Vejo seu estertor lançar-se em dores e lágrimas caídas nos olhos, o rosto marcado na sofreguidão. Vejo as dúvidas o assombrando com o coração constrito e o amor renascendo com uma mulher estrangeira. Vejo-o lendo com lágrimas do mundo.

Sua vida se transformará no dia do eclipse. O sol renascerá por trás da lua e o iluminará. Ele está preso na roda da vida como um dia eu estive. Tocará na roca e assumirá sua verdadeira identidade. Viverá em um momento a súbita mudança. Será abençoado.

Ao meu querido neto com o amor de um tempo infinito.

Anna, sua avó.

A carta escorregou entre minhas pernas. Caí em prantos, os olhos inundados de lágrimas e enxugados pela índia fizeram-me voltar ao âmago do passado. Tremulei como folhas ao vento, o êxtase me rodeava, a carta me expôs desnudo ardendo febril, fiquei em cinzas sem forma definida, retornei às origens.

Num movimento toquei o coração e solucei, debruçando a cabeça nos braços da senhora, que me amparou. O sal das lágrimas na boca purificava-me. E ao meu redor as lembranças se espalharam como cascas de migalhas de pão, recolhidas pela memória. De súbito surgiu a ideia de haver um destino que meus olhos alcançassem.

Tornei-me itinerante, passando de uma história a outra, vagueando como nômade por caminhos bifurcados. Foi quando comecei a existir no centro das incertezas, por territórios marcados de estacas fincadas no chão. Cercou-me a vida de incômodos. A semente secou na terra, rejeitou tudo o que toquei. Segui as pegadas do predador, dei à fera sua comida favorita, e na nobreza suprema, a dor me devorou, engoliu-me para voltar a viver.

Soprei brandamente o ar. Tomei de volta a carta e com o coração capturado dentro da caverna, algo se rompeu, no estampido de um tempo longínquo.

Sentada no chão, a índia entoava sons de magia ao errante sonhador, que andando ao acaso nas terras do infinito, se despia de simplesmente pensar.

— Por que minha avó escreveu essa carta? — perguntei em soluços.

— Você materializou o passado neste instante. Voltou a nascer o eterno. Você acredita que apenas o presente existe. Isso é a verdade se você acreditar nela.

— E se eu crer que essa história de tempo não existe?

— Ele não existirá. O tempo vive na mente.

A índia mostrou-me que o tempo atravessava o pensamento e não pensava sobre si, apenas existia na mente que o engendrava. Como ela disse: "Um tempo sem a mente". O feto era o tempo que não pensava. Ele estava no útero da mãe e nada tinha significado na ordem da razão: o tempo nu do pensamento. A contagem das horas não lhe fazia sentido. Tudo era pulsação. Tudo saltava ao tempo.

A caverna era o corpo-vaso de todas as mulheres. O corpo feminino no tempo que abriga o feto, em que nascer e morrer tornava-se um ciclo de ordem e caos, mantendo o equilíbrio. E sob tal tensão, a roda da roca girava sem que a mente interferisse no seu movimento. Surgia o instante.

Segurei a carta e perguntei:

— Realmente é possível olhar o futuro através da fissura na parede?

— Não apenas na parede, mas em lugares diferentes: na caneca de chá, nas estrelas, no sonho, nos olhos fechados... — a índia apontou diretamente a caneca sobre a mesa, indicando uma daquelas possibilidades.

SONHADOR DO DESERTO

Mergulhei os olhos na caneca, havia restos de líquido e ervas boiando. Olhei procurando enxergar algo, qualquer imagem que me desse um sinal ou revelasse os segredos do passado nas camadas subjacentes da mente. O fundo da caneca devolvia-me a própria imagem refletida. Quase não me reconhecia. Admirava-me como há tempos não fazia. Sentia um amor gratuito invadindo meus poros abertos pela fumaça.

A esperança me esporeava no trote do cavalo e ao tropeço da ansiedade se mostrava numa perspectiva que não me era familiar, apesar de ouvir as histórias de papai na infância, carregadas de esperança e fé.

E foi na gruta que me serviu de abrigo, onde o instante ainda que fugaz, o tempo me devorava, e eu pelejava contra ele para manter intacta a memória daqueles instantes. Tomei as últimas gotas de chá que rompiam o lacre dos meus sentidos.

Levantei a cabeça e procurarei pela senhora índia. Não a encontrei. Subi a escada e os velhos teares permaneciam desativados como se estivessem à espera das deusas fiandeiras. As velas se apagaram. Andei por dentro do salão e segui a iluminação de fora, o sol penetrava na forma de uma manta pela porta principal.

Desci as escadas e não vi a índia. Diante dos meus olhos apenas o deserto se fazia imagem de areia e pedra posta na natureza.

Caminhei em direção ao carro estacionado na estrada e após um longo percurso entrei no automóvel, virei o corpo e dei um adeus para a casa de tecelagem, acenando com as mãos.

Segui rumo ao povoado de San Pedro de Atacama, trazendo as imagens, que rodavam em minha cabeça como no rodopio de um peão.

Dirigia distraidamente e ao lançar-me sobre uma curva acentuada, algo atravessou na minha frente. Reduzi bruscamente a velocidade pisando no freio. Derrapei na pista e balancei de um lado a outro, o corpo arremessado contra a porta bateu num solavanco. Parei a um palmo de uma pequena menina no meio da estrada.

Abri a porta com tremores de quem evitou a morte. Saltei em direção da garotinha, próxima a idade dos cinco anos, vestida com uma roupinha singela, os pés descalços, a pele branca como cera e os olhos grandes, confundidos com a cor do céu de tão azuis.

— Você está bem? — perguntei trêmulo.

Ela nada respondeu. Continuou imóvel diante do carro.

— Por favor, diga algo. Você está bem?

Retirou do seu pescoço um talismã em forma de roda e o colocou em minha mão.

Inesperadamente, correu a pé em direção ao deserto, seu longo cabelo cacheado balançava ao vento. Olhei para o talismã e a persegui. Mesmo com todo o esforço não a alcancei, ela desapareceu coberta na poeira de nuvens.

Voltei ao carro sem entender e prossegui viagem a San Pedro. Parei diante da pensão do velho índio que havia me indicado a casa de tecelagem. Lembro que sentei cansado na cadeira de balanço da varanda e encostei a cabeça para trás, relaxando.

De repente, uma mão bateu em meu ombro várias vezes. Abri os olhos e avistei a dona da pensão, filha do índio aimará.

— Como vai? — perguntou-me.

— O que foi? — falei assustado

— Você dormiu nessa cadeira durante horas. Lembra que perguntou a respeito da tal casa de tecelagem e eu levei meu pai pra dentro?

Afirmei mexendo a cabeça, ainda confuso.

— Logo depois o senhor sentou ai e não saiu. Adormeceu que parecia um bebê — acrescentou.

— Não é possível. Estive na casa de tecelagem, encontrei uma índia bruxa, que falava das deusas do destino, sonhei que havia sonhado, tinha uma carta da minha avó e ainda tomei chá com ela.

— Ah! Já vi isso acontecer — balançou a cabeça. — O deserto provoca ilusões. Tem gente que viu fantasmas e até disco voador por aqui. É o efeito do calor na cabeça dos turistas. Vá tomar um banho, a janta ta pronta.

Senti algo beliscar minha perna, passei a mão na cadeira, era o talismã que a menina me dera no caminho de volta.

— Olhe isso. Ganhei de uma garotinha no meio da estrada — balancei na mão, certo de ter encontrado uma prova irrefutável.

— Minhas crianças brincam de pregar peças. Acostumaram a enfiar coisas na cadeira de balanço, enquanto meu pai fica dormindo. — Duas meninas indiazinhas surgiram descalças com os pés sujos, agarrando a perna da mãe e levando o polegar da mão a boca.

Pedi ansioso se poderia conversar com o velho. A dona da pensão não permitiu. Deteve-me com as mãos. Seu pai passara mal, repousava na cama com dores no peito, o coração batia fraco e o médico o impediu de receber visitas. A filha aguardava uma ambulância para levá-lo ao hospital em Antofagasta.

Fiquei com o talismã no colo, pensativo. Apoiei os cotovelos sobre os joelhos e segurei o rosto com as mãos espalmadas.

Aquela estranha experiência deixou-me atordoado. Seria verdade ou ilusão? Sei que não estava louco. Algo aconteceu. A índia havia me drogado ou hipnotizado.

Voltei de automóvel e percorri o mesmo caminho no deserto até as proximidades da casa de tecelagem como havia feito.

Fui disposto a encontrar o lugar sob o calor infernal. Porém, nenhuma casa foi encontrada. Observei num raio de mais de vinte quilômetros qualquer ser vivo ou moradia, que estivesse à vista, apenas o deserto se colocava imponente diante dos meus olhos. E sem entender o que aconteceu, sentei-me calado no alto de uma colina, observei o pôr do sol até o infinito estender um fio amarelo no céu.

Atravessei um largo e escuro deserto repleto de sombras. Às vezes ouvia o grito de uma ave. A noite que se aproximava, protegia o belo e as formas feias escondidas com a mesma indiferença.

A escuridão se espalhava rapidamente, ela poderia novamente me fazer refém das armadilhas da mente.

O sol caiu atrás da montanha e o frio prometia congelar a todo o ser vivo. Retornei a San Pedro, tomado de dúvidas.

Não sabia o que havia encontrado naqueles territórios desérticos. Talvez outro sonho me revelasse. Não tinha como descobrir naquele momento.

Coloquei a cabeça na realidade e me lembrei do compromisso profissional programado na Argentina. Arrumei a mala e parti imediatamente.

Saí da cidade o mais depressa que pude. Foi quando uma vez mais, me senti traído pela mente e, ainda que seguro das lembranças, mantinha-me dúbio mediante os fatos ocorridos sem reconhecer a realidade.

Deixei os mistérios do deserto reservado a outro momento, iria a Buenos Aires visitar meu cliente para fechar o contrato comercial.

VIOLETA

Na sala de reuniões Juan Lozano Montez e eu discutíamos avidamente algumas estratégias da campanha de comunicação da corporação de empresas da sua família na América Latina, ao vincular a imagem do grupo com as ações táticas de patrocínio nas áreas culturais do teatro, cinema, dança e música.

O meu cliente estava há anos no ramo hoteleiro. Movia-se por um espírito jovial com a aparência de meia-idade, além de ter se tornado um reconhecido empresário de êxito. Honrava os parceiros nos negócios em diversos países, como: Argentina, Uruguai, Brasil, Bolívia, Chile, Costa Rica, Haiti, Honduras, Paraguai e tantos outros.

Tinha o semblante sereno e a barba curta com fios brancos esparsos. Trajava terno fino escuro e gravata italiana de seda amarela lisa, levava constantemente as mãos ao queixo, quando apontava com competência a imagem da organização no mercado. Possuía pleno domínio das estratégias mercadológicas e observava com pertinência as tendências econômicas. Os planos traçados eram indiscutivelmente notórios, com propósitos de apoio a cultura nos países em que a família possuía negócios.

O escritório central foi mantido na cidade de Buenos Aires, terra natal de Juan, mas o grupo tinha uma imensa lista de filiais espalhadas em mais de vinte países, inclusive negócios recém-inaugurados nas cidades de New York e Londres. Durante a reunião, comentou que sua irmã mais nova, Violeta, foi mentora do projeto de patrocínio da cultura para a campanha institucional.

Para minha surpresa, Violeta era uma atriz de teatro aclamada pela crítica e o público, ganhadora do prêmio de melhor atriz na Argentina. As apresentações somavam turnês na América do Sul e Europa, dona de um estilo singular na construção e interpretação de personagens, estava com a peça "Seis personagens à procura de um autor", do dramaturgo italiano Luigi Pirandello, numa coprodução hispano-argentina, em cartaz no Teatro Nacional Cervantes, no centro de Buenos Aires.

Recebi o convite de Juan, sob a insistência de prestigiar a trupe de sua irmã.

Ele sorriu como um anfitrião. O fino requinte e os bons modos mostravam a imagem cortês de uma família tradicional espanhola que imigrou para a Argentina no século XIX. O império financeiro construído por seu bisavô passou para sua responsabilidade como filho primogênito dos Montez. A tradição vinha de quatro gerações, envolvia os três irmãos e as duas irmãs herdeiros do grupo.

Dizia-se que Violeta tinha um comportamento bizarro. Atitudes que denunciavam suas excentricidades. Havia quem falasse de suas loucuras no uso de drogas e da internação nos hospitais para tratamento em clínicas especializadas nos Estados Unidos.

Existia outra história que circulava na Argentina quando ela saiu nua na cidade e banhou-se dentro do chafariz em praça pública à luz do dia. Outros defendiam que ela fazia um protesto contra a postura reacionária do governo argentino ao criticar a corrupção e a crise financeira nos cofres públicos, o que atingiu grande parte da população e setores da arte. O que aconteceu de fato nunca foi devidamente esclarecido, mesmo porque cada jornal criou a versão da notícia que mais lhe convinha.

A vida de Violeta era montada em controvérsias: nas fotos divulgadas mostrava-se informal ao desafiar as regras sociais, o público admirava a forma inventiva que ela propunha a performance das personagens nas cenas. Porém, o que mais se comentava era o que se passava na sua luta da preservação do meio ambiente contra os efeitos nocivos da camada de ozônio, organizando protestos e passeatas nos movimentos ambientalistas.

Havia lido em revistas de teatro, que ela se tornara uma figura importante no meio artístico e na sociedade, tomava ações solidárias, que fazia questão de manter no anonimato. Aos trinta e cinco anos de idade, sua imagem de atriz popular e espírito combativo foram veiculados na mídia com as fotos de seu belo rosto, que ocupava os cadernos de artes e as revistas e jornais do país.

Fui ao teatro. Estava ainda sob os efeitos das imagens do deserto vindas em flashes disparados do subconsciente. Deixei o talismã guardado no quarto do hotel, eu o via como uma espécie de maldição da roda que me perseguia. Procurei evitar as lembranças do Atacama para não influenciar minhas emoções e incitar-me o medo durante as decisões que tomaria em Buenos Aires.

Sentei na primeira fileira, após atravessar a plateia, tropeçando descuidado nos pés de dois expectadores.

Apanhei um release na porta do teatro, publicado na imprensa local. Havia uma resenha da peça, destacando Violeta no elenco:

Seis Personagens à Procura de um Autor
Texto: Luigi Pirandello
Direção: Ramón Alfonso

A peça é uma tragicomédia do teatro moderno, mistura ficção e realidade: verdade feita e verdade inventada. O texto trata de uma família criada na imaginação de um autor de teatro, transformados em seis personagens que invadem o palco durante o ensaio de um grupo teatral. Procuram a todo custo, em meio a balburdia de situações, convencerem o diretor da companhia a dirigir suas vidas e, assim, as personagens poderiam viver seus respectivos dramas.

A comédia se faz quando as querelas são construídas e as personagens percebem que interpretar o drama é mais difícil do que vivê-lo.

Por um lado os atores do ensaio ficam confusos com as personagens, que trazem seus conflitos, por outro as personagens não entendem porque a trupe de artistas deve interpretá-las, se são elas, as personagens, que vivem fatidicamente seus dramas familiares. O diretor da peça por sua vez torna-se indeciso entre atores e personagens sem conseguir dirigi-los.

Recomendamos a montagem, que conta com Violeta Montez no papel da enteada.

Bom entretenimento a todos.

Prensa Popular Hacer Arte Associados.

A luz diminuiu gradativamente, a cortina se abriu e o palco foi iluminado por um tom amarelo claro na entrada dos atores.

Violeta Montez interpretou de forma envolvente, o papel da enteada. Desenvolveu o conflito do drama ao redor das personagens, criou situações hilariantes, interpretando cenas que misturavam ficção e realidade.

Na performance tomou o palco por completo. A plateia ria e suspirava com os improvisos de uma atriz talentosa, fez emergir o verdadeiro conflito de nossos dramas pessoais com bom humor.

Os atores da companhia mostraram uma perfeita sintonia, encenaram situações contundentes de relevância cênica extrema, mas só me restaram olhos para Violeta. Aquela mulher havia me enfeitiçado com sua arte. Bela e sutil como jamais vi alguém. Meu coração pulsava ao ritmo de sua voz e o seu brilho laçava-me para dentro daqueles olhos amendoados.

Despertei do estado catatônico, posso chamar assim, ao ouvir os aplausos frenéticos da plateia ao final do espetáculo. Aplaudia sem notar que aplaudia.

Esperei paciente o teatro ficar vazio e fui ao camarim encontrá-la. Enlevava-me de seus encantos, que me absorviam na forma da água sugada por uma esponja.

Ajeitei o sobretudo preto em cima de um pulôver branco, Apresentei-me como parceiro de negócios e amigo de Juan. Pediu-me que a esperasse na porta do teatro, enquanto retirava a maquiagem.

Ela chegou pouco depois de sorriso aberto, a cabeça de lado e olhos ingênuos, mas de uma volúpia que me atormentava a razão. Caminhamos a pé nas ruas do centro. Seu vestido lilás aberto nas costas delineava as curvas delicadas nos ombros, o pescoço fino carregava um colar de prata em forma de elipse, fazia par com os brincos.

Os cabelos compridos e ondulados, ruivos na cor do fogo, davam-lhe ares lascivos, os olhos vagueavam distraidamente nas ruas, não conseguia desviar a atenção das ondulações libidinosas de seu corpo. Aquilo era a criação da mulher dentro de um ser primitivo, desenhada na constelação de escorpião, ao espetar o seu veneno no coração do universo.

Eu era o coração e ela o veneno do escorpião.

Falava sem pausas de misticismo à arte, passando pelos temas ecológicos. Tinha uma crença indissolúvel no tarô e no mapa astral. Falou de sua admiração e estudos nas obras de arte e o respeito atribuído a Grande Mãe na Cultura Celta. Explicou durante uma hora os signos e a posição dos astros no ascendente, além das figuras míticas nas cartas do tarô, confesso que quase decorei o zodíaco e saí um tarólogo expert. E logo comigo, que tenho pouca intimidade com as magias domésticas urbanas, tomei-me de complacências.

Depois os assuntos saltaram uns sobre os outros. Não parávamos de falar como dois adolescentes, andando com os braços para trás. Deleitava-me com a beleza das ruas ao olhar Violeta naquele cenário, imaginando-a entregue aos meus braços. Ela mirou-me de soslaio, ajeitou o cabelo e comentou ansiosamente:

— Você já pensou se nós dois fôssemos personagens de uma história e sequer desconfiássemos? Continuaríamos vivendo neste mundo estranho, sem a mínima noção de que não somos livres.

— Realmente seria hilário, Violeta, acordar numa manhã iluminada com alguém encaixando o sol no alto de uma árvore em frente da sua casa ou pendurando a lua durante a noite na torre de uma igreja. Isso se um escritor louco não inventasse que você fosse uma atriz na Argentina, e eu um publicitário em crise, achando que havia alucinado no deserto.

Rimos longamente com os corpos balançando.

— E aqueles que se transformam em perspectivas de pessoas. Nossa! Fico horrorizada com essa ideia — ela comentou.

— O que você quer dizer com perspectivas de pessoas, Violeta?

— Veja bem, existem pessoas que são como marionetes penduradas por fios, personagens que atuam na vida, eu as intitulo de "perspectivas de pessoas". Elas projetam a si nas relações sociais, sem um plano próprio de existência. A identidade se perde no labirinto de papéis. Por isso não trazem a noção da diferença entre um ser humano e uma personagem.

Aquilo que Violeta comentou fazia sentido. Havia um sentido filosófico muito maior do que eu imaginava na peça de Pirandello. A ideia do real e da ficção se misturava. Os limites entre ambos não estavam claros, era uma tênue linha entre o real e o imaginário, estendida na zona de territórios proibidos, invadindo a mente, deliberadamente, o horizonte a minha frente poderia ser a criação do imaginário e este passaria a ser a realidade projetada em imagens por um ponto no infinito que eu sustentaria na mente.

Os pensamentos me confundiam e ainda mais quando observei os dedos de Violeta, que pareciam uma estrela de cinco pontas iluminando a noite, o mundo real não era suficiente para compreendê-la, talvez sua imagem fosse de uma realidade quase intocável, que só o imaginário a conceberia como real.

E sem que fosse esperado, sua mão resvalou na minha. Olhei-a suspirando e pensei que agora mais do que nunca a paixão invadia os poros da minha pele como um micróbio invisível se alojava no corpo. Fiquei contagiado dela, só conseguia pensar ela as sensações emergiam tão repentinas como as personagens de Pirandello surgiram no palco do teatro.

Atravessei a ponte do desejo com ela, onde os riscos de uma paixão ameaçavam desabar minhas rígidas estruturas. Os sentidos fremiam de fogo. Ela me inebriava.

VIOLETA POR TRÁS DE VIOLETA

Jantamos no restaurante de Puerto Madero, salmão rosado do pacífico, rösti de batatas e zuchinis com molho cítrico oriental, acompanhados de vinho branco. As velas na mesa iluminaram o rosto cintilante de Violeta numa chama tremeluzindo. Sua mão encontrou a minha sobre a mesa, nos tocamos com as pontas dos dedos e trocamos variados olhares durante nossa conversa: os escândalos divulgados na mídia, o uso de drogas e a reabilitação nas clínicas. Seus olhos acuavam os meus. Fizemos um longo silêncio, daqueles que revelam segredos da alma.

Depois falamos o quanto negamos os sentimentos, das mentiras contadas por pessoas moralmente insuportáveis, das recordações feitas de fardos carregados e dos medos emergindo.

Ela revelou que quando criança assistia as brigas irascíveis, tomadas de agressões entre seus pais. Disse das longas viagens de sua mãe na Europa e dos raros momentos que passava ao seu lado. Ouvia os horrores em sua casa: "Você envergonha esta família. É uma erva daninha em nosso jardim. Não sabe se comportar, fere a tradição da nossa família".

Seu pai, por outro lado, absorvido nos negócios da família se enclausurava no escritório, parecia um prisioneiro atrás da mesa de trabalho, apesar disso procurava incentivá-la na carreira teatral: "Violeta, você será uma atriz famosa. A família Montez sempre foi um sucesso, você será também".

Ela ficou só. Mesmo procurando o entendimento de sua outra irmã mais velha e seus três irmãos, a ausência do pai e a severidade da mãe jamais foram superadas, o desamor sepultou a afeição que ela cultivou da família Montez. Juan foi o irmão mais próximo.

Quando era acometida de pesadelos noturnos, acordava aos berros os empregados na mansão. Durante a infância, os pavores eram frequentes e o tratamento com terapeutas apenas os amenizaram. Na adolescência passou a consumir drogas, a mãe a internou com medo que o escândalo viesse a público.

Sozinha e sem visitas nas clínicas lutou desesperadamente até a recuperação. Nos anos seguintes estudou artes cênicas na cidade de Paris.

Sua dedicação à dramaturgia deu-lhe sentido a vida e como ela mesma dizia: "O teatro sublimou minhas angústias e a verdadeira cura aconteceu nos palcos".

Naquele momento compreendi a razão de seu irmão, apoiar o projeto de incentivo à cultura criado por Violeta, como sendo uma forma de abrandar o passado.

Quanto aos seus relacionamentos amorosos foram-lhe de extrema infelicidade. A mãe odiava o marido. Comentava com profunda mágoa: "Filha, veja como eu sofro com seu pai, você não poderá ser feliz, os homens não valem nada, cuidado com eles".

Violeta conhecera alguns homens, mas não se enterneceu, deixou a alegria delirante e o arrombamento dos amantes aos sonhos secretos. Casou-se com um francês, na Argentina, porém ambos não suportaram a convivência nos três meses que se seguiram, suas viagens nas turnês e o caráter voluntarioso eram vistos por ele como intolerantes, de incompatibilidades infinitas.

Ela desejava verdades que transpassem a indelicadeza das farpas no corpo. O que Violeta sentia e o que os outros esperavam dela se chocavam como duas moléculas colidem no ar. O ideal do amor e o amor natural estavam dissociados, poderia amar apenas o que nunca lhe pertenceria. O amor simples, sem explicações, viria como uma rajada de vento e a carregaria na palma de turbulências viscerais, olharia as cavidades marcadas na pele, feitas de mordiscadas a dois e no dia seguinte se lembraria daquela noite como um instante permanente.

Ela tinha o estranho que perturba e a presença que confina. Seu lenço no ombro caiu sobre a mesa e pela seda fui tocado, enlaçado por seus encantos. Entregue ao menor suspiro.

TANGO, DESEJO E SEDUÇÃO

Durante a conversa no restaurante, ouvimos ao fundo a maravilhosa música, de Astor Piazzolla, "Adios Nonino", na mais bela arte do tango.

E sem esperar qualquer reação, tomei-a nos braços. Ela olhou-me com olhos repletos de desejos atirados aos meus. Fomos à pista de dança, nos observamos parados entre mesas e cadeiras. Durante a frase musical partilhamos o salão com outros casais, arriscamos timidamente alguns movimentos, retendo nossos corpos.

Ao ensaiar os passos com lentidão, nos abraçamos desajeitados, mas na forma que apenas o amor e a magia do tango podem explicar, nos entregamos aos acordes. Ela deitou sua cabeça em meu ombro, fui atraído de tal modo que sentia nossas intimidades umedecerem, subindo na forma de vapor, nos denunciando.

Os corpos se afrontaram no drama e na lamúria da música com as pernas retesadas e levemente inclinadas. Os olhos se viam no enfrentamento de feras, apertei sua cintura contra a minha, reservando-a ao meu covil, o animal se soltou da jaula e com um pulo fincou as unhas afiadas na presa, cravou os dentes pontiagudos na nuca num suave aperto. Sua língua deslizou entre os dentes, ela a moveu para frente e apertou os lábios ligeiramente como se assoprasse uma pena. Transpiramos até que o chão molhasse.

Os passos no ritmo do acordeão e do violino ensandeciam nossas coxas. O tango narrava uma história de amor construída a dois. As pernas se encravaram nos sexos sequiosos de prazer. E foi na harmonia dos nossos corações, que pulsou o movimento brusco e delicado para os quadris que se encaixavam. Ouvíamos a música na linguagem extraída da alma. Os pés corriam por todo o salão com os ânimos exaltados. Fechamos os olhos sem enxergarmos o mundo correr. Entregamos a alma ao movimento do sublime tango, que se eternizava, enquanto o tempo não nos abandonasse no fundo de nossas lembranças.

Dançamos sem notar que o restaurante estava vazio. Ficamos com a noite que nos pertencia, as cadeiras colocadas sobre as mesas e os esfregões lavavam as marcas dos nossos passos no chão.

Saímos abraçados até seu apartamento no bairro da Ricolleta. Naquela noite nossas lembranças estariam marcadas nos lençóis de sua cama para sempre. O seu cheiro viveria na minha pele todo o dia e eu estaria tatuado nos seus beijos e abraços.

Mal entramos na sala e levantei seu corpo no ar, prensando-o contra a parede, apertei seus quadris e toquei no coração que palpitava, a respiração ofegava pela boca. Dei-lhe um forte puxão e olhei enviesado nossas roupas misturadas atrás da porta.

Ficamos embriagados de um gozo súbito. Um amor impulsionado por instintos imperou sobre sentimentos automáticos. Dissolveram olhares pudicos.

Suas pernas se deitaram sobre as minhas e ríamos sem qualquer motivo. Profanamos nossos corpos pelo desejo de dois amantes: ela era a cavidade da noite na caverna escura e eu a lâmina do sol ao penetrar no umbral dos mistérios.

A excitação do toque doía na alma, estávamos estirados na cama de pele suada, nos tocamos de lado com os travesseiros aos pés. Violamos segredos embaixo dos lençóis como confidentes. Ela deitou sua cabeça em meu ombro e adormeceu. Respirei o seu sexo em plenos pulmões, o cheiro da estação primaveril vinha a mim pelo jardim das delícias na batalha entre deuses e demônios.

Despertamos embebidos do néctar e nos alimentamos da ambrosia dos deuses. Avistei o sol da janela na cobertura do apartamento e recebi no rosto a brisa que sacudia os lençóis da cama. Beijei-a longamente.

POESIA DAS DEUSAS

Seguimos até uma livraria. Ela acreditava na possibilidade kármica de vidas passadas, cuja paixão um dia fora bruscamente interrompida. Eu não poderia aceitar aquela hipótese, contrariava minhas crenças. Mas a sua presença me encantava. Sentia algo que havia esquecido há muitos anos. Acreditava que não me apaixonaria por mais ninguém desde a época da crise do casamento.

E o que se sabe do inesperado? Ele é de surgir desavisado, dando os passos sem o menor ruído. Sozinho, entrego-me ao acaso. Fico a sua revelia.

Na sessão de mitologia da livraria, lembrei das Senhoras do Destino e da carta de minha avó. Evitei falar da experiência no deserto, não desejava fazer papel de alucinado. Meu interesse se concentrava em fatos reais e não em meras conjecturas ou fantasias.

Encontramos na prateleira a obra "Teogonia", do poeta grego Hesíodo. O livro abordava a origem das deusas e deuses gregos.

Enquanto estava na mesa de estudo, Violeta foi aos fundos buscar uma xícara de chá, na volta lia em pé um trecho em verso do surgimento das Fiandeiras do Destino[1].

Fiquei aturdido com os versos, que me levaram de volta ao sonho na casa de tecelagem. O poder das Senhoras do Tempo, escrito no poema de Hesíodo há séculos.

O cheiro do chá a minha frente invadiu meus sentidos, remeteu-me às experiências com a índia. O lugar voltava na forma de pequenos sinais, que a realidade me espetava, arranhando minhas crenças.

Em seguida, ela abriu o livro de Homero, "Ilíada". Ele narrava o drama humano do herói Aquiles, filho da deusa Tétis e do rei de Ftia, Peleu, os poemas tratavam do fim da guerra dos gregos contra Troia. As Parcas aterrorizavam Aquiles[2].

Por último a "Odisseia", escrito no século VIII a.C, novamente por Homero, expressava a grandiosidade da remota civilização grega, a guerra de Troia e a narrativa das viagens e aventuras de Ulisses novamente com citação das Deusas do Destino[3].

Desci os olhos até o chá e vi, com um suor que me escorria pelo rosto, o meu futuro, a minha morte, meus últimos minutos de vida.

Interrompi bruscamente a leitura de Violeta, arremessei a xícara contra a parede, desequilibrei-me da cadeira e fui ao chão. Meus pés ficaram na beira do abismo. Os versos traziam o sentido nas entrelinhas. Sentia-me como um lobo preso a uma armadilha pelos poemas. Não havia lugar para correr. As palavras me arremessaram ao labi-

---

1. Noite pariu hediondo Lote, Sorte negra e Morte. Fiandeira, Distributriz e Inflexível que aos mortais. Tão logo nascidos dão os haveres de bem e de mal, Elas perseguem transgressões de homens e Deuses. E jamais repousam as Deusas da terrível cólera. Até que dêem com o olho maligno naquele que erra.

2. Não padeça: ao depois que estale o fio. Curto que desde o berço as Parcas volteiam. Se informado não for por nós Aquiles, Temera qualquer deus que infenso veja: Que a presença de um deus sempre é terrível.

3. Em fuga nós, poupando a Parca os outros, Armados seis de cada nau perdemos.

rinto do Minotauro. As imagens no fundo da xícara de chá me retiraram de qualquer realidade conhecida.

Violeta deu-me a mão, levantei-me aturdido. Ela notou minha fragilidade e sugeriu que saíssemos para a rua. Precisava respirar. Estava branco feito uma folha de papel. Fomos até a porta que dava para a calçada.

— O que aconteceu? — perguntou-me.

— Acho que são as mudanças...

— Sua energia busca equilíbrio. Tenho um lugar ideal para você.

— Onde, Violeta?

— Na feira mística. Aqui pertinho.

Descemos a rua. Ela segurou o meu corpo, oscilando para o lado debilitado, levantei o braço e o alinhei ao seu ombro. Seguimos a calçada sob um dia que prometia surpreender-me.

A RODA DA FORTUNA

Caminhamos pelas ruas do centro. Recuperei-me do mal-estar, afastando as imagens terríveis da minha morte. A respiração se estabilizou e os tremores diminuíram. Violeta me confortou. Segurei seu braço como um apoio e tive sua força para me reerguer, mesmo que aquelas imagens se penduravam nos cabides da minha mente, suspendi a cabeça e inspirei todo o ar que pude de olhos cerrados.

Chegamos a uma enorme praça iluminada pelo sol, repleta de bandeirinhas coloridas e com uma faixa escrita: "VII Presentación Mística del Brujas y Brujos". Lentamente o acontecido da livraria foi-se esvaindo, excitados que ficamos pelos excessos de estímulos que a praça oferecia.

Havia várias tendas na via pública sob árvores ao longo da calçada e em frente ao coreto próximo ao chafariz central. A igreja tocava os sinos convocando os fiéis. Os pombos desciam ao chão atrás das migalhas de pão. A população entrava nas barracas místicas em passos lentos. Algumas vendiam colares, incensos, pulseiras, CDs, livros, roupas, artesanato, brincos esotéricos e uma infinidade de artigos. As mulheres calçavam sandálias de couro e correntes de prata presas aos tornozelos, trajavam vestidos compridos vermelhos, amarelos e alaranjados. Os homens amarravam lenços na cabeça, usavam brincos, vestiam calças largas de algodão e camisetas estampadas. As essências das fragrâncias dos vidros abertos pairavam no ar, deixava uma mistura de diferentes aromas, impossível distinguir os odores de tão variados que eram.

Nas tendas havia jogos de búzios, tarô mitológico, tarô cigano, quiromancia, mapa astral, numerologia, I Ching, cristais e tantas outras formas místicas aplicadas por verdadeiros especialistas ao som de canções da New Age. Encontrei consulentes, curiosos, místicos, esotéricos, religiosos e desesperados. Não me encaixava em nenhuma dessas categorias.

Violeta me levou sem hesitar na barraca de tarô mitológico. Havia uma mulher de meia-idade, sentada atrás da mesa de madeira coberta por uma toalha verde desenhada com motivos de lua e estrela, tinha um olhar que lembrava a índia do deserto, o semblante austero me via de olhos apertados, a pele morena escura, usava lenço lilás rodeado por uma corrente dourada na forma de tríades cruzadas. O vestido esverdeado era longo e esvoaçante, o ombro coberto pela echarpe escura com minúsculas pedras brilhantes espalhadas. Havia uma placa pendurada no pano da tenda com o nome de "Magnólia". Um incenso aceso de jasmim espalhava a fragrância do meu passado. Ao centro, as cartas do tarô levemente amassadas, formavam uma pequena pilha de figuras mitológicas. E foi em um só golpe de mão que ela espalhou todas em cima da mesa com habilidade de anos de consulta.

A taróloga trazia a postura das mulheres devotas dos encantamentos mágicos das grandes cidades. Perguntou com a voz fina em baixo tom: "Quem seria o consulente?" Violeta apontou o dedo na minha direção. A bruxa urbana puxou uma única carta do tarô, segurando-a com as unhas cumpridas avermelhadas, expôs os dedos repletos de anéis e os braços de pulseiras, que tilintavam ao balanço das mãos.

A carta "Roda da Fortuna" sorteada do arcano maior mostrava a imagem de três mulheres vestidas de manto negro, no interior de uma gruta, fiando numa roca, na qual se encontravam quatro figuras humanas em diferentes posições presas ao redor da roda e uma pradaria verdejante ao fundo.

Magnólia segurou-a entre os dedos e afirmou que eu atravessava momentos de altos e baixos, dizia com o olhar concentrado na lâmina, que a Roda da Fortuna mostrava o movimento dos ciclos de vida no universo regido por períodos que começavam, atingiam o ápice e depois declinavam. A manifestação da vida existia a partir de um gigantesco movimento, nas formas da natureza, girando para as mutações cíclicas renovadas e nas forças criativas e destrutivas. Tudo se movia ao toque da natureza.

A maga da tenda mexia seus dedos como se deles fosse surgir alguma resposta misteriosa, comentou com pausas prolongadas, que os estudos feitos ao longo dos tempos nas escolas esotéricas, inspirados nas culturas antigas, teriam descoberto os ciclos de sete anos, constituídos na forma de períodos, batizados de setênios.

O autodesenvolvimento reorientava o rumo nas fases de início e fim dos ciclos a cada sete anos. A personalidade apresentava características próprias, não havia ninguém igual no mundo, porém existiam regras de desenvolvimento comuns a todos. A trajetória de uma pessoa se dividia em ciclos, a partir de um roteiro chamado "biografia humana".

São três as grandes divisões: 0 - 21 anos, fase do amadurecimento biológico (Corpo); 21 - 42 anos, fase do amadurecimento psicológico (Alma); acima de 42 anos, fase do amadurecimento espiritual (Espírito).

Cada fase poderia ser subdividida em outras três, formando os setênios numa gangorra que oscilava entre os extremos a cada período, como as mudanças no corpo, na personalidade e no espírito, cumprindo desse modo uma nova etapa a cada ciclo.

Magnólia retirou embaixo da mesa um quadro, trazendo as fases dos ciclos divididos em etapas, desde o nascimento.

Idade (anos)	0 - 7	7 - 14	14 - 21	21 - 28	28 - 35
Fase	Infantil: nascimento físico	Juvenil: nascimento emocional	Adolescente: nascimento da identidade	Emotiva: nascimento do mundo adulto	Racional: nascimento da ponderação
O mundo é	Ludicidade	Belo	Sexualidade	Emoção	Pensamento
Características	Nascimento físico, desenvolvimento do corpo, surgimento e troca dos dentes. Imitação dos pais para formação do Eu. A brincadeira é motivação.	Ampliação do desenvolvimento físico/ emocional. A criança vai à escola e o professor é a principal figura. Os elementos fundamentais são: curiosidade, ludicidade, descoberta do mundo e fantasia	Necessidade de conquista, movido pela descoberta do sexo, fase da puberdade, busca de identidade, procura de ídolos e ideologias, identificação com as tribos modernas.	Interação com o mundo externo ao torna-se adulto. Fortes sensações emocionais. Busca de estabilidade emocional e segurança. Defesa das próprias opiniões. Gosta de ser notado e se destacar. Crise dos Talentos: dúvida sobre a carreira profissional.	Intensa dedicação profissional. Constituição da família e moradia. Investimento na carreira. Busca de estabilidade. Poder de análise racional e ponderação dos problemas.

Idade (anos)	35 - 42	42 - 49	49 - 56	56 - 63
Fase	Consciente: nascimento da reflexão	Imaginativa/artística: nascimento da visão holística	Inspirativa/moral: nascimento da sutileza	Intuitiva/mística: nascimento da sabedoria
O mundo é	Mente	Criação	Sensibilidade	Espiritualidade
Características	Auge profissional e estabilidade familiar. Busca da criação e reconhecimento sociais. Crise da autenticidade. Busca estabilizar a identidade ao perguntar: "Quem sou eu?" e "Qual o sentido da vida?" Aumenta a noção da responsabilidade social. Percepção filosófica do mundo.	Há um declínio da vitalidade física. Desponta a força da imaginação. O processo criativo é intenso. Busca da verdade e do sentido da vida. Visão ampla do mundo e capacidade de inter-relacionar os fenômenos da natureza. Capacidade de ver por vários ângulos diferentes e encontrar a solução com imaginação fértil.	Adequação do ritmo de vida do trabalho com relação à condição física. Capacidade de inspiração. Sutileza para compreender os problemas. A voz interna fala mais alta. Preocupação com a ética e o comportamento humano. Contato mais íntimo com a natureza. Sensibilidade aguçada.	A experiência é a fonte de energia. Plena maturidade das ideias e emancipação do corpo. Viagem para o interior e encontro com a alma. Busca da transcendência. Sabedoria e compreensão do mistério. Percepção interior aguçada. Nascimento da identidade espiritual.

Apanhei o quadro e analisei cautelosamente cada fase. Atentei-me ao sétimo setênio, compreendido entre 42 e 49 anos, a criação se encontrava no centro do mundo. Aquilo explicava a minha busca no deserto que surgiu de uma hora para outra, revirando as memórias de família, a procura de um sentido para a existência, sobretudo ao relacionar acontecimentos ocorridos, que ainda não me traziam explicações convincentes. Tinha a oportunidade de ampliar a visão mediante os fatos. Procurava enxergar sob ângulos diferentes, porém não negava as dificuldades que enfrentava. Havia a oportunidade de ser, definitivamente, inventivo.

Magnólia se antecipou ao meu comentário, colocou o dedo em cima da carta e apontou os diferentes ciclos nos momentos de altos e baixos pelo qual passamos. Ao entrar na fase Imaginativo-Artística, passaria pelo processo de criação. Todavia, a possibilidade mais importante seria a própria mudança.

E o que é a mudança? Deixaria de ser quem me tornei para vir a ser outro homem?

Fiquei pensando na transformação. A mudança é um dom que nasceria do feto, voltei a consultar a tabela, ao tê-la estaria presente no instante, mas ao ser outra pessoa a estabilidade se perderia. A mudança sempre requer algo diferente a cada momento.

Preferia improvisar, assim nunca saberia o que fazer, apenas faria. O improviso não me era um dom, era um inesperado que não exigia habilidades, criava algo que simplesmente acontecia e me levava a terminar o que havia iniciado, para depois inventar novos improvisos.

Existir era um ato de crueldade, ao saber que cada ciclo do setênio nunca mais se repetiria. Essas manias da vida feitas de travessuras até que o fim da existência fosse anunciado.

Não consigo ser como os outros, tenho maior habilidade em não ser, dada a falta de solidez. Sou mais uma silhueta na parede atrás do pano branco do que alguém com o dom da esperança. Não posso me transformar de madeira oca no carvalho. A madeira oca tem um buraco que dá a passagem para o outro lado, ouço o som da minha voz ecoar na madeira, assim eu sei que estou sempre retornando.

A transformação existe há muito tempo e ainda me surpreendo todos os dias. A cada instante a mudança traz o inesperado e me torna irreconhecível.

Sinto minha vida subir e descer, exatamente como as imagens da carta presas a roda. Estou sentado em uma gangorra, balançando como uma criança descobrindo a brincadeira da vida.

Magnólia afirmou categoricamente erguendo a carta:

— Posso ver uma separação recente. Você não pode começar um romance sem terminar o anterior. Veja bem, para um novo relacionamento é necessário desatar os nós dos sentimentos amarrados ao passado.

Comentei que eu só começaria um romance com alguém, se resolvesse a culpa, a raiva e o remorso que tenho ligado a esse passado.

Violeta interveio sem esperar a resposta da bruxa urbana e disse:

— No seu caso deve ser isso mesmo querido. Observei sua ansiedade de amar, você é sensível, só que sinto algumas pontas dos fios abertos, de nós desatados. Se não encerrar o ciclo de relacionamento com sua ex-mulher os fios ficarão soltos — ela apertou minha mão como uma amiga faz.

— Ela tem razão — disse Magnólia. — A carta diz que a separação não é mais importante do que parece ser, isso aconteceu uma vez e pronto, acabou. O que você sente no coração ficará até que o giro da roda mude esse sentimento.

A taróloga experiente das leituras esotéricas apontou que o medo de perder me colocava em dúvida quanto ao amor, sem que eu percebesse. Estava me defrontando com algumas escolhas que deveria fazer.

Naquele dia experimentava me aproximar de uma natureza desconhecida, me via como um nômade sem raízes, arrastando os pés, sem lugar fixo para habitar. Sonhava em ter milhares de raízes espalhadas na terra. Iniciava ali um caminho sem volta.

Agora a cortina branca se abriu na tenda do tarô. Agora olhei a sensibilidade do instante, que andava a todo o momento me espionando. Não sei como reconhecer o momento, o "agora" nunca se repete, ele vem com diferentes disfarces só para me surpreender.

Agora já não sei o que vejo, procuro referências conhecidas que me levem ao entendimento dos fios desatados.

Afinal, o ciclo da mudança é incansável, ele sempre passa para o próximo e me faz pensar no seu anterior.

O EREMITA

Magnólia estalou os dedos e me trouxe de volta, estava mais uma vez com o péssimo hábito de ficar distante de tudo, metido em meus pensamentos. Ela se debruçou sobre a mesa, apoiou o braço em cima do meu e segundo as regras do tarô outra carta foi sorteada, depositou-a sobre aquilo que chamava "campo sagrado". Surgiu a figura do Eremita. Um velho de barbas brancas, segurando uma lanterna e uma foice, vestido de túnica cinza-escura. A carta levou-me ao exílio da memória.

A taróloga que se intitulava conhecedora das culturas antigas, abriu o livro "mistérios do tempo", dos índios hopi, mostrou que o passado se manifestava no universo concreto, remetendo-o ao mundo objetivo, expressando-se na memória. Enquanto os sentimentos se formariam no tempo futuro, na potência do imaginário, como a semente que um dia viria a ser uma árvore no mundo subjetivo. E o presente não sendo nem objetivo e nem subjetivo por natureza, mas tornava-se o fio da navalha entre essas duas manifestações. Isso significa que enquanto o passado é o mundo conhecido, o futuro é a sensação projetada. O instante é a zona proibida preenchida pelo vazio, não existindo na intersecção entre ambas, mas na presença de uma ausência: sou aonde não posso existir. O presente seria um acidente do tempo, feito de acontecimentos inesperados, que se esvaem no próximo instante.

E foi nesse momento que entendi que o problema estava na minha indecisão em encontrar uma direção para os meus desejos, se os voltaria a minha ex-mulher ou acreditaria na relação que estava acontecendo com Violeta.

Tinha a possibilidade de criar uma vida diferente, daquela que eu deixara para trás. Violeta era a possibilidade no meu presente.

O instante estendia o fio na corda, que balança como um pêndulo entre as lembranças e as expectativas. Mas, o que estava entre dois tempos tornava-me inseguro, algo se transformaria e eu não fazia ideia das consequências que sofreria, porque a memória do sofrimento era tão bem conhecida e o futuro sempre se mostrava de esperanças e hesitações. Estava entre o pensado e o sonhado. Estava no momento presente: à beira do fugaz.

E como superar a dúvida mediante uma escolha a ser feita se estou preste a penetrar na zona de risco?

A vida é transformada no instante em que a roda gira. Estou a girar em microciclos a cada dia, de realidades sutis transformadas em instantes como os dois pontos de uma frase, a gota da água que escorre na pia, o olhar que está piscando, a batida seca do tambor, a pétala da rosa que cai e o botão que se abre em seguida. Cada instante é singular e não o verei da mesma forma no próximo segundo nem ele me verá como sou agora, pois ambos não existiremos como antes. Tudo se move. Tudo escapa do presente.

Contudo, quando não entro em ação nada acontece e o instante escapa nas fissuras do tempo. Janelas abertas. Portas derrubadas. Tenho que reagir, recriar a ordem a partir da desordem. Tinha de arrumar a bagunça da minha vida, que estava do avesso, recomeçaria uma nova vida. Atiraria uma flecha para frente dos pés, fincá-la-ia no meu caminho, depois demarcaria territórios e no instante seguinte partiria como um nômade e me transformaria em um novo homem.

Não faria sentido estar ao lado de Carmem, seria mais sensato romper com o passado e recomeçar uma nova vida. Sigo os sinais deixados por rastros na estrada, que vêm a mim sem que eu os convoque, eles surgem do nada. A batalha interna se aproxima, posse senti-la. Estou preso ao pêndulo de um relógio no alto da parede, oscilando de um lado para outro, ouço o tique-taque dos segundos correndo, enquanto fui me abandonando, sem tempo para existir.

O céu nublou e a chuva torrencial caiu com impacto em cima da barraca de Magnólia. Os pingos bateram como um tambor, as águas fluíram e os pensamentos deslizaram na forma de gotas. Arranquei a flecha do caminho, fincada no meu coração, ressuscitei assustado, sem saber que havia morrido.

Ainda sob a tempestade, Magnólia bateu na mesa outro livro, que se tornava pequena àquela altura. Segundo a obra que ela não revelou o nome, o universo possui uma estrutura rítmica musical, oscilante e se alterna entre o yang (masculino) e o yin (feminino), sendo estas duas forças opostas. A música chinesa criou-se nesses padrões rítmicos de oposições.

No oráculo do I Ching, a linha inteira é a masculina e a linha partida é a feminina, cada vez que uma linha do oráculo atinge sua plenitude extrema masculina, salta imediatamente para o seu contrário, no caso a feminina. O máximo de uma experiência nos remete ao oposto dela. Vivemos nas alternâncias, passando de um ponto a outro.

Violeta fitou-nos atenta e apanhou uma caixa de fósforos ao acender um incenso. Comentou que alguns filósofos e psicólogos partilhavam da ideia da lógica dos contrários, os estados psicológicos extremos recaíam em suas diferenças, como o bem e o mal, a espiritualidade e o instinto. Essa ideia de movimento nasceu dos filósofos na antiga Grécia e nos levava as alternações das sensações.

Ela falava da transformação sob qualquer tipo de mutação na natureza. No tempo cada segundo morre para o próximo nascer, lembrando o movimento de ir e vir na mudança do pêndulo de um relógio, marcando os instantes da existência.

A última fiandeira na carta Roda da Fortuna, bem que me lembrei desde o sonho no deserto, segurava uma tesoura e cortava a linha, era a mais velha das três deusas. Colocava fim a qualquer movimento.

Ontem sonhei que a índia do deserto me dizia: "Se não houver desapegos para a finalização de um ciclo haverá dor".

A mensagem vinha em códigos, me incitava a pensar que durante a minha transformação haveria mudanças em meu ciclo de vida que se iniciava.

Naquela manhã acordei tão volátil que o instante me escapava de quase inexistente que era, evaporava entre os dedos, me fazia despertar de um sonho desfeito. E no próximo momento se transformava em movimento outra vez, voltei a sonhar virando o corpo de lado. Agora sonhava com o círculo, a figura predileta de Deus, continente do universo, e no sonho nada ficava fora dele nem o instante, ou o amor natural, e ele ora era vapor e ora solidez. Andei sobre o círculo até a beira do abismo, no sonho olhei para baixo dentro do buraco negro, uma cratera imensa se abriu, este é o limite que nunca acabaria. Acordei assustado. Tive uma sensação que balançava como uma aranha pendurada no fio oscilando de um lado a outro, corria o perigo de me aprisionar nas velhas crenças. Deveria superar os sentimentos amargos que cultivei por Carmem. Ah! Essa esperança me inquietava, olhei ao alto e aguardei a estrela cadente passar naquela praça mística. Ela riscou o céu, enquanto fiz um pedido: roguei a consciência para retirar do rosto a máscara, bem como do meu coração e que ela deixasse surgir um errante em território alheio. E foi nas primeiras horas do dia que aguardei um novo sonho que me surpreendesse novamente, mas ele não veio a mim.

Porém, no alvorecer do próximo dia, a realidade surgiu na forma de um instante e me impulsionou a caminhar no jardim de uma praça pública com Violeta, ainda que atordoado. Prometi a ela que encerraria o ciclo de culpas do meu casamento que havia terminado há tempos, enterraria os ressentimentos acumulados na forma de um funeral.

Escrevi as mágoas num pedaço de papel retirado da bolsa de Violeta, anotei palavras e frases que me causavam dor. Enrolei-o como um canudo, abri um buraco no chão e o enterrei, cobrindo-o de flores, então ajoelhei e acendi uma vela, na lápide escrevi os nomes que me causavam dor. Cobri o corpo com vestes escuras, as lágrimas molharam a terra. Violeta me amparou com um beijo nos lábios.

Magnólia estava pronta para virar outra carta, quando Violeta apertou minha mão, percebendo que algo viria daquela lâmina.

A taróloga bateu a carta da Morte sobre a mesa. Era uma figura sombria, vestida de túnica negra, com o rosto oculto, frente a três figuras pequenas entregando-lhe oferendas.

Ao analisar cuidadosamente a carta, a bruxa de Buenos Aires afirmou que a morte não significava o fim da vida, poderia até acontecer, porém aquilo era a finalização de um ciclo. A carta representava a oportunidade de assumir uma nova vida, desde que a anterior fosse encerrada.

— Quanto mais apertado for o nó, maior será a cumplicidade na relação. Quero você como meu cúmplice — disse Violeta.

— Só tome cuidado para o nó não sufocar alguém e torná-la vítima, presa na relação. Existem pessoas que sufocam e outras vivem sufocadas. Não desejo isso a ninguém — corrigi sua observação.

— E quando a roda trava e o fio afrouxa meu querido, as relações se tornam pouco duráveis, ficam fragilizadas, os relacionamentos são facilmente rompidos — comentou Violeta. — Você tem medo de viver intensamente uma relação. A sua cabeça lógica é um muro, o separa das verdadeiras emoções — falou irritada.

— Acha que eu não consigo amar você? — perguntei ofendido.

— Acredito que você tem dificuldades em se amar. Mas, tenho esperanças ainda em sua mudança, se é que posso chamá-la assim — olhou-me enviesado com a cabeça erguida.

Magnólia interrompeu a discussão entre nós, lembrou que estávamos nos esquecendo de algo importante: o tempo de uma relação é medido pela deusa Láquezis.

As tramas das relações são representadas na arte de tecer, que é diferente de fiar. Ao fiar você trabalha com o fio, que será preparado para tecer, e ao tecer você cria a trama no tecido, usando o fio. Tecer obriga você a transformar os fios das tramas. Na urdidura os fios são dispostos no tear por entre os quais a trama é feita. Ela é medida por Láquezis, mas a deusa Átropos os corta, dando acabamento à peça.

A carta da morte significava que um ciclo está sendo finalizado, provavelmente o casamento. Porém, as dificuldades em se desconectar do passado são concretas, representados pelos nós desfeitos de um relacionamento que terminou. Tornava-me um prisioneiro dos fatos.

O período do fim de um casamento e o início de uma nova relação marcava uma medida de tempo, na qual os fios seriam tramados, amarrados e finalmente cortados, outros ligados pela primeira vez. Cada relacionamento está no seu devido lugar, o que findou foi reservado ao passado. O começo será atado por um novo nó, dando início a um ciclo de relacionamentos.

Creio que a minha crise de sentimentos media quilômetros. Lembro que há anos esse problema se arrastava. Acho que desde o falecimento de minha mãe e depois ao perder meu pai, sentia-me solitário, com Carmem foi a gota da água. A crise estava apenas se prolongando. Precisava dar um basta nesse conflito.

O inconsciente me fazia refém do passado. O acabamento de um tecido estava no corte para finalizar qualquer relacionamento o fio precisava ser rompido e nenhuma ponta deveria permanecer aberta. Caso contrário, qualquer relação seria desfeita ao puxar a linha sem o corte.

Os sentimentos conflituosos entre Carmem e Violeta se amotinavam, acordava pela manhã no coração de um mundo exausto, um meio caminho da verdade. E a quem eu estava enganando? Mentia para abrandar a minha dor. Fiquei com a única forma encontrada de me rever com os olhos da mudança espiando meus conflitos.

As relações passavam por uma medida de tempo, o pensamento media o tempo, que me consumia. Temia a loucura. O louco era a realidade exposta, a mente aberta, espiando pela fechadura da porta a sanidade. O louco pulando no abismo, onde sofremos a queda todos os dias. Fiquei prosternado ao estranho, o bizarro que saltava aos olhos de admiração. O louco não entrava em conflito, ele era o conflito que nos atormentava. O passado era um louco que buscamos em vão negá-lo. Tornei-me um louco sério, o meu conflito vinha em cataclismos, fendas se abriam sob meus pés, fui sugado no fogo que queimava até os ossos.

Acendi um milhão de velas na minha cidade. Um anjo veio me visitar, suas asas ficaram presas no labirinto dos prédios, ele caiu e se ergueu como homem e pela primeira vez sentiu-se vivo tomado de dor. Agora adentrou na gruta escura, sonhou que flutuava de asas retorcidas.

Fui um louco por inteiro, nesta noite vou conversar com Deus.

Se não viver a experiência, não viverei a vida, o encontro com meu novo ser nada carece de seu significado, mesmo se o meu íntimo for obscuro, ainda assim farei reverências a ele, esculpido de barro desde o início dos tempos. Agora posso vê-lo claramente como o sol ilumina o dia e no próximo segundo ele se incorporará a mim, serei um novo homem, o amarei desmedidamente, minha batalha não termina aqui, é o começo deste instante que me faz afrontar o passado.

Cobrirei o corpo de linho fino de seda, tocado por Violeta, despirei a alma das vestis arrogantes a uma visão depurada, respeitarei o meu estranho, que se apresenta a mim. Entrego-me ao desconhecido como o filho que chega de uma longa viagem e atira-se aos braços do pai, aceito o inevitável como as águas que correm o rio e são desviadas nas pedras do seu caminho.

Magnólia puxou a última carta do tarô, olhou-me diferente por cima dos meus ombros, senti uma sensação que estava sendo observado do lado de fora da tenda.

Virei de lado e olhei para trás surpreendido, fiquei sem respiração, esfreguei os olhos e vi a menina do Deserto de Atacama olhando-me fixamente.

Dei um salto da cadeira. Saí em disparada na sua direção. Violeta e Magnólia gritaram. A garotinha correu. Empurrei quem entrava na frente. Tropecei em algumas pessoas. Procurei-a por todos os cantos da praça, atravessei ligeiro a rua... ela havia sumido.

Violeta vinha logo atrás, encostou sua mão no meu ombro. Perguntou-me o que acontecera. Fiquei ofegante com o olhar agitado para os lados.

— Você viu a menina correr de vestido branco? — perguntei-lhe inquieto.

— Não vi meu amor.

— Não viu mesmo?

— Havia muitas pessoas na feira como poderia vê-la.

Abaixei os olhos, certo que alucinava. Violeta segurou-me firmemente, encostei a cabeça em seus ombros. Pedi que partíssemos em seguida, minhas pernas estremeciam.

Vi na livraria, no fundo da xícara de chá, o que imaginei ser minha morte. Será que aquilo seria de fato o meu fim? O que acontecia?

De repente a garotinha surgiu do nada. Estava confuso e assustado. Os temores brincavam comigo na roda, que subia e descia. Sentia-me uma criança perdida sem saber para onde ir.

Saímos rapidamente. Todos aqueles acontecimentos reviraram minha cabeça. A menininha olhou-me com a intenção de dizer algo. Desta vez estava acordado e de olhos bem abertos.

Afinal, quem era aquela garotinha? O que queria comigo?

Retornamos de imediato ao apartamento na Ricolleta, um amigo de Violeta iria me conhecer. Ela insistiu nesse

TEATRO, JOGO E REALIDADE

Era o momento de arrancar dos sentimentos a mudança que eu tanto ansiava. Finalizaria com Carmem o ciclo de lembranças dolentes. Quanto à Dora, seria um pai presente, poderia abraçá-la sem o antigo senso de culpa que me dominava. Creio que ao assumir a separação para começar uma vida com Violeta, daria o primeiro passo para resolver minhas diferenças com João Pedro, possivelmente descobriria sua verdadeira paternidade. Não sei quem poderia ser seu pai, talvez Carmem abrisse esse segredo comigo, a barreira que nos separava finalmente se romperia.

Voltei a pensar em Violeta. Naquela noite dormimos de braços apertados, era como se nada pudesse corromper a inocência de corpos tão delicadamente expostos. A luz da lâmpada do quarto curvava na face do seu rosto, uma faísca saltou dos seus olhos, fizemos da pele a manta que nos aquecia, derrubamos distraidamente as taças de vinho no tapete, a mancha do líquido espalhava nossa intimidade.

Estávamos imbuídos de prazeres profanados, ela representava a minha amazona a cavalo, galopando no bosque, cortado por uma tênue luz nas águas correntes, o seio coberto parcialmente com o arco pendurado no ombro, segurava na mão a flecha que atingira o meu coração. Beijei suas costas desenhadas por curvas que traçavam o meu caminho. O cheiro da pele exalava a fragrância dama-da-noite, carregando os segredos noturnos espalhados na casa. Seus olhos me cercavam na relva, e como disse o poeta: "Ao verem-nos vagando no nada, eles anulavam os meus".

Trocávamos carícias na sala. Havia colunas de arco pleno ligando os vários ambientes entre si, alguns móveis e objetos despojados de acrílico, ferro, vidro e couro criavam uma atmosfera moderna e funcional. Os cartazes de peças de teatro e pinturas assinadas ficavam espalhados pelas paredes brancas. Dois painéis de fotografias de Violeta, pendurados na coluna, mostravam suas diferentes fases nos palcos. Ao lado havia a mesa de jantar de vidro. Um enorme tapete branco cobria o chão.

Pela porta da frente do apartamento entrou um homem alto, magro e simpático, trajava esporte fino preto e portava um anel de pedra vermelha, a barba aparada destacava as costeletas brancas, os olhos aguçados de águia percorriam o ambiente como se olhasse do alto de uma montanha. Apresentou-se a mim como Pablo Cortázar de Gonzáles. Era o amigo esperado de Violeta, que a abraçou longamente. Encostei-me na coluna da sala, ele olhou-me fixamente e apertou a minha mão. Depois, tomei às vezes de um anfitrião, convidei-o a se sentar, prepararei a tábua de queijos e frios levados à mesa de jantar, Cortázar trouxera vinho e de modo cerimonioso serviu as taças zelosamente, Violeta ergueu a sua e a seguimos tilintando os cristais.

Ao final do primeiro gole, ela revelou que eles haviam se conhecido anos atrás. Pablo a acompanhava nas interpretações cênicas nos palcos de Buenos Aires. Então, sussurrou que ele era considerado um importante terapeuta na Argentina pela comunidade científica, tornando-se um destacado médico nas pesquisas de comportamento, dado aos trabalhos e artigos publicados naquele país. Seu consultório ficava próximo ao seu apartamento.

Os sessenta e sete anos de idade me inspiravam em seu rosto amável, o que eu poderia chamar de uma amizade de longa data, sem ao menos conhecê-lo, seus olhos bondosos me cativavam, a fala calma entoava as frases como numa canção amiga. E mesmo movido por uma sensação agradável. Naquele momento, surgiu-me um incômodo, não sei se era o seu cachimbo preso a boca que me perturbava, despertando as lembranças das trágicas histórias de papai ou seria o olhar penetrante de psicólogo, que desnudava a alma.

Será que ele me via como uma mente a ser analisada ou apenas um namorado de sua amiga? De qualquer maneira, sua presença me importunava, mas não a ponto de me indispor.

Violeta o tratou com tamanho carinho e deferência, que acabei esquecendo das minhas desconfianças e precauções tomadas.

Por um instante a peça interpretada por Violeta, que havia assistido dias atrás, veio-me a mente. A ideia de que a ficção e o real se dividiam por uma tênue linha ao reinventar a realidade e os diálogos das personagens emergindo das querelas dos conflitos familiares inconscientes não me saía da cabeça.

Estava ainda sob o impacto do drama. E quando eu me referia ao drama, não me postulava em fraudar a existência, porém apropriar-me dos sentimentos dentro da verdade que se consolidava na dor, não com o intuito de sofrer como o faz um masoquista, no entanto, despertar para a vida e sair do torpor da insensibilidade e reconhecer a pele tocada por uma realidade surpreendente, inviolavelmente contundente na forma de existir.

Fiquei tão submerso com as ideias da peça, eclodindo na minha cabeça, que um impulso inexplicável me possuiu, e sem conseguir conter o meu afã crescente, comentei desapercebidamente à mesa, que a peça, "Seis personagens à procura de um autor", havia me levado a fazer algumas associações com referência às personagens de Pirandello, sobretudo, a maneira que os fatos e os conflitos aconteciam comigo, sem muita noção de viver os dramas pessoais, que se apinhavam de meses para cá.

Cortázar observou-me atento por cima das lentes dos óculos caídos e como se esperasse um comentário dessa espécie ajeitou as hastes delicadamente no rosto, depois tocou as taças, deu vários movimentos circulares, exalou a fragrância de olhos fechados e bebeu o vinho se regozijando como uma dádiva vinda de Dionísio. Então, voltou sua atenção na minha direção, enquanto apanhava a garrafa de vinho, servindo os copos à meia taça. Perguntou-me diretamente: "Com qual personagem você se identificou?"

Imediatamente, veio-me a sensação do analista e do paciente no divã. Olhei-o melindrado e antes de me agastar com essa possibilidade, de modo a embaraçar nossa relação, que mal havia começado, e também tomado de considerações a Violeta, sorri automaticamente e me dispus a responder-lhe, observando-o ressabiado. "Acredito na possibilidade de que cada personagem apresentava uma forma própria de existir, correspondendo ao que surgia dos conflitos nas relações engendradas pelo dramaturgo".

Preparei aquele discurso, de modo a me proteger de uma resposta que me deixasse exposto diante dele. Por isso, fiz das palavras uma relação vaga com a minha existência.

Violeta notou minhas defesas e apontou que havia de fato algumas diferenças marcantes. A personagem do Filho negava o drama da vida e a vivência que o tornou personagem, enquanto a figura da Mãe representava a vítima resignada, voltada aos sentimentos do passado.

Fiquei calado ao perceber, que a fuga do drama me remetia a uma identificação inicial com a personagem do Filho. Arredei-me dos problemas que surgiam, principalmente da dor, talvez por acreditar que ao negá-la, haveria dias iluminados, sem percorrer um caminho desafortunado. Mas, foi com o tempo que notei o quanto havia de inverdade nessa concepção infundada. Utilizei mecanismos para me afastar dos sentimentos mais profundos e fui me isolando da alma, bani o sofrimento da carne, agarrei-me às franjas das palavras e me pendurei na razão. Conheci o canto da região dos raios mais intensos de sol no jardim, virei as costas ao território das sombras escondidas nos canteiros, assim cultivei flores de plástico no jardim dos afetos, deleitando-me com a metade da vida de segurança e felicidade, neguei a outra metade. E com as falsas convicções, pisei nas sementes secas. Acreditei que dessa forma, movido pela inocência premeditada, das inverdades que evaporavam por serem dissimuladas, estaria me protegendo. Confinei-me em armadilhas ao repudiar os momentos lastimosos que me feriam. Foi quando construí uma parede de areia, demolida ao menor impacto de uma brisa pela verdade. Ocultei desse modo a intensidade do drama ao definir uma suposta realidade fragilizada na existência.

A dor se configurou no meu maior contato com a realidade. Sei que estou vivo por pulsações, ela me coloca para dentro do mundo, todavia não com a intenção de reproduzi-lo no sofrimento, esse não é o seu objetivo, mas para levar-me as dimensões da realidade que me cerca.

A dor me devolveu o jardim abandonado. Hoje me deparei com a realidade de todas as dimensões.

Percebi que as histórias de fuga de papai levaram-me a criar um terrível mecanismo de defesa. Fiz o que muitas pessoas que se parecem comigo fazem, elas se enganam ao acreditarem que estão enganando a vida.

Violeta notou minha distração, tocou-me ternamente, retirando-me do esconderijo do pensamento, enquanto falava gesticulando com a graça de uma atriz:

— A configuração da personagem do Filho na peça de Pirandello é tão orgânica como lógica, ela motiva a uma situação de desordem e confusão entre as personagens. O mental cria a barreira de se viver ao negar o drama. Depois da separação de sua ex-mulher você sentiu dor, meu querido?

— Sim. Creio que pela primeira vez na vida conheci esse sentimento ao perder algo que valia a pena — respondi sem perceber o significado daquelas palavras.

Ela olhou-me enviesado, de olhos preenchidos com lágrimas. Abruptamente, levantou-se da cadeira e bateu as duas mãos sobre a mesa.

— Eu não suporto mais a sua indecisão. Ou você fica comigo, se eu valho o seu amor, ou volta prá sua ex-mulher. Pelo amor de Deus! Você perdeu algo que valia a pena? Há tempos havia perdido. Perdeu a si mesmo e descobriu o seu valor amoroso comigo.

Lançou a taça de vinho ao chão, saiu correndo com a mão na boca, soluçando. Levantei em sua direção, mas Cortázar segurou o meu braço.

Rogou-me que a deixasse chorar. Ela havia atravessado problemas familiares, Juan, o irmão mais velho, era o único a apoiá-la, os outros mal telefonavam. Passou a infância ouvindo que ficaria sozinha.

Se eu não assumisse uma decisão de fato criaria uma situação irreparável. Meu orgulho não me interessava, havia ferido os sentimentos da mulher que amava. Perdi Carmem e perderia Violeta também.

Ela retornou refeita. Cortázar levantou-se rapidamente e em um gesto cortês sentou ao seu lado.

Desculpei-me pelas palavras impensadas. Minha vida começava ali. Precisava de tempo para me adaptar àquela realidade. Tudo era novo para mim.

Beijei-a suavemente, respiramos um único ar. O perdão veio no seu toque, afagando o meu rosto. Levei seus dedos aos lábios e os segurei com a boca, ela sorriu como se aquele pequeno gesto representasse um segredo que guardaríamos para sempre.

Naquele momento, lembrei o que Violeta havia me dito no restaurante, sobre sua mãe julgá-la frequentemente e repetir a ideia de que ela jamais seria feliz com um homem, imputando-lhe a sensação de ser indigna a qualquer tipo de felicidade conjugal.

Notei que a sensação de abandono valia para ambos. Havia uma similaridade das perdas apesar de nossas diferentes histórias de vida. Voltamos a nos tocar como duas pessoas que se apoiam nas descobertas de suas dores imersas.

Ela olhou-me ternamente e levantou a possibilidade da personagem da Mãe, remeter-me ao que poderia ser a angústia da minha separação, pois a personagem trazia a lamúria ao cárcere da memória.

Era verdade que o drama daquela personagem arremessava-me ao passado ao viver a realidade dos sentimentos sem assumi-los de fato. Ela me questionou sutilmente, procurando extrair no fundo dos meus sentimentos as dores e as culpas que ainda me remetiam ao meu antigo casamento.

Um silêncio pesou sobre nós.

Cortázar havia percebido minhas intenções veladas de viver a realidade desprovida do plano mental e inquiriu-me:

— Você não acha que as personagens da Enteada e do Pai na peça estão num plano do seu desejo em viver o drama na intensidade que você espera muito mais do que a personagem da Mãe e do Filho?

Aquela pergunta retirou-me a armadura que protege. As personagens da Enteada e do Pai representavam a dramaticidade no meu âmago. A essência que se revelava na minha busca me tocava sem precedentes, minhas desconfianças de Cortázar se esvaíam como um cubo se derrete exposto ao calor.

Naquele instante, a imagem da Enteada voltou-me à mente como alguém de coragem que vivia intensamente o seu próprio drama. Ela rompia os medos, fornecia referências a uma verdade de sentimentos que não se ocultavam.

A partir daquilo compreendi como era essencial correr os riscos de viver intensamente, e não precisei me convencer disso, mesmo sabendo que a mudança provocaria dores.

Notei em Violeta a necessidade de viver os dramas fora do palco e, mesmo sendo uma atriz, a vida a convocava para a consciência de suas dores, indo além das páginas dos textos dos dramaturgos: "O teatro é um remédio para a alma, mas a alma precisa atuar na vida real", ela dizia. Pensei naquelas palavras, tocando distraidamente seus cabelos.

Ela estava sendo um alento para o meu espírito, já minha ex-mulher foi o espelho que abominei. Ao se tornar executiva, ela começou a se parecer comigo, negando os próprios sentimentos. Não pretendia repetir esse jogo com Violeta.

Então, ela levantou e abraçou-me por trás da cadeira, com um amor vindo de tantas direções que há tempos não sentia.

Havíamos sofrido as pressões dos mecanismos inconscientes e buscávamos as rupturas das velhas crenças. Ela acreditava que a essência esvaída aos pedaços seria reunida pelo teatro e a arte criaria a forma ousada para nascer e morrer todos os dias em um sonho impossível de negar.

Ao descobrir a verdade do comportamento das histórias de vida, nada se pareceria como antes. Era como se o reflexo descesse do espelho turvo e tornasse impraticável distinguir de qual lado eu estaria nesse enfrentamento. Naquele instante, olhei minha face se enrijecer no reflexo do espelho no canto da parede sobre a mesa de jantar. O meu outro não me era tão diferente daquele que eu imaginava existir. A minha imagem anônima me procurava.

Uma lufada de ar entrou pela janela da sala, sacudiu a cortina e acordou-me dos pensamentos, que me consumiam por completo. Na sala continuávamos ao redor da mesa, cutucando de palitinhos os queijos e os salames, o vinho estava a meia garrafa. Eu me perdia por mais de uma vez nas distrações da mente.

ESCREVENDO O ROTEIRO

Mas subitamente preocupações me tomaram. Percebi que o mecanismo de defesa inconsciente se consolidava na razão de sobreviver aos sentimentos, criando a virulência nos conflitos internos, contaminada nas sutilezas expostas. Foi quando me vi sem defesas de quem se arriscava a viver. Sujeitava-me naquela fração de tempo, existir de maneira íntegra, de armaduras colocadas ao chão, depondo as defesas que me afastavam do mundo, ainda assim, era o começo de um longo caminho. Caminharia e caminharia tantas vezes quanto fosse necessário até encontrar-me ou abandonar-me por completo. Era uma escolha a ser feita.

Cortázar observava minhas expressões através da taça de vinho e depositando-a a mesa retomou o problema, apontando como seria fundamental tomar a consciência dos roteiros montados durante a infância e evitar que essa contaminação de padrões no comportamento interferisse na construção da persona, tirando a noção clara de quem somos.

Os papéis sociais exercidos criavam uma perigosa atuação cênica, as pessoas interpretavam em sociedade como se estivessem em cima do palco ao encenarem uma peça de um roteiro previamente escrito, cumprindo um mecanismo na relação, que se repetiria incansavelmente todos os dias.

Um script seria um roteiro inconsciente arquivado no cérebro como se um computador registrasse as experiências vividas. No arquivo das histórias infantis, guardando os dados recebidos e processando informações durante a convivência.

A diferença é que a máquina mostra na tela como o arquivo se configura sem interpretá-lo, enquanto nós atuamos em cena com um roteiro, convocando inconscientemente outras pessoas a fazerem o mesmo, sem a mínima noção do nosso mecanismo.

O script está no cerne do destino de uma pessoa, quando ela vive segundo um roteiro programado. Esse mecanismo é denominado "Destino Programado".

O roteiro torna-se um destino programado, elaborado nos primeiros anos de vida durante o contato com adultos, funcionando como um quebra-cabeça feito por peças das relações parentais. As partes ficam fragmentadas no quadro social, que se encaixam a medida que convivemos com outros.

E quando não temos a consciência dos roteiros, ficamos frágeis e acabamos por aceitar os scripts como um texto escrito, amassado e enfiando no bolso, realizando os papéis sociais que nos levam a viver as relações com pessoas, sobretudo as que se adaptam nos scripts como peças de um jogo, justificando o texto que se repete de uma relação a outra, de um amigo a outro, de um parente a outro.

Há pessoas à procura de um parceiro na vida conjugal que as abandone com o passar dos anos, outros preferem relações que as façam sofrer e existem aquelas que buscam o modelo da mulher ou homem ideal, que jamais será encontrado. Por isso as relações fracassam. Elas dependem do roteiro dos vínculos afetivos programados que só se justificam para que um novo significado seja dado ao script.

Por outro lado, surpreendem-nos o destino que nos é desconhecido e misterioso, dado ao sobressalto dos fatos emergidos da vida. O destino que vem e vai como o viver e o morrer. Nascer em uma família, gerar filhos, encontrar e desencontrar pessoas sem explicação nenhuma e estar ao lado dos avôs e avós, netos e parentes; sem optar pelo tipo de morte, com exceção do suicida, e não planejar o próprio nascimento no ventre da mãe. Este sim seria o "Destino Natural". Movido pela obtusa impossibilidade de sua interferência. O destino que não é escrito e nem elaborado, mas feito durante uma trajetória de acontecimentos que não se explicam. Acontecem.

Se por um lado, parte do destino é natural, por outro o roteiro escrito é o destino programado. Neste último, culpamos o mundo, sem perceber que a verdadeira responsabilidade cai sobre nós.

Cortázar se entusiasmava com a ideia de script, falava ininterruptamente e só havia pausas nos momentos de degustar o vinho ou acender o cachimbo.

Violeta o escutava com absoluta atenção, esquecendo

da minha presença, enquanto eu estava intrigado com as questões do comportamento, que poderiam trazer à tona os conflitos, gerando a antiga insegurança que eu procurava afastar. Lembrei de algumas passagens da minha vida, que poderiam estar relacionadas aos scripts. Senti-me à vontade e desatei a expor uma sequência de recordações da infância, como nos dias em que esperava papai chegar da alfaiataria, quando ainda era uma criança e ouvia suas histórias da Segunda Guerra Mundial, repleta de mensagens inconscientes. Comentei do carinho e orgulho que lhe cultivei. Veio-me a lembrança de ele ser considerado o melhor alfaiate da região, trabalhando até tarde da noite para os clientes exigentes, e enquanto ele não chegava em casa, a Dona Esmeralda cuidava de mim. Era uma senhora de meia-idade afável, tinha o corpo grande e os braços fortes. Modesta, jamais demonstrou quaisquer sinais de ostentação. Falava manso e inspirava sinceridade em seus menores atos. Para o meu pai, Dona Esmeralda lembrava a tia Eleonora na cozinha, seus pratos eram estupendos.

Quando me sentia só ela me fazia companhia, mas nem sempre isso era possível, tinha de deixar tudo arrumado, depois ia dormir cedo para cumprir a rotina no dia seguinte.

Mesmo com tamanha atenção ela não amenizava minha solidão, tão pouco as histórias de papai. Eu procurava superar o meu vazio com os livros da estante. Mas a solidão se escrevia além da literatura. Conversava sozinho no meu quarto, só depois compreendi a verdadeira razão do tio Antal ter a mania de falar com as paredes.

Quando criança sentia o arrebatamento da indiferença do mundo, principalmente na escola com os meninos que me ameaçavam por aparentar a fragilidade de um cristal. E se por um lado a solidão subtraiu as formas palpáveis da vida por outro me adicionou a riqueza da abstração. Sentia-me seguro nas colunas firmes do pensamento, mas ao tocar o mundo concreto me afastava tímido, com total incapacidade de reagir.

Fui uma criança sem saber qual seria a função de um parafuso solto no meio da sala. Recolhi da solidão a abstração do pensamento, a solidão era o parafuso solto, espanando meus sentimentos. Na minha vida dei as voltas girando para o mesmo sentido, sem ter a segurança para me fixar em algum ponto do mundo.

Assisti pessoas indo e vindo nas narrativas de papai. O tempo para ele deixou de existir durante a fuga na Europa. Para mim o tempo foi tão presente que os dias jamais passaram. E nesses momentos de solidão, Dona Esmeralda procurava me alertar dos perigos do amor, ela dizia: "As mulheres lhe farão sofrer. Cuidado com o amor, ele costuma a dar tombos por aí". Procurava acrescentar algo a minha educação.

Talvez algumas das mensagens dos meus scripts tenham saído de parte das frases da Dona Esmeralda, das histórias de papai com a avó Anna, do vovô Sigmund e da tia Eleonora, da severidade da diretora da escola e dos meninos provocadores do colégio. Quem sabe se a forma solitária de viver cultivou minha admiração pelo tio Antal? Apenas sei que possivelmente construí um plano inconsciente na vida com roteiros escritos, onde eu seria o protagonista contracenando com pessoas que atuavam comigo.

Cortázar ouviu-me atentamente com os olhos fixos e comentou que o script era elaborado a partir da pergunta: "Quem eu sou?"

"Mas que pergunta é essa?" — pensei.

Isso não tem resposta, se passei a vida renunciando a ter um significado, não me reconhecia e nem possuía um sentido interno, habituei-me a atribuir um sentido ao que vinha de fora. E o que vinha de fora estava mais vivo do que eu.

"Quem eu sou?" Parece a pergunta da eternidade que não finda, mas sei que durarei pouco: o desejo do permanente não demora muito, ele acaba num instante. Posso dizer que sou uma realidade adivinhada, piso no desvão do meu telhado, prendo o pé e rompo o tornozelo, já não consigo correr de corpo ereto, me afastei do meu caminho. Ando como quem tropeça nas pedras da memória.

Saber quem sou é a verdadeira dor que esfacela os ossos.

E se a verdade estiver escondida em alguma parte dentro de mim?

Eu não poderei viver dela, porque meu pensamento não me suportaria.

Sou obtuso na luz que me projeta na parede da sombra. O caminho está escuro, apalpo o ar e me seguro no vazio. Abro os olhos e a sombra me enxerga com olhos que devoram a alma.

E naquela sala, fui tomado por uma sensação de arrebatamento, desviei o olhar de Cortázar, dissimulando. Ele notou minha expressão de sobressalto como quem se via com medo de si. Explicou na forma de quem cuida que eu havia reunido os fragmentos do passado no inconsciente, formando os scripts das mensagens desde a tenra infância. E que o script não é visível como se imagina, mas é feito de padrões de comportamento para se viver o presente, repetindo os roteiros do passado, ao escrever a história sem uma consciência clara do que é feito.

Foi quando percebi que acreditei em algumas daquelas mensagens, sem noção das consequências, contribuindo com a sensação de solidão e dela me alimentei, tomei decisões e escolhi caminhos, neguei minha transformação. Essa seria a maior solidão que alguém poderia conhecer. Era a flecha que atingira o meu âmago, feria-me, e eu não ousei trazer à consciência tais mudanças. Temia a dor. Fiquei paralisado. Tomou-me um calafrio na espinha.

Naquele instante perguntei no meu silêncio. Quais são as pessoas que escolhi para serem meus amigos ou amigas? Com qual tipo de mulher me casei? Como criei meus filhos? Por que construí um modelo ideal de relações, se isso me faz sofrer? Qual a razão de cometer sempre os mesmos erros, repetindo os scripts, se no final sei que pagarei por eles?

Violeta interrompeu minha quietude, sem saber que eu divagava, disse que atravessou momentos difíceis, considerando-os como parte da montagem dos seus scripts, ao ser internada nas clínicas da Califórnia, onde o médico fazia o papel de salvador ao alimentar a ideia de que ela seria curada; a mãe era a vilã, criticando-a veemente e ela a vítima caindo aos prantos. Criou-se ali um jogo teatral com papéis sociais definidos por um roteiro.

Cortázar comentou que os padrões de comportamento são assimilados ao sabor dos scripts psicológicos e eles determinarão as escolhas do indivíduo ao longo da vida. A presença do roteiro exige que os atores mantenham seus papéis, o padrão do comportamento alimenta o mecanismo, girando repetidamente como se fosse um peão jogado de sua fieira ao chão.

Quando criança, temos uma espécie de radar preso na cabeça, captamos mensagens como se tivéssemos uma antena ligada ao mundo adulto. Uma conversa ou discussão entre os pais poderá conter mensagens marcantes para o campo emocional. Quando os adultos dizem algo, que de alguma forma penetra no arquivo mental, seja um tio ou os avôs ou até mesmo um amigo da família, e se qualquer frase sem importância aparente é solta no ar, podemos assimilá-la como uma ordem de comando para o mecanismo, acionando um dispositivo receptor. O adulto não imagina a propriedade que aquela simples mensagem tomará para a criança, processando no cérebro como uma máquina o faz com os dados numa pasta aberta.

Na fase adulta as frases e rótulos se tornam perfeitamente decodificadas, dando a sensação de ser algo espontâneo, só que não é bem-assim, o comportamento se transforma no script feito com o modelo das mensagens recebidas.

Violeta comentou que quando criança, seu pai alimentava uma estúpida obrigação de sucesso na sua família, imputando-lhe o papel de bem-sucedida entre os Montez. Aquilo criou uma espécie de impotência do êxito.

Enquanto Violeta trocava impressões da infância com Cortázar, dirigi-me à adega e apanhei uma garrafa de vinho. Ao olhar o rótulo no vasilhame, pensei o quanto somos rotulados de bonzinho, chato, palhaço, durão, antipático, monstro ou ainda rotulamos os outros de anjo, demônio, mocinho, bandido, princesa, salvador, príncipe, bruxa. Ficamos com os comandos guardados nas adegas da mente, escondidos nos porões do inconsciente e envelhecemos com rótulos sociais estampados nos modelos de comportamento.

Temos uma incrível capacidade de nos adaptar às diferentes situações sociais que surgem, mas esperamos do outro as reações de acordo com os rótulos que neles fixamos. Definimos os papéis no script para cada pessoa e quando falhamos somos rotulados de fracassados ou culpamos o outro, num jogo de atitudes espiadas atrás das verdadeiras intenções.

Levei o vinho à mesa e brindamos entre questões delicadamente tratadas.

Perguntei a Cortázar em qual momento os papéis entravam em cena.

Ele respondeu: "Na definição dada pela seguinte pergunta:"Quais papéis desempenho?"

Comentou que na infância o indivíduo desempenha uma série de papéis sociais, como: bruxa, princesa, fada, herói, príncipe encantado, cinderela, vilão, a gata borralheira, lobo mau, anjo e tantos outros.

Violeta interveio com os olhos estatelados:

— Então foi isso o que aconteceu. Fui criada para ser a cinderela, mas me tornei a gata borralheira da família Montez. Mamãe me dizia que eu a envergonhava durante a fase de tratamento nas clínicas. Sentia-me vítima da situação, enquanto ela era a vilã.

Cortázar observou que esse comportamento poderia ser um sintoma manifesto de sua família, formando alguns papéis que ela e os membros desempenhavam numa convivência lúdica. E essa ludicidade patológica estruturou e fomentou as relações entre os Montez.

Aquilo fazia sentido, Violeta viveu num emaranhado de fios, presa a uma teia familiar.

Mas eu também não estava livre da teia, tinha arquivado mensagens, só que de forma diferente. O meu inconsciente foi montado por frases ao longo da vida, que me convenciam do meu papel de "bom menino". Sacrifiquei minhas emoções, para evitar correr riscos e me manter na linha, ao menos do que os adultos consideravam certo para mim.

Cortázar tomou a garrafa de vinho e descolou o rótulo com as unhas como se desejasse retirar a máscara do mundo. Ele disse que fazemos da vida um teatro, e somos o personagem principal da história, montando um roteiro, interagindo com pessoas que atuam na forma de atores e atrizes do texto. Nesse momento entra a pergunta: "Quem são os outros que interagem conosco?".

Essa questão ao mesmo tempo em que me excitava, me assustava dada a sua virulência. Para mim os outros estavam na dimensão do espelho do mundo. Eu me via nos espelhos. Espelho era o objeto inspirado nas estrelas para guiar os navegantes perdidos no mar. Eu navegava há tempos sem bússola pela vida.

Certa vez havia me visto no "espelho invertido". Nesse espelho ficamos de cabeça para baixo, vemos tudo o que negamos no outro. A fé de papai me incomodava, o lado místico de Violeta fazia contraponto com o meu ceticismo; a arrogância de Carmem era incompatível com a humildade que tanto admirava e Cortázar me dava arrepios ao enxergar dentro da mente. Eu me via de ponta cabeça nesse "espelho invertido".

Tinha também o "espelho que mostra". Só que esse me surpreendia, porque ele se mostrava a mim sem que eu o visse. Certa vez uma senhora disse que tinha uma novidade para me contar, falou que eu estava com 24 horas de vida e nesse curto período deveria relacionar três tarefas para cumprir. Pois bem, a primeira tarefa foi pedir perdão ao meu filho, a segunda amar a todos e a mim sem precedentes e a última rezar para Deus como há tempos não fazia. Depois a senhora disse ter uma segunda novidade, eu não morreria nessas horas, mas teria uma lista de três tarefas para cumprir nas próximas 24 horas. Consegui apenas ajoelhar e rezar para minha alma. Fiquei surpreendido quando ela aproximou o "espelho que mostra" do meu nariz, via ali meus infinitos limites doendo só de ver.

Às vezes o outro estava "atrás do espelho". Esse seria o espelho que por definição esconde a mim ou ao outro naquilo que vejo. Procurei pessoas por todos os lados do espelho e não as encontrei. Eu não me via nelas ou em mim, o espelho tinha um vazio de imagens, eu não conseguia me reconhecer e tão pouco ao outro, nos escondíamos atrás das imagens como crianças brincando.

Finalmente o espelho na "imagem que se repete". Este era o espelho dos rótulos marcados, iguais aos das garrafas de vinho ou do carimbo batido no papel, molhado no mata-borrão. Esse espelho se produzia numa série de quadrados ajustados, moldando o pensamento que eu havia construído. Ele não escapava um centímetro do quadrado, me aprisionava nos seus cantos quando se pensava nele. Eu me reproduzia nos rótulos. Deixei de olhar a verdade do que me tornei e passei a repetir comportamentos no limite de territórios marcados.

Cortázar ao perguntar sobre os outros que interagiam conosco, estava se referindo à "imagem que se repete".

Observei-o erguer o dedo vagarosamente, piscar pausadamente, tocar na taça, mover os lábios, tombar a cabeça, deixar a face cair relaxada, músculo a músculo. Tudo passava em câmera lenta, quase na fração do instante. Era o movimento de todos os espelhos reunidos. Todos esses sou um eu, pensei de olhos fechados.

Ele percebeu meus sentidos dominados por detalhes menores. Comentou sobre aquilo que rotulamos no outro, como a convivência programada, o poder das opiniões que escutamos, dos valores que atribuímos a outrem. Adotamos o certo e o errado e julgamos a atitude de alguém ou somos julgados, definimos uma sentença ou somos sentenciados. Somos o juiz ou o réu das relações.

Ele me olhava como quem despia o espírito indefeso. Apontou para a foto da mãe de Violeta no alto da parede, entre outras fotografias, e afirmou que os comandos determinam as respostas que daremos sobre o outro.

Violeta com a voz contida revelou que trazia a imagem de sua mãe da bruxa malvada, porque de seu pai ouvia essas palavras e sentia nelas esse papel, imputando-lhe tal rótulo, enquanto ela se colocava na pele da ovelha negra da família. Assim, a mãe era considerada a bruxa e a filha a erva daninha no jardim, isso definiu a relação entre ambas.

Foi quando compreendi que Violeta era o meu outro e ela me fazia enxergar que eu havia cumprido scripts que se repetiam, e deveria tomar consciência desses, para não repeti-los. Fui encontrando mulheres pelo caminho que desempenhavam papéis. Eu acreditava que elas me fariam sofrer, e as convocava como co-adjuvantes das minhas performances sociais. Trocávamos scripts. Interpretávamos os papéis da cena. A vida foi conduzida a um jogo de vaidade, medo, desejo, insegurança e sentimentos que apareciam desapercebidamente. Aceitei a ideia de que elas me levariam ao sofrimento. Esse era um dos espelhos que me fizera sofrer. Olhei imagens distorcidas, escondi minha verdadeira face atrás da máscara social.

Talvez estivesse aí a resposta do fracasso das minhas relações amorosas. E também para Violeta, não aceitando a possibilidade de ser feliz em casamento.

Algumas vezes ganhamos, outras perdemos, mas no final da corrida na estrada uma pessoa está sozinha e conta com ela mesma e tem a certeza de que a metade de suas escolhas dará certa, a outra metade poderá vir da ajuda de amigos sinceros.

Tive a sensação de uma confraria de cúmplices naquele dia. Violeta me fez descobrir "o espelho do amor" e Cortázar "o espelho do amigo". Eu me via no reflexo dos seus amores. Falávamos palavras sinceras, nos apoiávamos com dores sentidas e nos regozijávamos de vinho.

Adentrar no âmago da intimidade do olhar oblíquo, do silêncio na pausa da sinfonia, das máscaras que caíam. Estávamos de caso pensado com a essência, deixando a falsa face, erguendo o rosto leal, ainda que no tímido apoio do arfar de surpresas, víamos os pormenores daquilo que emergia.

Os jogos se desfaziam em nossas mentes, da rotina programada respirávamos um cotidiano inventado, sem segredos filiados a solidão, apenas chegar a casa depois de um dia de transformação de mãos abanando.

Tinha pensado que deveria improvisar e construir cada instante como se o instante nunca mais se repetisse. Não para reescrever a história pessoal, esta já foi feita, mas viver o improviso sem roteiro montado. Estar íntegro a cada segundo, desfeito de scripts, das células que nascem e morrem todos os dias.

Deixar-se afetar pela consciência, que o destino natural exige na presença do improviso, quando o fato acontece e uma experiência inusitada surge, mas quando o destino programado lança o feitiço, escreve a página dos padrões de viver e ao se repetir, é o script que se afirma como script. A vida se repete e no improviso nos estranhamos de tão natural que se quer. Se eu me repetir torno-me um script no centro da cena de um jogo. Mas improvisar é se entregar ao instante, apenas acontece.

Uma vez assisti a um concerto musical. O flautista na orquestra tocava olhando a partitura que se repetia, ele a interpretava de modo primoroso, por vezes improvisava ao interpretar, fechava os olhos e a sinfonia saía por dentro dele. Acho que Violeta e eu deveríamos tocar uma sinfonia dentro de nós. Assim a música retornaria aos ouvidos e poderíamos cantarolar de cabeça cada nota sem olhar a partitura, improvisando como dizem.

Levantei-me da cadeira, abracei Cortázar e o acolhi

ao meu peito como se apanhasse um selvagem pássaro na palma da mão. Ele me olhou com a expressão de um maestro que tinha terminado a apresentação de um concerto. Pediu que eu ficasse na cidade de Buenos Aires.

Violeta segurou-me pelo rosto e nos beijamos. Nossos corpos frágeis se apoiaram pelo abraço de um adeus, ainda que breve.

Era o momento de voltar ao meu país, rever João Pedro e resolver minhas diferenças com ele. O negócio naquela cidade havia encerrado, estava com o relatório pronto, entregaria ao Cacá na agência os resultados.

Convidei Violeta a vir comigo, mas ela não poderia, estava com a peça em cartaz, nosso encontro aconteceria após o término da temporada. Pedi que dissesse adeus ao seu irmão, Juan.

Parti reunindo as lembranças espalhadas pela cidade. Tinha me tocado com a ponta dos dedos, conhecendo uma nova textura na pele, que se desmanchara. Ouvia a voz do estranho que falava dentro de mim.

Fitei o rosto de Violeta, parte minha ficaria com ela e a outra seria levada para uma realidade que ainda não me era totalmente clara. Olhei suas fotos que me eram tão reais como a sua ausência.

Saí de Buenos Aires. Seus olhos encontraram os meus, do jeito de quem vê o barco deslizando em águas turbulentas.

Ainda que eu considerasse os nossos encontros misteriosos, inspirei-me em cada um deles. O que passamos só poderia acontecer movido pela conspiração cósmica, que ela tanto acreditava. Eu me convencia dessa ideia.

Não me reconhecia ao ver a minha imagem no reflexo da janela do avião e a saudades se desenhava no suor da palma da mão. Ao perceber o rosto do amor entre as dobras dos dedos, lentamente fechei-os e agarrarei as recordações que me escapariam dos domínios da memória anos depois.

Algo havia mudado, as certezas caíram como uma casa velha demolida: as paredes, o teto, a banheira, o closed, os quartos ruíram. Tudo veio abaixo, até o chão ser arrancado da existência. Via-me diferente, era um estranho que me olhava, sem nada perguntar. Toquei o meu interior com o cuidado de quem estava se descobrindo. Suspirei vendo a cidade diminuir entre as nuvens. Lembrei do meu encontro com Violeta no teatro.Disse adeus

Capítulo 5 · Revelação

A VERDADE NAS ENTRELINHAS

23 de dezembro 2008

Era manhã de antevéspera de natal, trazia na bagagem perfumes, roupas, maquiagens e colares para Dora e Carmem. Reservei a João Pedro um note book. A visita era bem no estilo natalino para a ex-mulher e os filhos.

A casa havia mudado completamente, Carmem trocou os móveis da sala e dos quartos, refez o paisagismo do jardim, pintou as paredes e o aposento de casal virou sala de som. Ela estava firme no namoro, fiquei aliviado. As transformações indicavam que eu não pertencia mais àquele lugar. Senti-me um estrangeiro em casa alheia.

João Pedro trancou-se sozinho no quarto. A mãe e a irmã provavelmente faziam compras no shopping e retornariam tarde, se voltassem, porque em dias assim costumavam passar a noite fora, dormindo no apartamento da irmã de Carmem, exibindo animadamente até tarde da noite os pacotes de sonhos de consumo embrulhados. Aquilo me irritava.

Meu filho estava enfiado na Internet com seus amigos virtuais. A casa não emitia ruídos, a inércia provocava a imobilidade do espírito.

Do outro lado da porta de seu quarto havia um mundo desconhecido, habitado pelo silêncio das palavras. Lembrei das discussões que tivemos no passado, fosse a música alta ou minha ausência, a sua alienação no computador, o carro que eu negava a emprestar ou as suas saídas de casa sem dar satisfações. Ficamos habituados aos duelos entre pai e filho, nos víamos de lados opostos, sem que nos reconhecêssemos.

Lembrei da nossa última conversa. Ele estava com quinze anos na época. Assistíamos ao filme Blade Runner na sala. No intervalo perguntei se ele não iria ao quarto estudar, para melhorar suas notas na escola que estavam abaixo da média, João Pedro aumentou o tom de voz e disse aos berros: "Você destrói os meus prazeres, te odeio".

No mesmo instante retruquei e claramente me impus: "Não admito filho folgado e mal educado na minha casa, se não estudar, então vai trabalhar e só voltaremos a conversar depois que você tomar vergonha nessa cara". Ele se levantou do sofá e trancou a porta do quarto. Foi a última vez que nos falamos.

Na próxima semana, João Pedro completará vinte anos. Não é mais a criança que eu vi nascer, também não fazia a mínima noção de quem ele havia se tornado.

Bati com cautela ao toque ritmado na porta. Ele virou a maçaneta lentamente, depositou o olho esquerdo na fresta, com a cabeça baixa e os cabelos compridos cobrindo o rosto, trazia a mesma timidez no corpo. Notei que em seis meses estava feito homem grande, deixou a barba crescer. Ajeitou a camiseta comprida lisa azul escura e calçou os chinelos de borracha, puxou o cabelo para trás, amarrando-o com elástico, timidamente enfiou as mãos nos bolsos da bermuda, usava brincos pequenos de pedras brancas. Uma tatuagem colorida de dragão chinês, feita no braço esquerdo, descia pelo antebraço numa língua de fogo que cuspia brasas sobre pedras desenhadas nas costas da mão.

Convidou-me com a voz baixa a entrar em seu quarto, ofereceu uma cadeira ao lado da cama desarrumada. O armário tinha as portas abertas e as roupas à vista, havia um violão pendurado na parede, o aparelho de som e a televisão estavam no chão e o computador ligado em cima da mesa curva com os equipamentos de scanner, impressora a laser e webcan. Havia duas cadeiras estofadas giratórias, no centro um círculo era feito de pedras. Entreguei-lhe o notebook ainda embrulhado na caixa de presente. João Pedro sorriu de olhos caídos agradecendo.

Nosso contato era sempre um risco. Discutiríamos rispidamente ou ficaríamos quietos uma eternidade sem nos olhar? Previ as reações com temores justificados. Um mal-estar me tomava só de pensar, queria evitar o constrangimento que se anunciava. Confesso que estava tenso. Respirei fundo e perguntei pisando em ovos.

— Está tudo bem com você e sua irmã?

— Tudo bem — ele respondeu, esperando outra pergunta.

— O que você tem feito de novo? — olhei seu rosto cabisbaixo.

— O de sempre.

— Fiquei sabendo que a sua mãe está firme com o namorado, ela vai logo se casar.

— É. Ela se arranjou rapidinho.

— A Dora está bem?

— Acho que sim. Consome roupa como nunca!

Não tinha ideia do que dizer. Fui falando sem noção, pensando na conversa que teríamos sobre sua paternidade.

— E como vai indo a escola, a namorada, os amigos, o computador, o violão, as pedras e...

— Sabe o motivo de eu ser um estranho pra você?

— Não — balancei a cabeça, sem saber o que viria daquela pergunta.

— Nós nunca fizemos o que faremos hoje — falou com a voz firme.

Algo aconteceria. Ele não era de falar muito, quanto mais no jeito durão. Alguma coisa mudou na cabeça daquele menino, não sei se para melhor ou pior.

— Vamos evitar discutir, filho, eu não aguentaria passar por uma briga com você. Hoje é antevéspera de natal, estou tentando ser outro homem. Quero conversar sério — hesitei falar da paternidade.

Após uma longa pausa os olhos de João Pedro brilharam. Ele me disse: "Desculpe pai. Te amo no meu pequeno casulo".

Fiquei paralisado como uma mosca abatida por suas palavras. As pernas tremularam, agitei-as numa frenética dança do amor. Tive a sensação de quem acorda de um sono e deixa o pesadelo para trás.

O silêncio caiu sobre nós. Balbuciei as frases entrecortadas. Pedi seu perdão. Limpei minhas lágrimas e o abracei de olhos cerrados. A janela abriu sozinha, acho que um anjo entrou no quarto e nos enlaçou, garantindo que havíamos nascido: ele na forma destemida de ser eu e eu nos contornos delicados de sê-lo. Agora somos um, pensei.

João Pedro falou de voz mansa, que havia passado os anos reunindo forças para conversar comigo, pediu aos céus que um dia eu batesse à sua porta e rompesse nossos limites, fazendo de meus braços seu abrigo. E caso ele fracassasse na escola ou fosse brusco comigo, que o perdoasse dando-lhe outra chance.

Qual amor era esse que nunca havia me alcançado? Não sei se o merecia no meu coração embrutecido. Estava envergonhado. Pensei sobre a paternidade dele. Mas, somente a alegria indomável de um pai para o seu filho, seria o suficiente em comprovar que ele era de fato o meu filho, o meu pequeno garoto. Sorri como se gritasse seu nome para o mundo. Ele me abraçou outra vez.

Por qual razão complicamos a vida sem aceitarmos aqueles que amamos? É dizer algo que suspeitamos ou imaginamos inventando verdades, de quase impossível que é aceitar o outro sob do mesmo teto. Matar a fera da rotina, transformando o cotidiano num evento de relações renovadas, diminuindo as diferenças que nos afastam e depois nos deixar surpreender com as novas dimensões do amor. Se milagres acontecem acabei de presenciar um.

Ao olhar o meu menino, lembrei do sonho com a índia no deserto, os fios partidos se entrelaçavam, havíamos rompido nossos laços, mas a relação agora se fazia em trama.

As lágrimas desceram no meu rosto. O coração ficara agitado no centro da erupção de sensações, a dor que se anunciava pela ausência dele, apertava-me o peito. Lembrei-me então, das pessoas que amei, ainda que tenham falecido, as que continuam vivas, porém distantes, e aquelas que apesar de próximas se afastaram num piscar de olhos.

Mas, o que é o sofrimento se não a página de um livro que podemos virar. O amor é o próximo capítulo escrito, do sujeito amado ao som do bolero de Ravel que cresce no ritmo da marcha do selvagem, que ama pelo instinto de amar. Como único destino. E como se tudo fosse um prelúdio naquele dia, disse ao meu filho: "Me dê uma chance".

Ele tocou minha mão, apertou-a com afeto.

Distraidamente virei o rosto para a tela do computador, vi a imagem de desenhos animados no estilo mangá saltar da máquina. Perguntei:

— Você baixou da Internet a imagem do mangá, filho?

— Não, criei no programa. Aliás, estou terminando essa história, pai.

— Você escreve histórias?

— Sim. Há dois anos publico no site www.mangaecologia.com

— Gostaria de ler uma das histórias para mim, filho?

Ele baixou do arquivo uma história com personagem masculino. Era um herói da ecologia contra os imperialistas dos países poluidores da camada de ozônio. João Pedro era criativo, o personagem híbrido homem-máquina passava por inúmeras situações nos Estados Unidos, Europa, Japão e outras regiões do mundo, lutava contra os agentes poluidores do planeta.

No afã das minhas descobertas, disse-lhe que faria um filme dos quadrinhos. Ele poderia até trabalhar comigo na agência. Respondeu sereno:

— Calma, pai, vai mais devagar...

— Estou impressionado, filho. E esse círculo de pedras no meio do quarto, para que serve?

— Meditação.

— Você pratica meditação? Virou budista?

— Não pai. Mudei o estilo de vida. A mediação é um estilo de vida, não uma técnica. Você reaprende a respirar. A yoga ajuda muito na respiração. É como aprender a nascer. Entende?

— Então você pratica meditação naquele círculo de pedras? Que interessante! E essa história que você está escrevendo, filho, como ela é?

— A personagem vai até a tribo dos kaxinawá, no alto do Xingu. Ele é iniciado nos rituais por um xamã, toma uma tonelada de chá do cipó da Amazônia e começa a ter visões espirituais. Depois vai à cidade de Washington e, em frente ao capitólio, convoca um ritual xamânico da sucuri-lua, ela desce do céu e vem à terra mover as forças da natureza. Isso feito com milhares de pessoas que passam pelas ruas, todos simpatizantes do movimento ecológico. Então, "rola" uma celebração mística com os animais, invocando-os do céu. O personagem faz uma enorme fogueira no jardim da presidência americana e se comunica com os espíritos.

— Ele é revolucionário? — questionei.

— Não. É diferente da sua época, pai. Ele protesta para proteger o meio ambiente. Não procura a revolução, mas a conservação. Sua geração fez revoluções no passado, mas não aprendeu a manter o que conquistou.

— Filho, eu quero lhe apresentar uma pessoa, que adora ecologia, xamanismo, meditação, yoga, leitura de tarô...

— É a sua nova namorada, pai?

— É. Ela é muito simpática e doce — tentei suavizar um possível ciúme.

— Ainda bem que você não está sozinho.

— Como assim? Eu sempre fui sozinho.

— Você sentia-se solitário, mas sempre viveu com alguém. É a primeira vez que você vive sozinho numa casa. E essa mulher deve gostar muito de você, hein! Ela aguenta suas manias céticas radicais?

— Estamos nos dando bem. E você está namorando?

— Estou enrolado com uma garota. Mas acho que desenrola logo.

Sem notar, conversávamos à moda de dois antigos amigos. Estava extasiado com ele. Não duvidava mais de sua paternidade. Acho que no fundo ele se tornou muito daquilo que eu neguei.

Havia uma antiga canção que contava a história de um rei apaixonado por uma plebeia, ambos se amavam. Porém, era de um amor impossível, afastando os amantes pelas diferenças das castas sociais. A paixão jamais foi consumada. Meu filho pediu que eu a tocasse ao violão, do mesmo jeito que fazia quando ele ainda era uma criança, mas recusei. Disse-lhe que não podemos conhecer os desejos mais ocultos de alguém e se isso fosse concedido ao menos uma vez, estaríamos sozinhos no mundo.

Avancei vagarosamente para a nova dimensão da nossa relação, que me dava uma inusitada forma de existir, no amor atravessando o amor, dilacerando o ódio, somos um, pensei. E do vidro da janela de seu quarto, via as flores se abrirem e a escuridão se iluminou cintilante, nos refletíamos na imagem do amor de pai e filho.

Desejei sentar-me ao seu lado nas montanhas do deserto e olhar o infinito estendendo a luz até o último grão de areia se levantar.

Segurei o seu ombro. Comentei dos scripts que criamos e dele nos tornamos prisioneiros com frases toscas ditas. Falei dos papéis sociais e dos scripts montados, nos afastando de relações das quais mais precisamos.

Ele tinha outra opinião. Acreditava que a nossa frequência vibratória não estava em sintonia e a energia negativa da mente não se equilibrava com a positiva, fluindo num campo de forças tumultuado.

Foi-me impressionante ouvir meu filho falar de energia, vibração e meditação, da consciência espiritual negada por mim. E num gesto terno ele abaixou a cabeça e uniu os dedos timidamente, da forma como eu fazia quando jovem, eu me via nele, na expressão que abandonei, no momento em que o singelo se perdeu em mim. Como pude duvidar da evidência que me vinha nos reflexos de seus olhos? A dúvida que me atingira da paternidade era, na verdade, a negação de amá-lo, apropriado as minhas inquietas impressões, as mesmas que me fizeram afastar dos sentimentos que tive com a sua idade. Desencorajei-me em assumir o que me tornei, fosse isso por vaidade, medo ou da venda que cai sobre os olhos quando envelhecemos.

A roda da fortuna girava para o alto, a trama dos fios tecidos se emaranhava, abençoando aquela relação, como havia visto na barraca da feira mística de Magnólia em Buenos Aires.

Inclinei-me no turbilhão das emoções, penetrei no olho do furacão. Naquele dia nasci do meu filho.

João Pedro disse em tom de confidência, que eu sempre fui um mito para ele. Minha inteligência e determinação eram insuperáveis, ele se sentia inferior, subjugando-se quando me encontrava.

A vida joga com cartas marcadas. O problema todo estava comigo e de repente... Fomos tolos, pensei. Planejei a vida e esperei tanto dela, acabei me esquecendo de olhar o meu filho e tê-lo em meus braços.

Disse a ele: "Não vejo nada. Não toco nada. Agora flutuo entre moléculas que reagem quimicamente, as energias disparam como flechas ao céu. Desabo o corpo numa torrente de explosão atômica. Dissolvo-me no ar, misturo minha essência com a poeira cósmica. Posso morrer agora. Tenho o seu amor".

Aquele momento se eternizou no coração que me fez pai. João Pedro viveria em meu peito até a minha morte, que me espreitava de olhos vermelhos. Não havia dúvidas quanto a isto.

Olhei para o relógio no alto da parede. O tempo avançava sobre nós, me despedi dele, aconcheguei-o em meu colo. Quando olhei meu filho uma última vez, senti a presença de meu pai Ivan naquela sala, sorrindo, assoprando a fumaça do seu cachimbo.

Não esperei Dora e Carmem, a pressa era-me por demais impulsiva para aguardar. Havia recebido um telegrama de

Szombathely, o caso era de urgência, envolvia outro problema familiar. Precipitei-me ao compromisso.

Preparei as malas e comprei a passagem para a Hungria. A tia-avó Eleonora encontrava-se acamada, vítima de uma doença do coração. Encontrava-se com a idade bem avançada, parecia sério. Ela pedira minha presença, era premente que eu fosse, necessitava conversar antes de morrer.

Pela primeira vez a conheceria. Senti-me ansioso. Disse a Violeta que me encontrasse na casa de Eleonora. Parti em seguida.

MEMÓRIAS DO DESERTO

25 de dezembro 2008

Cheguei à cidade de Szombathely dois dias depois de conversar com João Pedro. A casa me era conhecida pelas narrativas de papai. Havia o jardim com lindas flores que dava para a estrada, a varanda onde os amigos se reuniam, a sala de estar foi o palco da peça Édipo Rei, na cozinha Eleonora fazia os doces e quitutes famosos, e o piano de cauda tocado por ela nas animadas danças húngaras ficava no canto da sala.

Conhecia cada canto daquele lugar só de ouvir as histórias, tudo estava conforme imaginei, parecia que eu havia atravessado o tempo e encontrei o passado me esperando.

A correspondência dizia que minha tia-avó adoecera. O coração de noventa e um anos de idade crescera, dificilmente sobreviveria aos próximos dias. A carta foi escrita por Werner Bohr, o marido de Eleonora. Ela se casou pela segunda vez, após retornar a Szombathely, em 1948, quase três anos depois de deixar a cidade no final da Segunda Guerra Mundial.

Werner estava com oitenta e cinco anos, mas repleto de vitalidade. Era um professor aposentado, doutor em física quântica, participara de projetos de pesquisa do governo da Hungria tempos atrás. Tinha a estatura baixa e o rosto cheio, as orelhas pequenas e um olhar cativante. Falava manso como um professor na sala de aula. Possuía um ar solícito, e mostrava de modo singelo a experiência de quem viveu dentro e fora dos livros com os cabelos de neve.

Contou-me que conheceu Eleonora tão logo retornou à Hungria. Ele a encontrou na cidade, fazendo compras no empório. Ela o convidou a ir a uma festa em sua casa. Bastou dançar três músicas com titia, para que na semana seguinte estivesse casado. Falou sorrindo: "A sua tia não era uma mulher de brincadeira, ela me laçou na primeira dança".

Balancei a cabeça, conhecendo os trejeitos de titia pelas histórias de papai. Subi a escada que dava acesso ao quarto sozinho. Encontrei Eleonora magra e abatida. Vários remédios estavam espalhados sobre o criado-mudo, administrados zelosamente por Werner, havia a jarra de água e um copo, uma tabela fixada na parede ao lado da cama indicava os horários dos medicamentos, o lençol cobria o corpo encolhido. Ela repousava calmamente.

Observei seu semblante, parecendo envolvido por flocos de nuvens. Inclinei-me e falei ao pé do ouvido:

— Olá tia. Sou seu sobrinho, filho do Ivan — toquei sua cabeça delicadamente.

— Meu sobrinho-neto. Você é o filho do Ivanzinho? — Ela abriu um leve sorriso.

— Conheci a senhora por intermédio das histórias de papai. As festas famosas, os doces, as danças, as brincadeiras...

— Adorava aquele tempo. — ela suspirou.

Retirei a carta da avó Anna do bolso e perguntei-lhe o significado da casa de tecelagem das Senhoras do Destino.

Eleonora arregalou os olhos e abriu a boca. Por um instante pensei que havia partido desta para melhor. Segurou meu braço e o apertou. Em seguida sussurrou, dizendo que as Fiandeiras do Destino dominavam a morte e a vida na contagem do tempo além de criarem as tramas do destino na roca.

Mas me intrigava a razão da família ter ido ao Deserto de Atacama durante a fuga pela Europa.

Ela explicou que o navio no qual a família embarcou na Europa rumo ao Brasil, mudou a rota por motivos de segurança, problemas que costumavam acontecer na guerra, e eles acabaram parando num lugar qualquer do Chile, como ninguém conhecia a região, entraram em um caminhão e seguiram até San Pedro de Atacama. Foi como se o deserto os esperasse na casa de tecelagem.

Ela se mantinha com os olhos fixos no ar e revelou que havia uma jovem que os alimentou e os protegeu, por um tempo, que não poderia ser contado no calendário que conhecemos.

Titia estendeu o braço e pediu água para recuperar o fôlego. Ela bebeu ansiosa e retomou a respiração, lembrando dos mistérios daquele lugar. Numa das noites dormiam no quarto na casa de tecelagem como era de costume, e no dia seguinte, inexplicavelmente, acordaram deitados no banco da igreja de San Pedro sozinhos. Ninguém entendeu o que acontecera e como foram parar lá de uma hora para outra. Voltaram na casa de tecelagem pelo deserto, mas não a encontraram. Era como se nada existisse. Pensaram que a guerra os havia enlouquecido.

Titia virou-se de lado, ajeitou o corpo com dificuldades na cama e suspirou novamente:

— Aconteceu muita coisa estranha naquele lugar, querido. A sua avó Anna foi iniciada nos mistérios pelas fiandeiras.

— Tia, eu sonhei que fui até o porão e não havia as Senhoras do Destino.

— Meu pequeno menino. Você não sabe. Elas estavam de passagem por lá. Um dia consegui descer as escadas. Sou conversadeira o seu pai deve ter falado. Fui enrolando uma história na outra, até que apanhei a chave da porta com a jovenzinha dona da casa, muito gentil, e desci ao salão sem ninguém perceber.

— E o que a senhora viu tia?

— Vi três mulheres vestidas de preto, cobertas até a cabeça de capuz com as caras fechadas. Elas trabalhavam dia e noite, fiavam, trançavam e cortavam aqueles fiozinhos pequenos, girando uma grande roda no meio do salão. Meu Deus, elas tramavam o destino, começavam e encerravam as relações humanas e decidiam a morte e o nascimento das pessoas. Nunca vi nada parecido.

— Encontrei apenas uma velha índia — falei arrepiado.

— A mulher que você viu não era velha — titia falou em tom baixo. — Era criança, jovem, índia, animal e tantas outras formas que eu nem sei dizer.

Confessei que por vezes eu via uma menina no sonho, às vezes acordado, não sei se alucinava ou outra coisa acontecia.

Para minha surpresa, Eleonora balançou a cabeça e revelou que a menina também apareceu para ela durante um período, até que um dia foi embora e nunca mais a viu.

No começo pensou que estava louca, mas a família foi tão bem tratada, que ficou grata às deusas fiandeiras e à dona da casa, inclusive meu pai, que na época era uma criança, foi mimado pelas Senhoras do Destino e se encantou com a arte das fiandeiras, tornando-se alfaiate anos depois.

Houve o dia em que Eleonora desceu as escadas até o salão das deusas e a fissura da parede se abriu, ela viu o seu destino, sua morte saltar para a roca girando. Foi-lhe o pior castigo, a vida ficou mais distante, espreitou o seu fim com os olhos condenados a morrer. Ela entrou em crise até que se acalmou com o chá feito por uma índia, que por lá apareceu ou já estava no salão. Tinha a postura de uma bruxa carregando ervas mágicas nas longas mangas empoeiradas pelo deserto.

Por isso, Eleonora pediu ao seu marido para enviar-me o telegrama. Sabia que a foice da morte a levaria em três dias.

Afaguei seus cabelos e segurei suas mãos frias. E foi com um ar de gratidão no rosto que revelei o verdadeiro motivo da minha visita. Não atravessei o oceano com o intuito de perguntar apenas das Senhoras do Destino. Estava lá para dar graças a sua existência, que havia me ensinado a valorizar a alegria e a irreverência, e não levar a vida tão sério como ela exigia. Os meus conflitos foram abrandados pela sua imagem de felicidade, ainda que sua existência fosse feita para mim de algumas fotografias guardadas no álbum de família e das histórias contadas por papai.

Eleonora me serviu de modelo de jovialidade e vibração, de alguém que celebrou a vida com irreverência. Busquei forças naquela imagem, sobretudo em dias de sofrimento. Admirei-a quando ela conseguia suavizar os momentos trágicos, trazendo a alegria, o bom humor e o lado positivo da vida. Sua profundidade estava em viver o estado de felicidade, mesmo se no instante seguinte a tragédia viesse ao seu encontro.

Assim, fui inspirado por sua leveza, que tornou o peso dos meus infortúnios suportável de sustentar. O brilho de sua personalidade reluzia no meu peito como uma estrela-guia, iluminando os caminhos sombrios. Ela tornava os dias cinzentos em manhãs quentes e iluminadas, só de ouvir suas irreverências nas histórias de papai.

Uma lágrima desceu no canto dos seus olhos, ela se apoiou na cama, segurou em meus braços, encaixando-se sentada. Coloquei um travesseiro na cabeceira da cama e apoiei suas costas. Suspirou aliviada e soltou um sorriso singelo.

— Meu queridinho. Isso o que eu acabei de ouvir é o sentido da minha existência, valeu viver até o dia de hoje para recebê-lo neste pequeno quarto e enxergar nos seus olhos jovens o meu passado. Posso morrer em paz.

Guardei suas palavras e a perfeita noção de felicidade plantada se fazia presente. Poderia afirmar que nenhuma história, nem mesmo a que papai contava, tinha o poder de estar além de sua alma, no encontro da felicidade nascido de um novo evento a cada instante, que se instalava no cotidiano simples da vida. Enquanto papai tentou ensinar-me a esperança, minha avó inspirou a sabedoria, Eleonora trazia a alegria nos momentos de angústia.

Ela pediu que eu me aproximasse e falou ao pé do ouvido que uma bela mulher chegaria a casa. Perguntei como ela poderia saber aquilo.

Eleonora segurou o meu queijo e o apertou, e como se adivinhasse meus pensamentos disse que havia visto na parede do salão das fiandeiras. Depois, iluminou seu semblante e disse:

— Essa mulher lhe ajudará a passar pelo destino. Você será muito feliz se casar com ela. É uma boa moça.

Confessei a tia Eleonora, que o meu modelo de amor e liberdade inspirou-se nela e encontrei em Violeta essa paixão. E movido por esse modelo fui buscar a felicidade de uma mulher que me levava à verdade indissolúvel, ao menos daquilo que me era correto.

Agradeci Eleonora com os olhos úmidos.

— Seu caráter é tão bom como o de seu pai. Morrerei em paz, meu bom menino. Sinto a esperança do Ivan em seus olhos. É a dádiva de Deus — disse unindo os dedos diante do peito.

Segurei-a em meus braços, deitando-a cautelosamente na cama. Ela me abraçou tomada de alegria, que sufocava seu peito apertado. Beijei sua testa e ajeitei o lençol sobre aquele corpo frágil. Deu-me um último sorriso como quem se despede. Fechou os olhos cansados.

SONHOS, SALTOS E MENTE

Saí do quarto de Eleonora, Werner estava na sala. Havia preparado um bule de chá, colocando-o sobre a pequena mesa de vidro. Bebíamos ao ouvir a ópera de Mozart, "A Flauta Mágica", e num arroubamento dava-nos o enlevo da graça da peça, que Eleonora pedira ao marido insistentemente: "Coloque alto Werner, morrerei ouvindo música com acordes festivos".

Sentados no sofá, movíamos as xícaras subindo e descendo, no ritmo da orquestração dos violinos e flautas. Notei o espírito de jovialidade de Werner, lembrando a irreverência de Eleonora, os cabelos desajeitados como se saísse da sala de aula ou do laboratório da escola. Tinha aspirações virtuosas. Os olhos pareciam ver pelas frestas da janela da alma. A camisa branca com o colarinho e os punhos cerrados, a calça preta e os sapatos escuros atribuíam ares de modéstia.

Prolixo, falava sobre tudo, até o chá saboroso era motivo de assunto. Contei minha história do deserto e da família, falou-me também da vivacidade de Eleonora, da Hungria após a invasão russa e da revolta popular de 1956, então discorremos sobre a república da Hungria e depois filosofamos o sentido da vida, dividimos opiniões sobre literatura, filme e música. Fiquei com a impressão de que esticávamos o tempo, mas percebi que não, cada frase era um universo essencial para ele. Tudo era conhecimento. Uma flor no jardim tinha uma história incrível, sem falar das formigas que ele observa no fundo do quintal. Aquele homem abarcava o saber numa ampla visão temperada com ternura que os anos lhe deram. Admirava a vida como uma criança solta no mundo, esperando as respostas sem paciência. Ele me cativava.

Quando a noite caiu, Violeta chegou de viagem. A turnê no teatro havia terminado, movia-se com um casaco comprido verde, o cachecol vermelho e o vestido preto que lhe presenteei, tocava com os dedos o colar prateado em forma de elipse. Havia um perfume de jasmim no ar que saía de seu corpo e invadia a sala, espalhando nossas lembranças. Nos abraçamos.

Perguntei-lhe da viagem, que me disse como fora calma, sua preocupação se debruçava sobre o estado físico de Eleonora, que bem sabíamos era crítico.

Werner a recebeu como um anfitrião, demonstrando uma cultura esmerada. Notou a origem de Violeta e lhe falou em espanhol.

Na sala ficamos a tomar chá, que Werner não deixava faltar nas xícaras. Havia um sofá enorme e algumas cadeiras espalhadas pelo ambiente com móveis antigos, ao lado da lareira estava o relógio com pêndulo batendo, ao centro a mesa de jantar trazia um vaso de flores e no canto da parede se equilibrava uma pilha de jornais depositada sobre o aparador.

E movido por aquele ambiente nostálgico, o sonho no Deserto de Atacama não me saía da cabeça. O que era o tempo? Algo ilimitado? Outra dimensão? Perguntava-me intrigado.

Imaginei que o sonho coletivo poderia existir: a mesma experiência onírica vivida por mais de uma pessoa. Certa ocasião papai o relatou naquilo que chamava "trem da morte". Levantei o problema, que Violeta havia acompanhado de perto em Buenos Aires. Como seria possível estar em um lugar e depois descobrir que aquilo não passou de um sonho?

Violeta acreditava que a realidade e o sonho poderiam ser um estado súbito da mente, rompendo a linha divisória entre o pensado e o imaginado.

Werner tomou a palavra de modo amável. Disse-nos que a experiência no deserto foi a primeira história que Eleonora lhe contou quando se conheceram.

E como um professor de faculdade, fazia gestos longos e pronunciava as palavras serenamente. Explicou que o mundo existia movido por diferentes energias, como: eletricidade, eletromagnetismo, energia solar, energia nuclear, força motora, gravidade. E talvez aquilo que chamamos de sonho poderia ser uma energia nascida no salto quântico investigado pela física quântica, como ir a um lugar sem saber ao certo se você esteve lá.

"Física quântica". Pensei. Eu tinha ouvido falar de suas aplicações no campo das exatas, da saúde, ecologia e psicologia, mas a minha noção do termo "quântico" era limitada.

Ele notou minha expressão de quem não compreendeu exatamente o que foi dito, e explicou que essa física teve de fato inúmeras aplicações no decorrer dos séculos XIX e XX, porém ela procurava primeiramente entender a matéria e explicar do que seriam feitas as energias no mundo do átomo.

— Aquela menor parte que a matéria poderia ser dividida? — perguntei, recordando das aulas no colégio.

Afirmou positivamente e prosseguiu, dizendo que dessas investigações nasceu uma física que estudava a estrutura íntima da matéria: as partículas atômicas. Sendo batizada de "física quântica". No ano de 1900 um físico alemão chamado Max Planck, descobriu em seus experimentos de laboratório a relação entre energia e frequência.

Lembrou-nos que a energia se manifestava em diferentes lugares, como: sol, água, vento, corpo físico, pensamento, matéria, som, luz, magnetismo. Vibrava em forma de vida, oscilando. O homem para existir estava condicionado à energia e Planck ousou investigar o átomo, descobrindo o que a frequência trazia de ligações com a energia no mundo atômico.

Interrompi Werner e perguntei-lhe o que seria essa tal frequência e como ela se relacionava com a energia.

Ele respondeu que a frequência indicava o número de vezes que um evento se repetia durante um intervalo de tempo. No átomo a energia oscilava na forma de frequência (como uma onda contínua que sobe e desce). A ópera de Mozart naquela sala se manifestava na forma de vibração dos instrumentos musicais, produzidas a uma dada frequência. A flauta e o violino de uma orquestra apresentavam sons com frequências diferentes, mas todos belos.

A partícula do átomo oscilava diferente do som musical, oscilava na frequência de radiação do elétron, que não poderia ser vista, a olho nu, ela seria encontrada apenas por cálculos e experimentos de laboratório.

Levantei uma questão:

— Como você mesmo disse tio, ao tocar as cordas de um violão criam-se ondas no espaço. Então, se uma pedra é atirada no rio ou ondas de rádio e TV são emitidas elas oscilam em uma frequência vibratória no espaço?

— Exatamente. Só que as frequências são diferentes entre si. Quando você bate numa corda de violão ou se as ondas no rio são projetadas ao atirar uma pedra nas águas, ou ainda se os sinais de rádio e TV são emitidos a energia se espalha no espaço em diferentes ondas. Mas, o elétron ao saltar de sua órbita vibra e emite energia na forma de pacote ou pulso de energia, sendo então chamado de quanta.

— E o que quer dizer a palavra quanta, tio?

— Significa quantidade. A física da quantidade de energia emitida. Há alguns índices de medidas que foram padronizadas por convenções, como: 2 quilos, 5 metros, 7 litros, 40 hectares, 28 toneladas. Na física quântica usamos a medida de 1 quanta, 2 quantum, 3 quantum. São padrões para medirmos a quantidade inteira de energia no salto quântico das partículas atômicas do elétron.

Não sei se entendia errado. Mas, a vida vibrava invisível, minha pele vibrava, o corpo vibrava e o átomo vibrava dentro de mim. Tudo vibrava: a nota musical, os perfumes das flores, o chá na xícara, os poros na pele, os olhos de Violeta. Eram-me diferentes frequências. Imaginei como seria vibrar na forma de um elétron, passando de um lugar a outro. Se eu fosse um elétron iria a todos os lugares como um nômade pelo espaço, caminharia por ondas.

Werner bateu a xícara de chá no pires para me tirar dos pensamentos. Prosseguiu em suas explicações como o faz um professor. Falou que no ano de 1900, a física era um bebê engatinhando, os cientistas pouco sabiam sobre a natureza íntima da matéria. Descobriram que havia partículas positivas dentro do núcleo do átomo, chamadas de prótons. Enquanto que ao seu redor havia partículas negativas, denominadas de elétrons, depois outras partículas foram descobertas, como os nêutrons. Porém, a maior parte do átomo se encontrava vazia: o tamanho do núcleo atômico seria cerca de dez mil vezes menor do que o tamanho do átomo. "O vazio sempre foi maior do que o espaço preenchido". Comentou Werner.

Esses minúsculos elementos estão na base de tudo, o que existe no Universo, existe como matéria e energia.

A física quântica percebeu que essa energia seria

emitida e absorvida em quantidades inteiras e não por frações, porque não existiria meio elétron, a estrutura foi feita de números inteiros no Universo.

Os físicos descobriram que o elétron lembrava uma bolinha de bilhar dura e rígida, bem pequena, girando ao redor do núcleo. Essa bolinha sólida de carga negativa se chocava com outro elétron, transferia movimento, mudava a velocidade de outro elétron. Todavia, houve uma surpresa para os físicos da época.

Werner estava pronto para continuar como um trem a todo o vapor nos trilhos, quando levantei o braço e fiz um sinal para uma pausa. Precisava digerir suas ideias, sentia-me um pouco perdido com tantos conceitos. Havia um mundo invisível estudado pela física que me fascinava. Deus arquitetara um plano lógico estudado pela ciência, mas tudo se tornara tão complicado.

Violeta partilhava de outra opinião, ela dizia que enquanto a ciência lançava uma rede no Universo para explicar a natureza, nos encerrando nas malhas de suas teorias universais; a arte por outro lado se buscava nas brechas das criações das obras, expressava-se nos vazios da rede ao afrouxar as cordas sufocantes dos princípios ortodoxos dos cientistas: "A verdade está onde a ciência nos leva a crer". Ela comentava de como aquela frase lhe aturdia os sentidos.

— A obra de arte se torna obra se questiona a si mesma e não cede a sua finalidade última: consolidar o homem como homem nas suas representações — ela disse. — Talvez compreender o mundo nos cálculos matemáticos não seja necessariamente a representação que o homem espera.

Comentou ainda que no campo da arte toda e qualquer obra vem com um projeto, muitas ideias e criação, porém menos da inspiração do que a transpiração, um trabalho árduo de pesquisa, rascunhos, horas debruçado sobre ele, e incansavelmente, voltando-se ao seu início inúmeras vezes. Mas apesar de tanto trabalho a compreensão de arte na modernidade mudou de tempos para cá. Atualmente não se poderia dizer com exatidão no que se tornara a arte e quais propostas o público retiraria dela para a compreensão da realidade. Diferente do físico que criou conceitos e definições para a vida, o átomo, o universo, o homem e tantas outras coisas.

— Você poderia esclarecer esse ponto de vista? — pediu Werner.

Violeta olhou-nos e continuou ao dizer que hoje tudo estava sendo transformado pela velocidade das informações no universo digital, nascendo e morrendo no próximo instante, na brevidade do tempo. Uma pessoa passa de uma ideia a outra rapidamente, substitui um pensamento por outro, quase instantâneo. Tudo virou novidade. Tudo virou mudança. O velho deixou de ter lugar no mundo em que o novo altera a realidade. Uma obra de arte pós-moderna mal consegue chegar ao seu fim e ficou antiga, obsoleta, descartável. Esse foi o seu destino: envelhecer antes de ter nascido.

Violeta contou-nos que certa vez um escritor criou um livro literário na internet, e na primeira página o leitor encontrou um texto com algumas palavras que indicavam no meio das frases links para o acesso a outras telas. Ao começar a leitura ele decidiu passar o mouse sobre uma dessas palavras, observou que encontrara um link, imediatamente clicou em cima da palavra e uma nova tela se abriu, um texto diferente surgiu. Para sua surpresa ao prosseguir a leitura da obra, novamente encontrou palavras no texto servindo-lhe de links entre as sentenças, clicou em cima de uma palavra e mais uma vez surgia uma nova página que se abriu e assim sucessivamente o leitor lia a obra em total interação. Tudo se passou como se ele estivesse no labirinto de um texto amplo, saltando as páginas sem obedecer a uma sequência linear.

Não havia começo, meio e fim na obra; o livro o conduzia a percorrer a leitura em saltos para novas telas abertas. A obra não se repetia, tornara-se uma obra-instante. O pungente dela estava em não requerer um método tradicional de leitura, poderia ser lida em qualquer ordem de modo interativo. O artista procurou experimentar, mostrou uma intenção com o seu trabalho e tentou abrir uma proposta na obra. Algo que ele pesquisou e imaginou ser essencial, trabalhou duramente e conseguiu criar uma discussão ao redor do seu trabalho. O livro se movia com o movimento do leitor. O texto se apresentava texto na medida em que era lido.

Werner tocou em seu rosto repleto de reflexões, que saltavam dos músculos da face, e disse com os olhos compenetrados:

— A ciência procura definir ideias para que estas sejam entendidas e comprovadas por métodos de pesquisas. Então, uma hipótese surge e a comunidade científica e acadêmica ao aceitá-la como verdadeira, autoriza o pesquisador a criação de um modelo, feito este a partir de uma nova teoria. No caso da física quântica, se exige a pertinência e veracidade dos cálculos matemáticos e dos experimentos nos laboratórios. Não restando dúvidas sobre a relevância da hipótese e a comprovação da descoberta do fenômeno pelos instrumentos disponíveis, desde que aceitos pela ciência; mesmo que destes sejam utilizados métodos, ainda que discutíveis pelas mais renomadas associações e instituições científicas.

— Talvez surja o dia em que a necessidade de conceituar e definir os fenômenos da natureza, como o faz a física, não tenha tanta importância — falou Violeta. — Hoje, na arte, experimentar propostas estéticas e levá-las ao centro dos debates e interações mais estreitas, entre espectador e obra, tem ganhado maior importância do que foi imaginado tempos atrás.

— Estamos experimentando também Violeta, ainda não paramos de tentar como você mostrou nessa obra digital feita na internet. Acho que tenho um exemplo para você também. Veja só. Quando os cientistas descobriram que o elétron se chocava com outros elétrons ou era excitado, ele se transformava em onda eletromagnética, emitindo radiação durante a sua mudança de estado. Aquela bolinha dura, rígida e pequena chamada de elétron, virava energia. Num experimento realizado comportava-se como matéria, num outro virava onda vibratória na forma de energia. Isso deixou os cientistas desnorteados, sem conseguir naquele momento montar uma hipótese. Imagine que a matéria ora era uma partícula e ora era uma onda — disse Werner.

— É uma dualidade que pode criar uma espécie de dúvida ou chegar ao conflito de duas manifestações diferentes, depende como isso passa pela cabeça dos cientistas — notou Violeta.

— Só que para resolver esse problema Violeta, a física criou o Princípio da Dualidade Onda-Partícula. Essa ideia colocou ainda mais os cientistas de cabeça para baixo. Nascia uma grande revolução no pensamento: o Objeto com Energia é Onda e o Objeto com Massa é Partícula.

Subitamente, ele voltou os olhos para trás em direção ao relógio. Creio que o horário do remédio de titia se aproximava. Bateu os dedos três vezes no braço da poltrona, descruzou as pernas e retomou a fala.

Disse que os cientistas postularam o comportamento dual das partículas para explicarem aquele fenômeno, permanecendo a hipótese de dualidade. A massa se transformava na energia e esta na massa. Nascia uma maneira inusitada de olhar o mundo: duas manifestações diferentes: partícula e onda. Duas realidades transformando a natureza: energia e matéria. Não havia nada igual até aquele momento.

Levantei do sofá e lembrei que meu pai contava nas histórias de fuga, durante a Segunda Guerra Mundial, que os elementos opostos se relacionavam entre si: o amor contém o ódio dentro de si e vice-versa.

Titio sorriu com ar de quem contemplava e falou que a física quântica é na verdade uma ciência que nos ajudava a enxergar o mundo com os olhos invisíveis da mente e perceber os detalhes imperceptíveis do universo ao nosso redor, de um mundo que se revelou como nunca foi imaginado. Estávamos nas malhas de um mistério do Universo como a filosofia estava ao lado do pensamento e a arte das representações e expressões do homem, conduzindo o fio da história. "A verdadeira física está onde a natureza existe como a arte cria a possibilidade de representar o homem nas formas belas e horrendas da vida", ele dizia.

Violeta via meu tio, ressabiada, porém não a ponto de se apartar de suas observações. E para minha surpresa ela comentou que isso lembrava a criação como uma energia, existente no teatro, vibrando em toda a extensão do palco. A cena dramática seria um centro de forças para as emoções. O corpo do ator seria o seu suporte, o meio de expressão, por onde pulsava a onda vibratória percorrendo o espetáculo. A energia se chocava entre os atores e a plateia, criando uma linguagem, pulverizando percepções.

— E a física quântica dispõe dessa sensibilidade em seus princípios? — perguntou-lhe.

Werner observou que a arte tem essa capacidade, a física quântica talvez não. As emoções da companhia de artistas no teatro são tão intensas, que a energia da plateia atravessaria o palco, só que o salto quântico do elétron não estava sobre um palco, mas na direção cênica do Universo.

Violeta notou que a encenação no palco seria um salto das emoções. O ator materializava a energia, transformando a matéria na expressão do corpo. Um corpo de energia ao interpretar o texto, as dores, os amores, os sonhos, os pesadelos, os desejos dentro e fora do pensamento e...

Meu tio ergueu o dedo e falou que havia uma diferença, enquanto o ator vivia dois estados de uma única vez como dissera Violeta, a dualidade partícula-onda não. Ora seriam partículas (massa) e ora ondas (energia), nunca as duas simultaneamente.

Naquele instante ele subiu as escadas lentamente para apanhar o medicamento de Eleonora.

A VIBRAÇÃO NOSSA DE CADA DIA

Minhas mãos ficaram gélidas. Violeta as tocou. Trocávamos energias, as nossas ondas se expandiam no espaço. Os amantes vibram o tempo todo, pensei. Ao menos o meu corpo sentia tais vibrações.

Werner desceu as escadas em passos lentos.

— A vibração é tudo — irrompeu Violeta. — Enquanto respiramos nossos corpos pulsam carregados de energia, espalham calor no espaço. Cada célula do corpo vibra.

— Bonita imagem minha sobrinha — notou Werner, no último degrau. — Enquanto a partícula é uma bolinha rígida, a onda se expande no espaço e cria até poesia. Veja bem, a vibração está sujeita a uma maior ou menor frequência de oscilação: quanto maior é a vibração, maior é a concentração de energia. Todavia mesmo conhecendo o fenômeno da frequência vibratória, a ciência não consegue localizar um elétron com precisão na órbita do átomo.

— Você pode explicar isso tio? — perguntei.

— Em 1927, esse problema criou um enunciado na mecânica quântica, batizado de Princípio de Incerteza. Foi demonstrado que ao se tentar localizar a posição ou o momento do elétron ao redor do átomo, encontrou-se a imprecisão dessa medida. Achar o elétron seria sempre um valor estatístico calculado e nunca um dado preciso.

— Então o universo não seria movido pelas leis da estatística traduzido em um campo de probabilidades? — perguntei.

Meu tio balançou a cabeça e disse:

— Pela primeira vez se desenvolveu uma física de probabilidades. Isso confundiu mais ainda os cientistas da época. A realidade não poderia ser medida, confirmada e demonstrada com precisão. O Princípio de Incertezas exigia uma física de estatísticas, por isso a ideia foi batizada de "Princípio de Incertezas".

Violeta levantou uma questão inquietante:

— Se vivemos num mundo de probabilidades, então onde está a realidade?

Werner respondeu que a realidade foi interpretada como um conjunto de probabilidades. Fez-nos imaginar que para se encontrar um trevo de quatro folhas na região da floresta da Amazônia, no Brasil, caso existisse apenas um desses na mata, e apenas um, encontrá-lo seria uma possibilidade remota. Seria preciso fazer um mapa e traçar as probabilidades matemáticas para as regiões possíveis de se localizar esse trevo naquela região. Na probabilidade não existiam certezas absolutas sobre o mundo, somente possibilidades, multiplicadas em outras realidades e assim sucessivamente.

Violeta o intercedeu ao apontar que a realidade seria mais do que probabilidades, mas um tecido proibido da vida, algo que não se poderia tocar ou a realidade interpretada por recortes da realidade, algo que não se tem na sua totalidade feita apenas de fragmentos. Completou ainda dizendo que não seria possível controlá-la, e nem conhecê-la. Cada pessoa enxergava o mundo por ângulos diferentes, a realidade se multiplicava em realidades, se opunha e se completava simultaneamente.

Ela apontou ao nosso redor e disse que ouvíamos a graça da "Flauta Mágica", cobrindo-nos de beleza indescritível, e aquela ópera escrita por Mozart, mostrava no dueto entre os personagens Papageno e Papagena a mais pura expressão do motivo amoroso.

E ali o diálogo se fez em canto por todo o espaço presente:

> Papagena: Aos homens que sentem amor, não falta um bom coração.
> Papageno: Corresponder a doce atração é, pois, da mulher o primeiro dever.
> Ambos: Queremos do amor sentir a alegria, só pelo amor conseguimos viver.
> Papagena: O amor adoça todo o sofrimento, a ele se sacrificam todas as criaturas.
> Papageno: É ele que tempera os nossos dias, influencia a esfera natural.
> Ambos: O seu fim último indica claramente, nada há de mais nobre do que mulher e homem. Homem e mulher alcançam a divindade.

Violeta observou que a realidade do amor provocava em Papageno o encanto dado pela paixão, levando-o a aceitar o seu destino, primeiro da matéria fixada no mundo, e depois se sublimar na forma do amor. Novamente a transformação, mas agora da substância passando ao espírito. A realidade do diálogo fala do sofrimento e do amor, um conflito impossível de se resolver, mas temperado pela graça de quem ama. Talvez no que há de esperança na vida ou na transformação do Ser. Essa mudança não poderia ser reduzida aos cálculos matemáticos do átomo, o que seria mais sensato, estaria na compreensão da dualidade onda-partícula, uma espécie de tensão entre a matéria e a energia, provocando a mudança no conflito interno: Amare est illuminare dolorem, "amar é iluminar a dor", a iluminação das paixões dolentes. Não o illuminati das escolas místicas secretas ou dos iluministas, mas do segredo do coração que nunca se revela. A luz iluminando o amor que vence a separação, no seu maior significado existencial.

Naquele momento, depositei numa balança os diferentes pontos de vista que brotavam entre Werner e Violeta. Por um lado a probabilidade e a dualidade e por outro a transformação, mas ambas permeavam a realidade do instante.

Inesperadamente, fui tocado por imagens que traziam fragmentos da minha busca no Deserto de Atacama, das recordações das histórias de papai, da conversa com o Cortázar, da minha infância vivida e do meu sonho na casa da praia.

A linha do tempo se misturou numa forma quântica. A velha realidade desmoronou como um muro sem alicerces.

Encontrei-me num mundo de vastas possibilidades e o meu âmago se perdeu na imensidão do campo quântico inventado pela imaginação, tão indeterminado como me era existir.

O instante fixou-me como uma mosca presa na parede, mas ao olhá-la uma segunda vez, a mosca desapareceu. A verdade se relativizou.

Hoje eu vou girar, saltar, ser um instante. Todos se lembraram de hoje, e se esqueceram agora. O tecido proibido da vida cobre o meu corpo e me aquece como seu filho pródigo. Mergulho no rio que passa e nunca se repete. Mergulho de alma na crua realidade.

Tomado de reflexões, levantei sem notar meus movimentos e deixei Werner e Violeta em plenos pulmões discutindo. Fui até a cozinha de Eleonora fazer chá. Olhei detalhes que me levavam as narrativas de papai: a mesa, o fogão, a prateleira, os azulejos, a dispensa. Havia "algo" que permanecia no tempo. Não sei se era a tal onda vibrando, sem poder localizá-la com precisão na cozinha ou o tecido proibido da vida que me adormecia na sublimação do amor num sonho como dissera Violeta. Porém, sabia que minha imaginação estivera ali na infância. Eu vivi naquele lugar antes de ter nascido.

Retornei à sala, enquanto meu tio falava para Violeta do elétron saltando no estado quântico, de uma camada a outra, desaparecendo de um lugar e reaparecendo em outro instantaneamente, sem percorrer fisicamente o espaço.

Coloquei a bandeja sobre a mesa e perguntei:

— Tio, o senhor pode explicar isso? Que coisa mais complicada! Como algo sai de um lugar e vai para em outro sem percorrer o espaço? — falei segurando o bule fumegando, servindo chá nas xícaras.

— Está bem. Imagine o elétron desaparecendo numa órbita e reaparecendo na outra. Parece a cena do mágico ao tirar o coelho da cartola, que desaparece sob o pano da mesa e reaparece na gaiola do outro lado, no mesmo instante.

— Ouvi falar de pessoas que materializam objetos e os deslocam no espaço com a força da mente — falou Violeta.

— Gostaria de conhecer alguém assim, porque tem gente indesejável, que eu daria qualquer coisa para ver sumir da minha frente - disse Werner irônico, rindo.

— Quero entender isso, tio. O elétron salta de uma camada a outra sem percorrer o espaço. De forma a se encaixar numa nova órbita. E não localizamos com precisão sua posição ou o seu momento. Está correto? — perguntei para verificar se eu acompanhava o raciocínio.

— O salto quântico de energia são pacotes que ao emitir ou absorver energia do elétron pulsa. Se ele emite pulsos, então perde energia, desce para a camada inferior, liberando um fóton[4] . Quando ele absorve energia, o elétron pula para uma camada superior. Mas sempre desaparece e reaparece, e não percorre espaço ou tempo, é uma ação instantânea. Depois restam os cálculos estatísticos para prever sua localização, já que não se tem a localização exata da partícula.

E completou dizendo que quando o elétron foi excitado em uma experiência, ele saltou de uma camada inferior a outra superior, o átomo absorveu o fóton. Depois, a natureza do elétron o motivou a retornar para um nível de energia mais baixa, ele foi desexcitado, caindo para uma camada inferior, emitindo assim um fóton. Seria como se a natureza criasse uma transformação instantânea, fazendo o jogo lúdico das energias, tal uma gangorra se movimentando, mas sem deslocamento físico no espaço.

Pensei na roda das deusas fiandeiras nos ciclos de mudança. Talvez os elétrons cumprissem ciclos de passagens de uma órbita a outra.

Só que o mais importante para mim, não era saber se a partícula descia ou subia nas órbitas, mas como eu existiria na mudança.

---

4. Fóton é definido como a partícula elementar mediadora da força eletromagnética, bem como o quantum da radiação eletromagnética.

Minha transformação nesse período com tantas experiências deu-me as energias que eu havia perdido tempos atrás, absorvia as forças de uma nova existência que me empurrava para as camadas do meu ser.

Veio-me à mente a transformação feita pelo dedo de Deus em Adão ao tocá-lo num ato de criação.

E a vida se fez luz! Antes mesmo da criação do homem, pensei.

Acho que existiam muitos saltos quânticos na bíblia. Quando papai lia uma passagem e pulava para outra e assim se sucedia em alguns minutos, a noite, as frases se encaixavam perfeitamente entre si. Ele apaziguava o seu espírito e orava. Eu via Deus em meu pai, liberando a luz com a esperança do mundo que eu não conseguia ter.

Werner notou minha distração e tocou meu braço com as delicadezas que já lhe era peculiares. Comentou que havia dois tipos de comportamento para a vibração da partícula:

1. Se houver pouca vibração haverá menor oscilação de ondas, portanto, ela se estenderá mais no espaço. A energia se expandirá:

Aumenta o comprimento de onda e diminui a frequência.

2. Caso houver muita vibração haverá maior concentração da oscilação de ondas, portanto, ela se estenderá menos no espaço. A energia se adensará:

Diminui o comprimento de onda e aumenta a frequência.

Quando a partícula apresentava maior vibração, ela ficava mais próxima das características de massa, passando a existir como matéria, se tornando mais adensada.

Caso a vibração da partícula fosse menor, logo ela se estenderia no espaço e ficaria mais próxima das características de onda, passaria a existir como energia, se tornando menos adensada.

Creio que meu pai ao falar com Deus, ele diminuía sua vibração, motivado pelo silêncio do espírito. Desse modo, estendia suas preces com menor adensamento, até o encontro com o Criador.

Por minha vez, o comportamento cético que eu trazia estava repleto de explicações lógicas justificáveis, aumentava assim minha vibração tornando-me um ser racional, estreitava minha ligação com a matéria, adensava-me até o seu limite. Adensei-me no espaço do pensamento, habitei um mundo das ligas concretas da razão.

Violeta olhou-me e ainda intrigada com o problema da energia e do pensamento, que segundo me parecia, a excitava ao contrário do que minhas crenças garantiriam como verdade ou ao menos aquilo que me era pensado como tal, referiu-se às experiências paranormais que ouvira falar de vibrações e ondas de energia fluindo na mente.

— Há algo importante nisso — ela disse. — Quando a energia metal de uma pessoa se expande no espaço físico, diminuindo a sua oscilação vibratória do pensamento, ultrapassa a barreira do espaço, movendo a mente numa viagem que rompe os limites do tempo. Talvez o sonho que você teve no Deserto de Atacama, meu querido, tenha sido um transporte para fora do corpo como um salto quântico. Sua frequência oscilatória diminuiu, favorecendo o deslocamento da mente. Dessa forma, se expandiu, sendo você levado a um lugar desconhecido, fora deste tempo. Depois você despertou na pensão em San Pedro, adensando sua energia naquele deserto — disse Violeta numa explosão de descobertas.

— Isso tudo são conjecturas meus filhos. — comentou Werner no jeito de um cientista falar. — Poderá haver um imenso mistério. Talvez sua mente tenha rompido o tempo-espaço e a de Eleonora e de toda a família. Talvez vocês não apenas tiveram um sonho, mas realizaram um deslocamento de energia quântica no espaço e penetraram numa dimensão paralela. Mas, a mente se transporta para outras dimensões? Ela teria essa capacidade de sair do corpo físico nos moldes de um salto quântico? A consciência seria uma onda ou massa, ou quem sabe ambas? Acho melhor deixar essas ideias para a ciência avaliar: "Um dia a verdade virá à tona". Quem disse isso não fui eu, mas Galileu — concluiu aos risos.

SALTO QUÂNTICO DO DESTINO

Após aquela longa conversa, fui com Violeta ao quarto de titia. Eleonora estava com o semblante apertado e a respiração profunda, enquanto dormia. Violeta abriu as palmas das mãos para baixo e as colocou em cima do seu corpo estirado na cama. Explicou que realizava uma aplicação de energia. Eleonora ficaria carregada de forças positivas.

Creio que as ideias de onda e partícula motivaram-na a pensar em energia, liberando os tais pacotes quânticos, que meu tio se referia. Seu corpo vibrava. Houve um momento, em que uma luz verde desceu do teto. Não sei o que era aquilo, mas senti uma força estranha vir em nossa direção.

Violeta olhou para o alto, fez um gesto de agradecimento e nos afastamos.

Depois retornamos a sala, onde Werner admirava as fotos do seu casamento penduradas na parede.

— Estava pensando meus filhos. O encontro entre duas pessoas, como sua tia e eu ou vocês, não foi por mero acaso.

— Você se refere ao destino? — Violeta perguntou.

— Exatamente. E a física moderna seria uma boa ferramenta para entendê-lo.

Ele conduziu a conversa como um acadêmico. Observou que discutimos o salto quântico e a dualidade onda-partícula na absorção ou emissão de energia. Falamos da alta frequência vibratória adensada e da baixa frequência vibratória. Levantamos o conceito do Princípio de Incertezas com as probabilidades matemáticas de se localizar uma partícula.

Explicou, ainda, que os físicos realizaram uma experiência inusitada, colocaram dois elétrons emparelhados um ao lado do outro. Segundo ele, dois elétrons só podiam ficar juntos, se um girasse no sentido horário, e o outro no sentido anti-horário (com seus spins[5]) como se fossem duas engrenagens se movimentando em sentidos contrários.

Na experiência os elétrons giravam em pares, um para a direita e outro para a esquerda, portanto, estavam correlacionados e interagiam entre si como se houve uma

---

5. O spin seria o elétron que, ao orbitar em torno do núcleo do átomo, giraria ao redor de seu próprio eixo, produzindo um campo magnético. O spin está relacionado ao momento angular (que é a grandeza física associada a rotação e translação da matéria), de vetores que giram em movimento de rotação. Mas, ainda hoje é considera uma entidade matemática.

espécie de comunicação no movimento de rotação entre eles. Mas o que os físicos não sabiam, foi que se esses elétrons estivessem em países diferentes, ou planetas distantes ou a anos-luz separados, ainda assim, o movimento de rotação inverteria instantaneamente, sem troca de sinais, independente da distância. O que girava para a direita giraria para a esquerda e o outro inverteria o seu sentido de rotação no mesmo instante que o seu par.

Perguntei ao meu tio ainda intrigado com a ideia de mudança:

— Então essa correlação aconteceu de forma instantânea, tio?

— Foi o que ninguém entendeu — respondeu. — Parecia filme de ficção. Até agora era conhecida a troca de sinais, como a luz, que caminha pelo espaço de um ponto a outro. Para você ver a luz, ela percorre fisicamente uma trajetória. Isso estava correto. Porém, a física quântica provou que dois elétrons se comunicavam independente da distância que ambos ocupavam. Eles se correlacionavam e interagiam no que foi chamado de "correlação não local", sem emissão de qualquer sinal. Portanto, a distância não faria diferença para essa correlação, a realidade existiria além do tempo-espaço.

— Nossa como é possível interagir sem emitir sinal? — perguntei. — Provavelmente essa informação estava guardada há muito tempo na memória do Universo.

— Sim, creio que a inteligência cósmica arquivou os dados como se existisse um gigantesco computador carregado de informações, momentos antes da grande explosão do Big Bang. Nascia nesse instante o Saber Cósmico.

— Acredito se isso acontecesse na mente humana conheceríamos a telepatia. Duas pessoas ou mais se comunicariam com as vibrações da mente correlacionadas — notou Violeta.

Meu tio sorriu para ela, retirou um livro da mesa entre tantos outros, que ele acumulou à medida que avançava em suas ideias, quase montando uma biblioteca naquela sala. Explicou, ao abrir um deles, que um neurofisiologista, da Universidade do México, chamado Jacobo Grinberg-Zylberbaun e seus colaboradores na década de 90, realizaram várias experiências sobre a troca de sinal não local da mente humana.

Dois voluntários, "A" e "B", foram levados a locais fisicamente distantes entre si e encarcerados em duas gaiolas de Faraday, onde não passava nenhum tipo de sinal entre eles. Os voluntários estavam conectados por eletro-encefalograma em seus cérebros, marcando a frequência da vibração em seus impulsos mentais. O voluntário "A" foi exposto a uma série de flashes de luz, enquanto mentalizava a imagem do voluntário "B", sendo que o voluntário "B" não recebia qualquer tipo de estímulo visual, mas sua imagem foi emitida e estimulada pelo voluntário "A". Surpreendentemente no final da experiência, verificou-se que o mapa do eletro-encefalograma de ambos comparados entre sim apresentavam semelhanças consideráveis. Os estímulos que o voluntário "A" recebia, foram transmitidos ao voluntário "B", durante o mesmo período de tempo. Conclui-se que eles se comunicaram mentalmente sem trocar qualquer tipo de sinal entre si. Seria como se a mente do primeiro voluntário estivesse tão conectada ao do segundo, que as mensagens foram transmitidas sem percorrer o espaço fisicamente.

Essa experiência foi feita centenas de vezes com diferentes pessoas e só depois foi levada à luz da comunidade científica. A comprovação levou os cientistas a observarem a conexão entre duas mentes nos modelos da física quântica. Era como se as mentes de duas pessoas vibrassem na mesma frequência, expandindo as ondas cerebrais, para a conexão que se propagava no espaço sem percorrê-lo. Assim, a telepatia poderia ser explicada.

Meu tio parecia estar na biblioteca da escola, citava alguns de seus artigos e lia capítulos de livros para fundamentar suas hipóteses, virava a página das obras incansavelmente, ele se perdia na pilha de papéis sobre a mesa da sala. Violeta olhava-me atenta, jogava a cabeça de lado, ajeitava os cabelos e deslizava os dedos distraidamente entre os fios, parecia que flanava pelo espaço, porém seus pensamentos estavam mais próximos do que os meus.

Eu estava com a cabeça no encontro com a índia no deserto. O sonho me embalou em suas vibrações. A imagem me era tão nítida que parecia fluir nas águas transparentes da correnteza de um rio.

Fui tocado pela trama do destino. Olhei o sonho na fissura da parede no salão das fiandeiras, mas não via a morte e nem a vida. Retornei ao lugar penoso da consciência ao despertar sentado na cadeira da pensão da filha do índio em San Pedro. A mente me arrastou ao infinito, onde os sonhos são feitos de sonhos.

Violeta soprou o meu ouvido e disse: "Vibramos na frequência do amor". Voltei-lhe a atenção e beijei-a ternamente.

Meu tio estava pronto para se levantar sem nada dizer, quando toquei em seu braço, segurando-o. E comentei:

— No caso da vibração da mente, tio. Se Violeta estivesse com um eletro-encefalograma ligado ao seu cérebro e eu fosse conectado a outro, seria provável o registro de dois mapas análogos entre nós? Quero dizer, a comunicação aconteceria conosco também? Mesmo em países diferentes como estávamos a nossa vibração percorreria o espaço sem troca de sinais e, pelo o que foi dito aqui, o destino nos entrelaçou.

— Talvez se fosse ligado um eletro-encefalograma no cérebro de vocês, as ondas cerebrais poderiam ser análogas e as vibrações de natureza parecidas — disse Werner.

— Ouvi dizer que cada um de nós possui uma onda cerebral própria como se fosse uma digital — Violeta observou.

Werner balançou a cabeça e completou que a vibração mental entre nós poderia ou não ter provocado um conjunto de ondas vibratórias do pensamento sem percorrer o espaço fisicamente, adensando nossos desejos. Todavia, não havia como comprovar aquela hipótese, grosseiramente levantada por ele.

Imaginei que possivelmente estávamos na mesma frequência de onda vibratória. O meu encontro com Violeta foi materializado. Passamos de onda que eu chamava de destino para partícula que Violeta chamava de fato.

Werner acreditava no vasto campo de possibilidades, porque ao aumentar a vibração do pensamento, a energia se materializava e ao diminuir ele se consolidava na forma de onda, se fosse levada em consideração a experiência da vibração na mente. Assim, a possibilidade de encontros entre nós na cidade de Buenos Aires poderia ocorrer como aconteceu.

— Se o destino fosse a onda e o fato a partícula — observou Werner. — Então eu os colocaria como os agentes observadores daquele encontro. Desse modo, vocês influenciaram o fenômeno do encontro, interagindo com ele. Tanto o fato como o destino é de suma responsabilidade de vocês.

— O que isso significa? — questionei.

— Significa que todo o Universo é Um, se conecta a unidade maior. Se isso for verdade todas as pessoas estão ligadas entre si. Quando criamos a frequência certa e oscilamos na mesma vibração de alguém, nos aproximamos dessa pessoa na forma do destino. Em seguida materializamos o encontro aumentando a frequência que se manifesta num fato ocorrido ou em forma de evento, neste caso a partícula se adensa. Entretanto, isso acontece no campo de forças onde o universo existe. O próprio Einstein dizia que esse campo de forças é a única realidade do universo. O campo é a nossa morada de encontros e desencontros das energias. Ele está em qualquer lugar para onde você olhar, dentro e fora deste mundo — Werner falou em tom poético.

— A sincronicidade foi estudada por C. G. Jung — apontou Violeta. — Ele era um psiquiatra importante na Europa e descobriu que existem "coincidências significativas".

— Os acontecimentos estão correlacionados, você quer dizer — completei.

— Por exemplo, primeiro você falou com o meu irmão sobre o projeto cultural na empresa — Violeta lembrou-se do encontro de negócios que tive com Juan na cidade de Buenos Aires. — Não lhe disse nada, mas você foi o único a quem ele aceitou entregar a conta da corporação familiar. Depois naquela noite, enquanto eu apresentava o espetáculo no teatro, pedi ao Universo que o amor da minha vida entrasse pela porta do camarim. Durante toda a carreira, jamais recebi qualquer pessoa da plateia nem mesmo os jornalistas após o espetáculo. Não sei o motivo, mas abri as portas para você, sem nunca tê-lo visto antes. Conversamos, dançamos e logo nos amamos, os fatos aconteciam dentro e fora de nós.

— Vou confessar que estava disposto também a conhecer outra pessoa, Violeta. E você surgiu na minha vida, quando eu mais precisava. As frequências vibratórias entre Carmem e eu tornaram-se incompatíveis. Mas o campo de energia criou outras possibilidades de encontro. Você foi uma coincidência significativa na minha vida, moveu um padrão dinâmico de sucessivos eventos.

— Agora faz sentido, meu amor — falou Violeta animadamente. — A sua onda cerebral primeiramente mudou a frequência para outra perspectiva amorosa. Nesse momento minha vibração estava voltada ao desejo de encontrar um novo amor. Oscilamos na mesma frequência e a onda que chamamos de destino, deu um salto quântico e adensou-se, quando intensificamos a vibração, materializamos o amor na forma da paixão de dois enamorados. A experiência da sincronicidade não foi aleatória, mas feita de eventos que se correlacionaram entre si. O universo é um grande útero, meu amor, onde todas as partículas e energias nascem e se transformam dentro do ventre da Grande Mãe. As gerações se constituem em saltos quânticos.

— Creio que não existe ninguém, que não seja um observador em potencial neste mundo. O observador ao interagir com a experiência do fato muda a realidade, ele tem o poder de influenciar o resultado dos fenômenos no Universo — observou Werner.

— O cético adensa a frequência ao passo que os mestres iluminados exercem o relaxamento e a meditação para expandir a mente. A iluminação se dá quando a consciência transcende a si mesma — disse Violeta.

— A Eleonora está morrendo, mas sua onda vibra nesta casa e no meu coração para sempre, meus filhos — os olhos de Werner ficaram úmidos.

O relógio na parede anunciou nossa partida. O avião iria decolar dentro de algumas horas rumo ao Brasil. Violeta se preparava para viajar comigo. Estávamos prontos para irmos. E no momento em que ela se despedia do meu tio, olhei por acaso o jornal sobre o aparador noticiando um concerto musical no teatro da Hungria. A foto da primeira página era a de um homem com os cabelos brancos, de idade avançada, elegante de terno escuro e a gravata clara, trazia um sorriso, mas seus olhos estavam exauridos. Li acidentalmente:

"Concerto do pianista e organista Shalom Cohen Hayyim, na cidade de Budapeste, interpretando Tocata e Fuga em ré menor de Johann Sebastian Bach, hoje à noite, no Teatro/Ópera Magyar".

Esfreguei os olhos e passei-os novamente em cima do jornal. Meu coração disparou. O amigo de papai vivo. Parecia o salto quântico de um milagre.

A notícia falava do magnífico músico que ele havia se tornado. Veio-me o prodígio que musicava o espaço da fé, do imprevisível destino na forma da gota que se afinava ao escorrer no vidro da janela. O tempo se afinava, estreitando os caminhos, que se bifurcavam. A janela se abria no tempo. Era o salto do elétron materializando a energia. O músico envelhecido de sorriso modesto que saíra de um campo de concentração estava vivo. Tudo está por recomeçar, pensei.

Sobrevivente de Auschwitz, pianista e organista. Viveu para o belo e as formas feias reunidas na arte. Dizia o artigo.

As estrelas tombaram, a lua tombou, meu corpo tombou na livraria, mas a vida hesitava em tombar os que lutavam.

Shalom fora um homem feito de centenas de acréscimos de homem e a morte por parecer tão verdadeira, ardia silenciosa na história narrada por Ivan. O golpe fatal arrebatava aos condenados no campo de concentração, caminhando solitários e silenciosos rumo ao inferno, ele contava com a fleumática memória daqueles tempos.

Lembrava papai que a música respirava dentro de Shalom, ele passava horas ensaiando as composições de Bach, lendo a partitura de olhos estatelados. Tocava com um pêndulo batendo incansavelmente sobre o órgão.

Fechei os olhos com o jornal nas mãos, imaginei a cena de Ivan sentado no teatro assistindo Shalom tocar, na cumplicidade que só os amigos conhecem.

Papai me contava que houve uma época em que aconteceria uma apresentação na cidade, Shalom foi escolhido para tocar o "Prelúdio e Fuga n° 8" de Johann Sebastian Bach, homenageando a professora mais antiga da escola onde estudava. Ele morreu de ensaiar dia e noite durante intermináveis nove meses. O seu professor de música, um homem bem idoso, mas criterioso e exigente, de sobrancelhas espessas, erguia os dedos tremulando marcando no ar o compasso, obrigava o menino à perfeição, o qual seguia rigorosamente.

Na época dos ensaios ele saia da escola apressadamente, empurrando as carteiras, depois cortava caminho por dentro do matagal aos atropelos, chegava logo a casa, passava horas a fio ensaiando. Não havia momentos para brincadeiras com o Ivan ou se dedicar a furtar cerejas no pomar do fazendeiro asqueroso. Deixava tudo para trás, ele só pensava na música.

Os dedos finos deslizavam nos teclados como se estivesse tocando um veludo, só que nem ele ou o professor se mostravam satisfeitos com o desempenho de Shalom, a busca sempre era a de uma perfeita interpretação, apesar dos incansáveis ensaios.

No dia da apresentação, durante o final da tarde, a família de Shalom, a comunidade judaica, amigos da escola, os pais dos alunos e os professores tomaram as cadeiras do auditório na cidade. Ivan sentou-se no canto da segunda fila, mexendo a cabeça para ultrapassar a cabeça de um homem alto, tomando-lhe as vistas do palco. Era falado que até as autoridades lá estariam, mas havia exageros da vizinhança, dizia papai, era apenas um garoto da redondeza tocando em homenagem a uma professora idosa em época de aposentadoria.

De qualquer modo, ele se preparou desde cedo, acompanhou a afinação do instrumento, colocou terno e gravata e ficou tão apreensivo durante a noite anterior que mal dormiu, se torturava de um lado para outro na cama pela responsabilidade que lhe conferiram.

No dia seguinte a plateia que já preenchia o auditório aguardava aos murmúrios. Ele subiu ao palco e as notas começaram a surgir do órgão, preenchendo o espaço no mais puro êxtase melódico. Os ouvintes prestavam atenção com admiração, nem tanto pela música como pela cena rara de um menino executando a peça ou talvez fosse a graça de Shalom tocando naquele final de tarde, anunciando no prelúdio o fim do dia. Mas para a surpresa de Ivan, ele fazia trejeitos de quem se importunara com algo. Seu professor na primeira fileira balançava a cabeça num ato de desaprovação.

O que acontecia? perguntou-se Ivan. Shalom interrompeu a apresentação batendo três vezes no teclado de punhos cerrados.

Apesar da estranheza de sua atitude súbita, a plateia o aplaudiu em pé aos gritos, inflamando o pequeno auditório, talvez por respeito ao seu esforço ou o que pareceu mais provável, as pessoas desconheciam o Prelúdio e Fuga nº 8, achando que este chegara ao seu final, abruptamente.

Ivan conhecia a obra de tanto ouvir Shalom executá-la. Observou, o pequeno músico curvar-se e imediatamente saiu aos tropeções do palco, correndo no jeito de um bicho assustado.

No outro dia Ivan foi a sua casa. Encontrou Shalom acamado e com febre, sem tocar na comida feita por sua mãe. Foi logo dizendo que havia errado as notas e a interpretação tinha saído mecanicamente. Sentia-se envergonhado do professor, da família e da escola.

O amigo retrucou. Porém, Shalom insistiu em se punir pelo excesso de rigor imputado.

Então Ivan lhe pediu que ele fosse ao órgão naquele instante e lá tocasse trechos da peça, ao menos uma última vez: "Toque para mim", dizia o amigo.

— Você tem certeza? — perguntou Shalom.

— Tenho. Mesmo porque não entendo de música, só sei esse Prelúdio de tanto ouvir você tocar.

O menino saltou da cama foi até a sala, sentou-se no banquinho e desempenhou divinamente a obra como jamais havia feito em qualquer um dos ensaios. Depois os garotos correram a cozinha, abriram a dispensa e comeram como dois cães esfomeados.

Com a boca ainda cheia Shalom comentou: "Vou me lembrar disso pro resto da vida. Se eu errar, continuo até me sentir feliz".

Ivan não pode responder, mastigava sem pausas, deu dois tapas nas costas do amigo e balançou a cabeça.

Voltei os olhos ao jornal na casa do tio Werner. Achei que os nazistas teriam matado Shalom na Polônia. Fui lançado aos destroços do holocausto. O relógio bateu uma vez mais, nada poderia ser refeito.

O tempo me encapsulou a margem do pensamento nas formas dos acordes musicais dissonantes. Supliquei ao silêncio que se preenchesse de música, sussurrei pausas às imagens que vinham a mim. A música não se repetia; o Prelúdio não se repetia; Shalom não se repetia; as histórias de papai não se repetiam; eu me repetia tantas vezes, que me programei, tornei-me autômato de sensações. Os dias me eram perigosos. Bastava abrir a cortina e o inesperado entrava na forma de raios de sol pela janela. Os raios luminosos me eram perigosos, me aqueciam a frieza do pensamento.

Queria desaparecer no feixe de luz, sair do presente por um instante que fosse e escapar dos perigos do "agora".

Agora parecia ouvir Shalom tocando através das páginas do jornal. A vida improvisava a vida, me surpreendia. Nada parecia ser aquilo que era. Tudo se fazia numa orquestra regida por improvisos. Todo o ruído se ouvia no "agora". O instante me improvisava, tornava-me alguém frágil e indefinido na soma de instantes, condenado a animosidade do momento.

Estendi o braço e agarrei Violeta, no movimento que se seguiu trazia os pensamentos de regresso à realidade, do inesperado sobressaltando a razão.

Virei para trás e vi Werner comovido por Eleonora. Violeta o abraçou. Aproximei-me e me uni a eles.

Ela confessou que lhe foi atribuída nos momentos que ali passou uma brandura como nos seus tempos de escola, da mansidão do saber na doçura de Werner.

Olhei a sala uma última vez. Fui tocado por arrepios das ligações que lá fizemos entre a física quântica e o destino, e de ver Shalom vivo, e conhecer Eleonora na pura estação da alegria, e ouvir meu tio ritmado de conhecimentos. Descobri significados nas diferenças entre Violeta e Werner. Era o saber do instante que me aterrorizava, me via de tão perto que minhas lembranças purgavam, elas doíam na alma.

Subimos ao quarto de titia. Ela despertou e sorriu. Beijamos sua face e nos despedimos.

Descemos a escada até a porta da rua e demos adeus ao meu tio. Bastaria lhe entregar as pétalas caídas das flores do quintal para a sua felicidade, ao invés disso, entreguei-lhe as graças de meu pai e o tomei de afetos que romperam a sala num salto quântico.

A noite caiu na varanda, a lua desceu do céu faiscando, bebi o último gole de chá e me afastei rapidamente.

O CONCERTO

Fui assistir com Violeta ao concerto de Shalom na cidade de Budapeste. Fiz os devidos acertos junto à companhia aérea no caminho, transferi o horário de voo ao Brasil ainda para aquela noite.

Saímos rapidamente de Szombathely e chegamos à vinte e cinco minutos antes do término da apresentação no teatro. Shalom estava ao lado do palco, acompanhado por uma orquestra vigorosa, desempenhava de modo notável a obra de Bach, os acordes invadiam a imensa sala, tornando-a pequena, e para uma plateia inebriada se seguia o refinamento do ritual dos grandes concertos.

A peça colocava a audiência aos cantos do suntuoso auditório com notas que subiam e desciam, enviesando os sentidos as direções da fragilidade da nossa natureza, das antigas respostas caídas ao chão, dos velhos valores sucumbindo às mudanças do tempo. Aos acordes tocados, penetravam os ouvintes no interior dos labirintos de espelhos do "eu", e na graça das escalas ressoando, os olhares denunciavam a indefesa e hesitante existência, atirada na direção de abismos abertos sob os pés.

E foi naquele teatro que fiquei diante das minhas lembranças tocando a realidade despida. Lembranças que meu pai ajudou-me a criar. Lembranças imaginadas de ouvir histórias do destino. Budapeste foi uma viagem real do destino, uma história que um dia seria contada...

Observei o grande organista deitado sobre as teclas com os cabelos lisos, cobrindo as orelhas e escondendo o rosto, balançando energeticamente a cabeça como se a criança talentosa o possuísse e ele estivesse ao lado do meu pai durante os ensaios na cidade.

Seus braços se levantavam, e o corpo arcava sobre o instrumento, arrancando dali os passos dos refugiados de guerra, a tortura sofrida nos campos de concentração, o desrespeito a condição humana. Sabia daqueles segredos nos ímpetos da sua interpretação, dava-me a sensação de que a procura pela liberdade dos guetos durante a guerra percorria o teatro ao ritmado compasso. E tais sensações só vinham a mim pelas narrativas ouvidas na época de criança.

Ao final da última nota ele foi ovacionado pela plateia, que se ergueu em uníssono e o aplaudiu demoradamente aos gritos de "Bravo, Bravo!".

Levantei da cadeira e pedi a Violeta que me esperasse no automóvel em frente ao teatro. Para depois irmos ao aeroporto.

Deveria ir sozinho encontrá-lo, estava seguro de mim. Esperei-o poucos minutos em frente ao camarim, até que a porta entreaberta foi empurrada por um funcionário, que lhe entregou três ramalhetes de flores e uma dedicatória da cidade, o qual o chamava de: "O Filho de Budapeste".

Adentrei com o coração disparado. Ele me olhou com olhos brilhantes e a expressão calma. Sorriu levemente. Dei-lhe meus agradecimentos na forma de um fã. Mas, não consegui me conter e lhe revelei minha origem.

Ele parou com as flores caídas nos braços e fixou o seu olhar sobre o meu, suspirou, lançando o ar que lhe comprimia os pulmões. Então, referiu-se ao meu pai como sendo o único amigo que jamais esquecera, desde o dia em que foi preso e subiu no caminhão nazista, transferido ao pior campo de Auschwitz.

Inesperadamente colocou a mão no bolso e retirou uma minúscula caixa de cristal, estendeu-a em minha direção, sacudindo-a levemente no ar. Tomei-a entre os dedos e olhei as sementes de cereja apertadas em algodões.

E de modo contido falou dos momentos mais aterrorizantes de sua vida, dentro do campo vigiado por nazistas. Ele escondia as sementes, às vezes sob a dura cama de madeira no alojamento dos judeus, elas eram a única ligação que lhe havia restado com o mundo exterior, o sonho fora dos muros daquele inferno. E foram as minúsculas sementes que lhe deram forças para voltar a tocar, disse-me que as plantou no centro de seu coração, lembrando-se do amigo que uma vez lhe pediu singelo: "Toque para mim".

Ao meu gesto em lhe devolver a caixinha, ele a empurrou contra meu peito, rogou-me que ficasse com ela. Shalom sabia que daquele dia em diante eu deveria carregar as sementes, guardando-a como a um amigo que jamais se abandona.

Abaixei a cabeça e segurei a pequena caixa de cristal

como se estivesse protegendo uma criança frágil. Passei os olhos sobre suas feições, que desenhavam uma história a qual fui ouvinte. E daquelas narrativas retirei o impulso de sobreviver aos instantes, ainda que o medo e a consternação me acuassem nas ameaças do inesperado, dos súbitos fatos nomeadores da história. E dos traços serenos de seu rosto fui transportado a uma indescritível esperança, interpretada por ele a pouco no teatro.

Parti deixando a história de meu pai ao seu lado como se estivessem juntos na época de garoto. Levei a caixa das sementes embora. A cena assumiu para mim um forte sentido: o milagre na amizade de dois homens que nunca se romperia. Toda a minha vida estava atrás de mim e eu a fitava em todos os lugares. As luzes da plateia se acenderam. Tudo parecia natural de onde vinha o milagre. As cerejas esmagaram minhas dúvidas.

Saí de seu camarim. Encontrei Violeta no carro me esperando. Partimos em direção ao aeroporto. Iríamos olhar no Brasil o mar e o céu sem divisões na minha casa de praia, as ondas empurrariam a areia para baixo da janela e veríamos as estrelas se acotovelando e os milhares de átomos explodindo no céu, abrindo um manto azul sobre nós.

Tomei a caixa de sementes nas mãos dentro do avião e ao chegar em casa, na véspera de ano novo, guardei-a na mesma gaveta onde estava o álbum da família de papai. Não haveria mais lugares para ir, todos eles estavam em mim.

A TRAMA NA REDE DO PESCADOR

31 de dezembro 2008 23h59min

Os fogos de artifício explodiam numa chuva de milhões de faíscas coloridas na passagem de ano. As espumas transbordavam na boca das garrafas, bebíamos sedentos e embriagados, pesando o passado na memória e sonhando o futuro com olhares distantes.

Violeta capturava-me ao menor gesto. Ela guardava os segredos do tecido proibido da vida. Balançava a cabeça levemente sedutora. Era assim que seu rosto se lançava sobre o meu e eu nem ousei pensar, porque aquilo era entrega, e na entrega o pensar se anula. Deixei as pequenas existências fugidias como uma revoada de pássaros. Sentia o sopro de vida tocar o meu rosto nas narinas ventiladas.

A consciência é a possessão do meu corpo e caminha lentamente no mar. Habitada pela cor branca espera na encruzilhada o destino como um lobo do mar navega

Naquela noite a vida me arrebataria como nunca. Saltaria no abismo vendado, deixaria os olhos enxergarem no escuro, guiado pelas escolhas de outrem, ainda que fosse um desconhecido. Algo se aproximava.

Violeta viu-me melancólico por um instante e no próximo segundo ela pensava no futuro vagando os olhos no quarto. Eu estava em algum canto daquele olhar, parecia que tomava a si os sonhos do mundo.

Deitou-se no quarto, que dava acesso de frente ao mar. Beijei-a nos lábios e a cobri com lençol. Abri a porta e desci descalço as escadas de madeira, os pés tocaram na areia fria. Olhei para o céu, os fogos tinham ofuscado o brilho das estrelas. Apenas a lua olhava-me de canto, fazendo ar de mistério.

O que me era surpreendente sob a vibração dos fogos, dos gritos e das rolhas sacadas dos champanhes foi que o destino traria a minha primeira existência submersa nas águas. No fundo da minha busca parecia que o destino expulsaria minha existência de dentro de mim.

Caminhei até o cais, onde estavam ancorados os barcos dos pescadores. Havia pequenas embarcações amarradas nos troncos de madeira na plataforma. Um profundo silêncio era interrompido apenas pela presença de um pescador ao recolher a rede. Ele tinha os cabelos brancos e a barba longa. Os olhos eram tristes de quem atravessou tempestades e viveu as desilusões como um lobo solitário do mar. Alto e magro tinha próximo da idade do meu falecido pai, coxo, puxava a perna de lado ao caminhar, movia-se descalço. Usava uma camiseta branca e uma corda fina na cintura fazia às vezes de um cinto, amarrando a calça que descia até as canelas. O rosto singelo e as mãos grossas e calejadas traziam o cheiro de peixe da pescaria daquela noite.

Cumprimentei-o, acenando com os braços erguidos.

— Feliz ano novo, senhor.

— Obrigado — respondeu timidamente, segurando a trama da rede. — Nunca vi você por aqui — afirmou olhando-me diretamente.

— É que eu trabalho e viajo muito. Qual o seu nome, senhor? — perguntei.

— Stanislavisk. Pode me chamar de Stan, como fazem os amigos.

— Está bem senhor Stan — respondi sensibilizado pela simplicidade daquele homem. — Tantas coisas aconteceram neste ano e até parece que acordei de repente do nada — comentei como se fosse apanhado pela memória.

— Também atravessei mudanças ao longo da vida, para mim os fatos aconteceram há muito tempo atrás — ele disse com ar de quem recorda.

Notei que o homem tinha sotaque estrangeiro. Então, perguntei-lhe de curioso:

— O senhor veio de qual país?

— Sou nascido na antiga União Soviética, mas vim cedo ao Brasil, depois voltei jovem para lá e o tempo passou. Após alguns anos retornei a este país e daqui não saí mais — Stan olhava para cima em direção aos fogos de artifício, brilhando no céu.

Por que um pescador sairia da Rússia, viria ao Brasil, depois retornaria ao seu país e voltaria para cá. Perguntei-lhe o que tinha acontecido.

Ele respondeu:

— Eu era jovem e tinha medo. Quando sua mente é prisioneira do medo ela não se sente protegida. A mente deseja encontrar certezas e se preocupa com a segurança dos pensamentos. Ao mover-se para o desconhecido, sem mapas, manual de instrução ou bússola para guiá-lo a mente cria problemas para você. Ela quer saber para onde você vai, porque decidiu ir por esse caminho e não aquele. A mente é controladora e exige ser preenchida de pensamentos, ela teme o vazio.

— Você quer dizer que temos de parar com a vibração mental? — lembrei da conversa com meu tio Werner.

— Não. Você deve parar de pensar.

— E como faço isso? Porque no momento em que penso se parei de pensar, estou pensando. — Apontei o problema, achando que estava habilidoso nessas questões.

— Em primeiro lugar você precisa aceitar em si mesmo a fraqueza e a coragem, o ódio e o amor; seja qual for sua escolha, aceite-a. Sabe o motivo dos pássaros não deixarem rastros no céu?

— Não, senhor.

— Para que as gerações seguintes não se extraviem. A mente está sempre se perdendo e ao se extraviar ficamos sem um caminho de volta.

— Creio que o senhor está equivocado. Se eu não pensar, como posso saber quem eu sou?

— Você sabe quem é, quando o êxtase da música, da dança e da alegria invadir sua alma. Não restarão dúvidas de que é feliz.

— Se eu fizer isso que o senhor acabou de dizer, fatalmente ficarei isolado — comentei temendo que o velho estivesse confuso com suas ideias.

— Quando me aceito apenas como ser individual a relação mantida com o outro se perde. A mente está repleta de limites, ela pensa demais em si mesma e quase não vê o horizonte — apontou o mar.

Ele acendeu um cigarrinho de palha, tirado atrás da orelha.

Achei estranho um velho pescador ter aquele saber, quase filosófico e de profundidade reflexiva. Aprendeu aonde? Navegando pelos mares solitariamente? Perguntei-me.

Achei que o mar não seria o local mais adequado para alguém acumular conhecimentos. De qualquer modo, cumpri meu ritual de curiosidades. Questionei se as viagens feitas pelas águas havia lhe dado muitas experiências de vida ou ele a retirou de outro lugar.

O senhor Stan respondeu-me que quando jovem formou-se em filosofia na União Soviética, mas aquilo foi apenas o começo de um longo caminho e nada significou. O percurso realizado nestes anos, ainda que penoso, não poderia ser cumprido pelo pensamento, pois esse retém os sentimentos nas trilhas tortuosas da mente, que só as experiências das fatalidades ensinam, nascidas na contundência de uma realidade cruel.

E foram-lhe as delicadezas de uma vida esquivada da liberdade que o levaram a arrancar de seu peito as marcas das dores, e desfazer-se das ilusões, ainda que elas o seduzissem nas formas mais ardilosas conhecidas. "O pensamento nos é tão sedutor, que não reconhecemos que o conhecimento está nos menores cantos deste barco ou do escuro infinito", ele dizia.

O barco foi-lhe a casa flutuante e o mar um livro aberto, que não só lhe deu o conhecimento, como o abençoou na liberdade fugidia das águas do sonho e do pesadelo, tanto da dor como do amor. Esvaziou-se o instante no mais sincero sofrimento.

Suas palavras me capturavam na rede como um peixe preso fora da água. Era o limite da minha mente que enxergava na fronteira da mente. A fronteira do pensamento me intimidava, ela me dava o seu fim sem assumir o próximo passo. Estava ameaçado pelo inesperado, me espreitando por detrás de qualquer pensamento. Deveria então deixar de usar as palavras como quem produz uma sensibilidade suprema?

Sentia que havia perdido minha identidade do resto do mundo, nada mais se realizaria e nada mais teria significado para mim. Tinha de me dissolver. Via meu corpo tragado pelo redemoinho do mar, parecia o pesadelo do dia do meu aniversário.

Vacilei no caminho escuro ao ver uma nuvem cobrir a claridade do céu. Roguei ao Deus sua bênção para que eu me perdesse por completo, seria esta a única forma de encontrar uma liberdade, que se anunciava, não porque insistia em pensar, mas por desejar me encontrar em devaneios permanentes. A realidade me tocaria e eu não teria o medo daquele momento ou qualquer outro, navegaria no barco de histórias do senhor Stan e nada mais.

Questionei sua opinião sobre os limites da mente, se de fatos esses limites existiam. Ele respondeu:

— Imagine você sentado no sofá de sua casa, lendo um livro delicioso. Sua atenção está no livro, você está feliz com a leitura e sente prazer ao virar as páginas, a curiosidade fica excitada. Inesperadamente a sua mente diz que você está perdendo tempo. Ela fala: "Ao invés de ficar com esse livro aberto, feche-o e abra o material do escritório para a reunião de segunda-feira". E continua: "Leia o relatório de sexta-feira, você tem coisas mais importantes para fazer do que perder tempo lendo este livro". Ela lembra que você terá uma prova na escola na próxima semana e se não estudar o seu desempenho ficará abaixo da média. Depois você olha pela janela e as pessoas estão passeando pela rua, aproveitando o dia de sol, a mente volta a pedir que você largue o livro: "Está todo mundo na rua e só você em casa, lendo". O que a sua mente está fazendo com você?

— Ela está me iludindo, armando armadilhas — arrisquei a resposta.

— Você se torna vítima da mente que o arranca do prazer. A mente dará vários motivos para você abrir mão do bem-estar. Porque ela é uma criança carente e exige atenção o tempo todo. Depois ela cresce e se transforma em adolescente rebelde quer comandar a sua vida, dizer o que é ou não melhor para você.

— É o poder da mente que cria a revolução na natureza.

— Quem precisa de revolução é a mente. A natureza já é por si só uma revolução. A mente sempre criará a verdade, o sonho e toda e qualquer realidade. Ela planeja a armadilha e nos prende sutilmente, seduzindo-nos com ideias. A mente é uma criança, é necessário educá-la. Ela precisa relaxar e deixar de ser tão severa. A realidade da vida é a brincadeira ingênua. Você sabe se algo é real quando a felicidade o acompanha.

Stan olhou o céu. Naquela altura os fogos tinham cessado e as estrelas iluminavam a manta escura da noite sobre nossas cabeças. Estávamos sentados separados num canto do barco. Ele me ofereceu um cigarro como um velho amigo. Recusei, agradecendo com um sorriso velado.

Quem era afinal o senhor Stan, de sotaque estrangeiro e frases instigantes de sofrimento? Decidi desvendar aquele mistério, escondido por trás dos olhos pequenos e olheiras acentuadas.

— O senhor machucou a perna recentemente?

— Faz muitos anos. Não gosto de recordar certos acontecimentos.

— Foi algum acidente no mar?

— Antes fosse. Existem escolhas que você faz quando é jovem e depois elas refletem durante a sua vida. Fui um prisioneiro político torturado.

— Aconteceu no Brasil ou na antiga União Soviética?

— Ambos — respondeu. — Havia terminado o curso de filosofia na Rússia e logo passei a integrar o partido socialista. Fui designado aos vinte e três anos de idade para organizar com outros camaradas o grupo de resistência no Brasil, na época o regime militar assolava esta nação.

— Estou curioso — falei erguendo as sobrancelhas.

— Fiz contato com grupos e ativistas de esquerda neste país. Quando cheguei aqui, conheci uma jovem filha de franceses numa reunião do partido. Seu nome era Sofia. Trabalhávamos juntos nos planos estratégicos para a formação do grupo de resistência e nos apaixonamos — ele disse com lágrimas descidas no canto dos olhos. — Da nossa relação nasceu uma criança linda, um menino. Morávamos em muitas casas, para não sermos identificados pela polícia que nos perseguia. Não tínhamos residência fixa. Esse é o preço que se paga quando você acredita numa causa. Tudo é sacrificado, inclusive o próprio filho.

— O que aconteceu?

— Um dia a polícia que nos investigava, descobre o "aparelho" onde estávamos.

— O que é "aparelho"?

— Era um código usado naquela época, que identificava onde nos reuníamos, servia de esconderijo e outras finalidades táticas. Fomos avisados com antecedência, que seríamos presos. Fugimos assustados. Naquela noite recebi uma ordem da União Soviética, dizendo que eu deveria voltar imediatamente. Fiquei desesperado com meu filhinho nos braços e Sofia ao meu lado chorando.

— Vocês fugiram com a criança?

— Não. Sofia e eu viajamos a sós a União Soviética. Na época eu era vizinho de um húngaro que morava na Rua Maria Antonia, atrás do nosso "aparelho". O homem e sua mulher eram generosos, sabiam o que Sofia e eu fazíamos. Eles não tinham filhos. Não era possível levar a criança embora. Lembro como se fosse hoje — Stan soluçou em prantos. — Embrulhei meu bebê no cobertor e pedi para o meu amigo húngaro, chamado Ivan, cuidar da criança. Ele trazia um histórico de refugiado da Segunda Guerra Mundial. Pedi de joelhos para ele me ajudar. Prometi buscar o bebê assim que retornasse. Foi a coisa mais difícil da minha vida. Você não imagina! Preferia ter as pernas e os braços amputados, mas não arriscaria a vida do meu bebezinho de um ano de idade. Ainda não me perdoo por ter cometido esse crime — abaixou lentamente o corpo enfraquecido no chão do barco até sentar-se.

Meu Deus! Ele era o meu pai! O que o destino tinha feito comigo. Senti-me dentro de um pesadelo. O meu coração disparou e o rosto ficou vermelho. Fiquei mudo, sem ação, sem respiração, apenas um silêncio interior e nada mais.

Por um momento fui tomado de ódio por aquele homem, enojado de suas feições, pensei em vê-lo afogado nas águas do mar, queria pular em cima de seu pescoço e espancá-lo. Ele havia me abandonado. Fui deixado com um estranho que chamei de pai a vida inteira e uma mãe que partiu cedo. Numa fração de segundos odiei o mundo de uma só vez. Gritei para o alto como um animal ferido.

Stan pulou e segurou-me pelos braços, perguntou-me o que acontecia. Controlei a respiração até me acalmar. Percebi que aquele homem estava velho, cansado e lamurioso. Afinal, o que mais restaria a ele? Achei melhor dissimular minhas emoções. Disse-lhe que eu passava por um stress e me recuperava. Perguntei em seguida o que havia acontecido com sua mulher.

Ele respondeu:

— Ela faleceu na velha União Soviética de pneumonia, mas acho que foi por causa da criança que a fazia sofrer.

— Você nunca pensou em encontrar o seu filho novamente? — questionei sem demonstrar minha raiva contida.

— Não parei de pensar nele um segundo sequer. Quando houve a abertura política no Brasil, podia voltar para cá. Só que as coisas não são tão simples assim. O Partido Comunista não me deixou sair de lá. Fui prisioneiro no meu próprio país acusado de traição só porque pedia para voltar. Eles não acreditaram que meu filho estava aqui. Passei pela segunda tortura física, foi aí que minha perna piorou.

— Irônico — comentei. — Você foge de um regime e fica preso em outro.

— A política e o poder são cruéis, não foram feitos

para libertar, o cidadão é colocado a serviço do sistema. Depois de muitas tentativas frustradas, finalmente consegui fugir e cheguei ao Brasil. A primeira coisa que fiz foi procurar meu filhinho na casa do Ivan, o húngaro. No entanto, a família dele havia mudado para outra cidade e ninguém tinha o endereço.

— Então, você não encontrou o seu filho.

— Infelizmente não. Essa é a cruz que eu carrego no coração.

Perguntei àquele homem que virou o meu pai depois de três minutos de conversa a respeito de Sofia. Ele confessou seu amor por ela, e a tinha mantido na memória intacta como uma pérola na concha escondida no fundo do mar.

Ele a descreveu com a franja solta na testa, que cobria seus cílios reluzentes, idealista até a alma, companheira no amor e na luta política. Ela sofrera com a falta do bebê e Stan não parava de afirmar que eles não tiveram escolha, abriram mão da felicidade para salvar a criança, no caso eu.

Dizia que Sofia amava as poesias de Maiakowski e as recitava de cabeça na rua. Seus discursos inflamavam multidões. O rosto jovem escondia a maturidade da personalidade vigorosa. Sofia foi sua única paixão, ele arremessou o que lhe restou da vida solitária ao mar, não houve tempo para despedidas, ela faleceu rapidamente, ele nunca mais se casou desde então.

Depois de sua morte, Stan foi embora. Deixou de ser ativista político e passou a ser um pescador, carregando no mar as lembranças que o isolavam do resto do mundo.

Aproximou-se do meu ouvido e falou, tomando-me por seu confidente.

— Gostaria de dizer ao meu filho que o amei. Ele foi à força que me manteve vivo, principalmente quando fui torturado e amarrado até os pés. E ao passar pela dor, procurava desesperadamente a pequena imagem do meu bebê e do rosto de Sofia. Era tudo o que me restava. O meu filhinho me deu as forças para sobreviver. Devo minha vida a ele.

Meus olhos transbordaram lacrimosos, Stan enxugou meu rosto. Disse-lhe que estava comovido, porque acabara de ter um conversa com João Pedro, meu filho.

Então, me perguntou:

— Como é João Pedro?

— É um garoto sensacional — falei sorrindo. — Ele me deu o sentido de ser pai que eu havia perdido.

— Você só tem ele?

— Não. Tenho uma menina. A Dora é a minha princesinha geniosa, mas sensível e linda. É o meu amorzinho.

Stan falou da felicidade de minha esposa ao ter uma família tão bonita. Comentei que estava separado, mas amava meus filhos como nunca amei antes e Violeta era o amor da minha vida, que eu conhecera em Buenos Aires. Estávamos cobertos de felicidades.

Perguntou-me sobre meus pais. Disse-lhe que faleceram, voltei os olhos ao chão comovido.

Por um momento, desejei jogar-me nos braços daquele estranho como um filho. Faltavam dois passos para me arremessar aos seus afetos guardados, só que o espaço que nos separava me era infinito e crescia à medida que minhas pernas tremiam e o coração palpitava velozmente, um trem corria dentro do meu corpo ao chegar até a estação.

O destino tinha arremessado as raízes da minha história ao mar. De repente uma família de desconhecidos me fez nascer.

Por que esconder a verdade de tamanha fatalidade reservada pelo destino e de almas tão solitárias como as nossas?

Estava reunindo forças para lhe dizer a verdade, quando olhei uma corda presa a âncora atirada ao mar, imaginei que o destino havia ancorado o barquinho do meu pai naquele porto para cruzar o meu caminho e poderíamos amarrar as pontas soltas da corda que nos atava e foram partidas por fatalidades. Atar os laços de ternura, que só um lobo do mar saberia como fazê-lo.

O seu barco estava lá, a rede estava lá, ele estava comigo. Mas como minha avó disse certa vez ao meu pai húngaro: "Todo o barco precisa ancorar num porto seguro, mas nunca se esqueça de seguir o seu destino, fazendo a viagem no dia seguinte".

Respirei profundamente, tomei fôlego e o encarei. Busquei a fé de Ivan para lhe falar:

— Seu filho está bem. Ele é casado e tem filhos. Ele é feliz.

— Daria tudo para encontrá-lo — o velho trazia o ar de suplício ao observar o mar revolto.

— O destino sabe o que faz com todos nós. Não se culpe. Você fez o melhor.

— Sinto-me traído pelos meus pensamentos. Ao falar da mente, do medo e da verdade apenas justifiquei a minha miserável existência neste mundo — Stan tirou os olhos do mar e os transferiu para os meus.

— Não diga isso. O amor é o céu aberto. A experiência que nós estamos vivendo neste momento apenas nos levará a nascer no próximo instante, que será mais real do que este — notei.

Inesperadamente conversamos sem a troca de uma única palavra. Nossos corações pronunciavam as frases em silêncio, nenhuma realidade nos suportaria ouvir naquele instante.

Aproximei-me dele e amparei seu choro em meus braços.

Nossos olhares ficaram suspensos no ar. O brilho dos seus olhos refletiu no meu olhar de criança solitária.

Mas foi uma vibração inegável entre pai e filho, que se por um lado o destino impediu que houvesse o nosso encontro durante todos esses anos, por outro recuperamos em frações de segundos a história que havíamos perdido.

Ele percebeu que o meu olhar denunciava quem eu era. O lacre do meu segredo foi rompido. Fui desmanchando diante dele. Seu olhar fisgava os meus sentimentos do filho abandonado. Ele me devolvia a verdade ao depositar os olhos sobre os meus. Escutei o seu coração bater no mais puro acorde silencioso da alma, feito de pesadelos e pavores noturnos, ao me imaginar morto no berço ou desamparado. Relatou-me com os olhos apertados seu desespero em não me reencontrar.

Uma gota de lágrima desceu de seu rosto ao lembrar-se de Sofia. Disse-me em tom de confissão com palavras mudas, do seu amor roubado pelo destino, da culpa o empurrando para o fundo mar e do nosso encontro servindo-lhe de comiseração divina para o perdão. Agora poderia se encontrar em paz com sua mulher.

E tocado pelo relâmpago de um brilho no canto dos olhos, lancei sobre ele o sentimento de um filho que amou dois pais: o Ivan que me criou e por ele fui educado, construindo uma relação de felicidade durante os anos que passei ao seu lado e o Stan que me fez nascer, e depois morrer para voltar a viver em outra família.

Ele me disse que passaria por tudo novamente para me ver uma segunda vez, mesmo se fosse o último encontro de nossas vidas.

Ficamos imóveis com a respiração suspensa. Respeitamos nossos limites. Conversamos longamente aos soluços e falamos sorrindo sem nos interromper sobre sonho, amor, esperança e a maneira como eu cresci e a forma que ele descobriu a vida no mar.

Ao me observar a um metro de distância, suspirou as histórias de pescador e relatou-me dos momentos inesquecíveis de longas conversas tidas com Deus e dos segredos partilhados com a escuridão nas intermináveis tempestades em alto-mar e das palavras ouvidas ao som das estrelas mais reluzentes, servindo-lhe de guia nas noites em que o leme do barco se perdia.

Pelo canto dos olhos reverenciamos Sofia. Fizemos milésimos de segundos de silêncio e oramos em memória de sua alma.

E com a expressão serena no rosto entendemos, porque nos tornamos homens de nomes esquecidos e com a metade da história vazia. Ficamos com a outra metade para aquele encontro.

Fechamos e abrimos os olhos vagarosamente, nos dirigimos aos passos das nossas lágrimas e mergulhamos no silêncio, que só poderia ser ouvido pelo pacto de um pai com o seu filho. Fomos conduzidos pelo coração batendo como um tambor velho e nos abraçamos.

Ele se libertaria de me procurar, iria se redimir da culpa e faria uma prece de joelhos ao chão, agradeceria a Deus pelo milagre da minha vida.

Seguramos a respiração e nossos olhos úmidos transbordaram para fora do barco, saltando para dentro do mar.

E como se estivesse agarrado ao seu filhinho ainda pequeno nos braços, sussurrou em meus ouvidos: "Te enxergo".

Foi então que ele se recolheu aos cacos. Partiu-lhe ao meio a história. Via os vultos do passado boiando nas águas. Fantasmas ao redor do barco lhe assombrando. Fragmentou-lhe a memória. Sentia as dores do abandono e da morte. Ele me tomou em seu peito e me afagou como um recém-nascido em perigo.

Nossos sorrisos finalmente se encontraram e no seu rosto via minha identidade perdida. E numa segunda vez, girei no caleidoscópio com o corpo oscilando, nascendo num breve instante. Reinventei-me em uma nova história. A consciência vacilava em minha existência. Todo o dia estaria nascendo nas espumas das ondas, me levando aos ecos da existência dentro de uma concha a praia e de lá me devolvendo em gotas ao mar, respingando nos cascos dos navios no infinito deserto de água, com o veleiro tremulando ao vento e estendendo a linha da existência no horizonte.

E cobertos pelo véu do sonho notei o seu olhar vibrante me dizendo que agora poderia morrer em paz. Eu devolvia esse olhar ao tocar o seu rosto próximo da nossa despedida. Honraria a sua existência, recuperando minha origem nas malhas da rede do pescador.

Depois de passarmos pelo som do silêncio, Stan comentou com palavras doces saídas de sua boca.

— Nosso encontro foi um sonho, filho. Talvez você e eu estejamos sonhando e desse sonho criamos a única realidade que de fato vale a pena: o amor.

— O tempo não pode vir até você se não na forma de um sonho, pai. Por isso, deixe que a felicidade e a alegria se tornem os únicos critérios da vida — comentei embebido de ternura.

Depois desse dia, o revi algumas vezes na praia. Convidei-o a minha casa e lhe apresentei Violeta. Porém, um dia qualquer ele ligou o motor do barco e foi embora, nunca mais apareceu. Acredito que disse adeus a esta vida e se entregou a realidade do sonho em outro lugar, perto de Sofia, como era o seu desejo.

Nunca mais o esqueci e nem ao meu outro pai, Ivan, e a todos aqueles que eu amei, mesmo perdendo-os, e minhas duas mães que partiram tão rapidamente como chegaram.

Naquela noite fiquei diante do mar, esperei o sol nascer. Olhei a luz amarela criar um fio estendido por toda a praia. O barco do meu pai zarpou, enquanto ele desaparecia no horizonte sem deixar vestígios ou se extraviar. Nesse instante acenei um gesto de despedida para a sua alma. Solucei e dei meu último olhar ao horizonte como um sinal de adeus.

A VIDA E A MORTE DUAS FACES DO DESTINO

Primavera de 2045.

Estava em pé diante da janela do quarto. Não havia trocado a roupa naquela manhã. Permaneci imóvel, de pijama e chinelos, recordava os acontecimentos do passado, ainda que misturados na mente. O dia iluminava a primavera. O jardim exalava os variados perfumes das flores desta estação: orquídea, jasmim dos poetas, rosas, crisântemo, bromélias e margaridas. Uma mistura de fragrâncias inebriava os sentidos, carregadas por uma brisa nas primeiras horas do dia.

As lembranças vieram-me como um furacão a mente, invadindo os pensamentos, sem que eu pudesse detê-las. Naquele dia completava oitenta e dois anos de idade. Muitas recordações emergiram, desde a hora do meu despertar. As imagens eram tão nítidas, que por pouco não as toquei com as mãos abanando.

Mas elas vinham a mim sem muita ordem e nenhuma lógica conhecida, surgiram como bem quiseram e ficaram saltando de um fato a outro, de uma data a outra, de um local a outro, sem que eu tivesse o menor controle sobre elas. As lembranças de papai ao narrar suas histórias de fuga de Budapeste durante a minha infância; o sonho no Deserto de Atacama, com a velha índia guardiã das Fiandeiras do Destino; a minha separação de Carmem e o reencontro com meu filho, João Pedro; os encantos de Violeta, na Buenos Aires, dançando tango comigo em Puerto Madero; as cartas jogadas do tarô; o concerto de Shalom; o psicólogo amigo erguendo a taça de vinho e Violeta e eu a beira do inconsciente; o adeus a tia Eleonora; a conversa com o tio Werner e o encontro com o meu pai, o pescador russo.

A vida passou como um filme na tela mental, uma eternidade aconteceu em tão poucos segundos...

Observei distraído o alvorecer na praia. As lembranças vinham-me na forma de ondas, aproximavam e recuavam na ponta da memória, arrastando as imagens ao mar. Eu as recuperava e pouco depois as perdia.

No vidro da janela meu rosto envelhecido me era devolvido no reflexo turvo. Passei os dedos nos cabelos ralos. Sentia os anos pesarem no corpo.

A mente tinha o poder de editar uma figura na outra, as imagens passavam como num filme rodando a minha frente, me davam a sensação de que vivia num sonho. O instante parecia durar para sempre, se fragmentando.

Alguém se aproximava. Segurei minha bengala e virei para trás.

Violeta levantou-se da cama com o ar sereno que o tempo lhe dera. Os cabelos estavam curtos e grisalhos, a sabedoria a alcançou; reconheci-a pelo cheiro dos anos que a amei.

Ela caminhava vagarosa em minha direção, e no momento em que uma última imagem brotava na mente, sem que eu a contivesse, ela escapou-me com a mesma rapidez que chegou.

Sentia fortes dores no peito e nas costas. Um sorriso se abriu como jamais expressei. O corpo desabou no chão. A luz desapareceu lentamente até a última linha do rosto de Violeta apagar-se por completo.

De repente despertei diante de uma parede nua e de persianas cerradas nas altas janelas, sentia dores no corpo. O cheiro de remédio se misturava no ar, os passos silenciosos das enfermeiras batiam em ecos surdos e o arrepiante asséptico de suas indumentárias médicas balançava como fantasmas vestidos de branco.

Estava sob observação médica. O infarto quase me matou. Os médicos disseram que eu voltaria à vida, mas essas promessas da medicina eram para eles. Sabia que meu tempo havia acabado, restava-me apenas cumprir o ritual de passagem que aconteceria, nada com que se preocupar.

Estirei o corpo na cama fria de lençóis limpos com alvejantes que me obstruíam as narinas. Violeta ao meu lado me amparava quieta. Inclinei a cabeça e deitei em seu colo. Lembrei quando ela disse que envelheceríamos juntos, e sonharíamos todas as noites, e ao acordar seria como se fosse a primeira vez. Ela tinha o dom de fazer da rotina os eventos mais surpreendentes que restaram à vida.

Naquele dia deu-me a notícia e só quem entende de destino sabia o que aquilo significava: a mulher do meu filho acabara de dar a luz no mesmo hospital onde eu estava. Era o segundo filho de João Pedro. Dora era mãe de uma garotinha. Nascia naquele dia o meu terceiro neto.

Foi-me de tamanha felicidade e bênção o acontecido, que segui Violeta até darmos na ala da maternidade. Pelo vidro que nos separava da graça dos bebês, olhamos meu neto no berçário. Estávamos ligados pelos fios da história da nossa família, da mesma forma que um dia estive ligado às narrativas de papai.

Parei diante de seu rosto. O meu olhar encontrou o seu e as nossas energias se comunicavam, nos falamos na sensibilidade suprema das crianças. As frequências vibratórias eram-nos singelas, posso afirmar sem nenhuma sombra de dúvidas, que conversamos com os olhares de quem nasceu há pouco e quem estava encerrando sua missão nesta vida.

Disse-lhe que eu era seu avô e nada haveria com que se importunar. O futuro se fazia no presente, e só lhe era preciso aprender a lê-lo neste instante para entender o destino:

"A vida está ao nosso redor. A morte nos rodeia todos os dias. Estenda suas raízes ao mundo e caminhe sem prévias direções, não pense em existir, apenas exista, e no momento seguinte a vida se ajustará a marcha de seus encantos. A mudança está acontecendo agora e a única realidade vive neste momento. Você só será visto por outrem, se assegurar que sua identidade, não seja exposta a sombra. O instante escapa como num estalar de dedos; e você terá meu neto, este momento para viver e nada mais. O futuro é apenas uma vaga ideia de algo que acontecerá ou não. Por isso, viva o agora sem pensar no amanhã."

Olhei-o intensamente e disse com o corpo tomado de jovialidades.

"Respire agora como se fosse o primeiro e o último instante da sua vida, saiba que mesmo se o próximo segundo se for, não deixe de revê-lo na forma de outro momento. O seu destino jamais lhe abandonará, você saberá quando sonhar pelas manhãs e deitará à noite para ser livre como o sonho de todos os poetas. Não vire as costas ao destino. Ele lhe seguirá.

E digo neste último instante, meu neto, não negue sua essência, não dê as costas à sua origem e não esmoreça. Quando você cair ao chão, levante e siga em frente com a cabeça erguida, não se deixe abater. O medo está presente em nossa existência, não o alimente e não lhe dê incentivos para ele continuar. Deixe a mente do lado de fora da casa, assim ela não lhe importunará, olhe o mundo devagar, e não perca de vista uma única pétala de rosa caída no chão do jardim. Tenha consciência de que você só será livre se a alegria e o amor se transformarem na sua principal ocupação.

Tente de novo, de novo e de novo e tantas vezes quantas for necessário até conseguir o que deseja. Faça o impossível tornar-se uma nova possibilidade. As alternativas estão ai, mas escolha a de maior felicidade. Não tranque todas as portas, deixe ao menos uma delas aberta, o inesperado precisa de uma fresta para chegar até você. Não se preocupe com a felicidade; essas formas encantadas de alegria vivem nos tocando, apenas as receba como quem abre a porta para o amigo. Ande em baixo da chuva e beba a água vinda do céu, esta lhe abençoará. Reserve momentos para nada fazer e brinque com a seriedade da vida. Nada tem importância quando se ama.

E ainda se o tempo se esvair, você terá, meu garoto, todos os momentos de que precisa, tome-os com sabedoria e passe pela vida como se tudo fosse uma grande brincadeira: a amargura é um veneno para aqueles que desejam morrer, lembre-se de jogá-la para fora da janela. Ame com o coração cada segundo, e deixe o passado atrás de você, mas não perca sua identidade, ela será o seu maior bem. E o mais importante, jamais esqueça que eu o amarei, esteja onde estiver."

Num piscar de olhos observo o meu neto sorrindo. Meu coração se enche de alegria, nesse momento descobri o sentido da vida. Retribuo o sorriso: este é o sentido, nada mais.

Retornei ao meu quarto. Olhei através da janela e precisamente às 14h45minh um eclipse ocorrera como previsto na carta da minha avozinha. Estava com os pés no limiar da porta de outra vida

Naquele quarto olhei Violeta uma última vez. Tomei um

frasco de colônia de jasmim e passei no corpo. Depois de me perfumar, penteei os cabelos e fiz a barba. Arrumei-me para lhe dizer adeus.

Ela estava linda. Beijei-a como uma antiga namorada. Tomei-a nos braços e me lembrei do tango tocado no restaurante em Buenos Aires. Escutei a canção na minha cabeça. Segurei-a contra o meu peito, e agarrados como dois adolescentes, nós arriscamos algumas passadas. Ela deitou suave a cabeça no meu ombro, enquanto minha mão segurava a sua, eu a conduzia com os pés arrastados de um lado a outro.

Lembrei dos nossos beijos e abraços. O seu rosto delicado levado pela luz e o perfume inesquecível solto no restaurante. Nossos corpos suavam e naquele instante como anos atrás, fizemos as juras de amor.

Achei essencial dizer àquela mulher que a sua ternura e cumplicidade transformaram-me de um homem cético e racional em um ser sensível, inspirado pela fé. Cultivei uma consciência virtuosa e jovial nos anos que se passaram.

Olhei os seus olhos úmidos e disse:

— Ao seu lado amei intensamente e aprendi o valor da entrega. Descobri com você, meu amor, ser fraco e forte, chorar e rir e depois tê-la de mãos dadas na mais pura doação. Você ensinou-me a pulsar no drama da vida, sem perder a ternura que nos uniu.

— Faria tudo novamente — Violeta comentou. — O destino nos entrelaçou. Sou grata e feliz ao seu lado. Aprendi a viver minhas emoções além dos palcos do teatro, eu me entreguei no palco do seu coração.

Lembrei de seus lábios beijados e de como me foi belo tê-la numa eterna amizade. Projetamos passadas suaves com os pés juntos, respiramos os ares com os rostos colados nas carícias que só os velhos amantes nunca esquecem. Tomamos o ritmo da dança do tango de memória e levados aos beijos apaixonados, retomamos o começo da nossa história.

O amor nos espiava atrás das persianas cerradas. Violeta estava sensual como sempre, a idade apenas prolongou sua beleza, florescendo-a. A contemplação da natureza numa forma sutil encontrava-se além daquele instante.

Toquei seu rosto e ela me disse com o brilho peculiar dos olhos, que sua vida foi tecida na trama do nosso amor, que aqueceu o seu corpo com a mesma manta que os amantes se deitam.

Tentei dizer algo, mas ela selou meus lábios com os dedos, silenciando-os, porque só a ausência da palavra poderia ser entendida entre duas pessoas que viveram tantos anos juntas. Nossas diferenças serviram para nos completar. Respeitamo-nos como homem e mulher e isso já bastava para qualquer palavra dita.

Deitamos abraçados na cama, ao som de uma canção cantada por ela, entreguei-me ao seu toque, os dedos massageavam meus cabelos com tal delicadeza, que me levou a adormecer no aconchego de seus braços.

Despertei no final da tarde, exausto pelas dores no corpo. Ainda sentia o cheiro de Violeta espalhado no travesseiro amassado.

A noite tinha caído rapidamente e sentada ao meu lado na cama, lá estava a menininha do Deserto de Atacama, usando o mesmo vestido e o colar em forma de roda. Ficamos nos olhando.

— Estava lhe esperando — falei como se a conhecesse há anos.

— Não o deixaria sozinho por nada neste mundo ou em qualquer outro — respondeu-me.

— Ainda bem que você veio ao meu encontro.

— Você sabe quem eu sou?

— Demorei muito tempo para descobrir, mas hoje sei. Você é a minha consciência, a alma livre e as asas do anjo tocando a minha boca, a essência e o mistério de todos os tempos, o desejo e a verdade indissolúvel. Desde o dia em que a vi, o meu Self aprofundou-se no âmago do mistério, empurrou-me aos braços da vida.

— Se eu me chamasse Beatriz eu o levaria de barco para fora do inferno e entregaria a sua alma no paraíso — ela disse rindo.

— Como na obra de Dante.

— Como em Dante. Sairia dos infernos e salvaria sua alma.

— Você já me tirou dos infernos pessoais inúmeras vezes. E quando mostrou minha verdade no fundo da xícara de chá na livraria, assustei-me e temi que assustasse Violeta também. Você veio a mim com tantos nomes, que eu não conseguiria memorizá-los. No início imaginei ingenuamente que fosse a morte, mas depois retornou como o balseiro, pronto a me levar pelas águas do sonho. Você me mostrou o que é e o que não é o destino. Gosto mesmo de chamá-la: "Minha menininha".

— Então, diga-me o que o destino foi para a sua vida, desde o dia em que nos vimos.

Soltei uma gargalhada, balancei a cabeça de felicidade, acesa nas células do corpo como tochas iluminando a noite. E lhe disse que o mais importante foi cumprir uma vida inteira, da mesma maneira como devo cumprir minha partida deste mundo. Viver o destino sem se preocupar com ele. Pensando assim, deixarei o destino viver a sua própria vida e partirei com dignidade e sem ressentimentos, rancores ou qualquer queixa trazida desta vida. Mergulhei no último vazio da minha alma, até que nada mais existisse. A existência se mostrou sem subterfúgios, veio a mim como as ondas do mar empurram as ondas. Veio a consciência de minha natureza. Não escuto mais o eco dos fantasmas, nem o medo me é hostil, afasto os temores da morte e seguro a foice que ceifa as cabeças. Sei quando devo morrer. Aqui estou.

A experiência se tornará eterna num raio de luz, deixada para trás ao passar velozmente pelo canto dos olhos, e quando ao meu lado ela partir da mesma maneira como chegou, uma centelha de luz cobrirá meu corpo. Nesta noite meu corpo se erguerá das camadas da matéria, serei fecundado no ventre da terra.

A flor tem medo da morte, mas ela é um ser inconsciente, dorme profundamente, podemos perdoá-la por isso. Mas os homens estão despertos e têm consciência de que a vida chegará ao seu final como a minha chegou.

Só que a preocupação e o medo não se resumem no destino da morte, mas no abandono de viver intensamente todos os dias. Daí tomar consciência do destino, é viver cada dia como se fosse o último.

Nascemos livres e passamos a vida atrás da liberdade, o que nos angustia. Crateras abrem sob nossos pés com a iniciativa de nos abandonar. Descemos solitários até o lugar mais ermo, onde o vazio da existência nos aguarda de punhos erguidos, pronto as nos esmagar, como se abatesse uma mosca sobre a mesa. Nestes anos conheci muitas pessoas que continuam adiando a vida e são esmagadas pelo medo como eu fui.

Comentei com a menininha, que me ouvia atentamente ao meu lado na cama, depositando os olhos miúdos e inocentes sobre o meu rosto envelhecido. Uma gota de água nos ensina que a vida transborda de felicidade como as águas descem a correnteza do rio, trazendo a margem à beleza da vida. Os pássaros também nos ensinam quando alimentam seus filhotes no ninho e os deixam livres para darem os primeiros voos, mesmo que estes caiam precipitadamente.

O mistério de viver é tão rápido e efêmero, que um instante parece se eternizar. É um tempo de desencontro sutil entre as pessoas, uns perdem a esperança e outros ganham a experiência.

O fio das Senhoras do Destino é feito de tramas perfeitas, na medida exata da intimidade do que somos, mas inesperadamente alguém surge, e em algum momento desaparece do caminho. A vida é esse inesperado do tempo da intimidade e passa com tanta pressa, que nos deixa para trás. Enquanto tantas pessoas estão ocupadas, sem tempo de viver, eu me ocupo distraidamente de nada fazer. Sinto-me no Cosmos, no precipício de estrelas reluzentes, pendurado na ponta da lua numa brincadeira pueril no início da existência.

A vida é feita do mesmo material que o universo elaborou para o sonho. O sonho é tão mais real do que a vida. Você sonha e nunca duvida quando dorme profundamente. Porém, não temos certeza da realidade quando estamos despertos.

Para sonhar basta dormir e não há dúvidas quanto a isso, mas para viver a realidade, estar acordado não é o suficiente, porque eu duvido do amor, da alegria, da felicidade, da esperança e da compaixão. Não sou seguro dos meus sentimentos e nem das relações que mantenho com pessoas, mesmo daquelas que eu amo.

O sonho é mais real do que a realidade. Isso me é seguro. O destino é um sonho real criado para viver até o último suspiro. Talvez você e eu, aqui sentados, sejamos juntos um sonho acordado. Ao sonhar você não tem medo e não duvida do que está acontecendo, simplesmente fecha os olhos e sonha. A liberdade nasceu de um sonho com quem o sonhador se deita.

— Trouxe até você alguns sonhos? — a menininha perguntou atenta.

— Sim. Você me trouxe a verdade sobre o mundo — disse em tom de agradecimento. — E levou-me a viver a sensibilidade. Fez-me acreditar na minha emoção e na força da fé, retirou o véu dos meus sentidos. Revelou-me um mundo inteiro, e de um homem foi feito todos os homens que se equivaliam. Você se tornou a minha intuição, a minha esperança, segurou na minha mão nos momentos mais difíceis que eu enfrentei na vida.

— Como você se sente hoje?

— Feliz e preparado para uma nova vida, outro sonho. O choque das ondas fez-me acordar para o sonho. Agora a lua deixou o sol brilhar, o eclipse acabou. Amanhã estarei renascendo junto com você. Finalmente, serei livre.

— Como foi que você se eternizou?

Olho para a menininha e respondo:

— Do mesmo modo quando você acorda e o sonho se torna a realidade que se desmancha na sua frente como a borracha queimada pelo fogo se desfaz inteira. Quando o eclipse lá fora terminar completamente, acordarei em outra realidade e tudo se tornará real. E aquilo que eu achei que fosse o meu mundo real, preso por este corpo físico, passará a ser um sonho.

Levei a mão ao peito e sorri, disse que ao realizar a minha missão neste mundo, notei que não precisava ficar mais por aqui. Deixaria meu lugar para que outros cumpram seu destino. Poderia ir embora sem ressentimentos, sair da vida da mesma maneira que cheguei: feliz e alegre como uma criança que vem ao mundo.

Poderia dizer que a felicidade nunca morre e dela se retira o sonho e o sonhador ao mergulhar nas águas do devaneio, em seu estado fluido, escorregadio, avança na consciência do mundo, sem que o sonho seja apanhado por mãos fechadas, vagas e despropositadas. Onde ele está? Onde ele vive?

Ele simplesmente se esvai entre os dedos como meu corpo se despede desta vida.

Descobri com o poder das minhas lembranças, que as experiências pelas quais eu passei e que passaram por mim, contribuíram para transformar "algo" em eterno. E esse "algo eterno", torna-me vivo ao colocar-me para além do alcance da morte.

Peço a bênção do Cosmos para a minha vida que começa a partir de hoje. Sinto um amor entregue como numa carta anônima em baixo da porta.

A menina observou-me com os olhos grandes e estendeu sua mãozinha, dizendo pela última vez:

— Está na hora de escrever o livro — ela me passou o livro em branco "Señoras del Tiempo", deixado sobre a mesa dos remédios.

Naquele momento algo me transportou para o instante inicial em que onde tudo começou. Enxerguei nitidamente a minha imagem em pé diante da janela do quarto e logo depois estava deitado na cama sonhando. Era a cena do início da minha busca, retomei a vida para aquele instante na casa de praia, para aquele livro pendurado na estante atrás da cama. Ele saltou diante dos meus olhos, a carta da minha avó escrita em húngaro caiu aos meus pés, sentei-me no sofá e a li quando era um jovem no dia do meu aniversário. E no disparado de um flash, fui tomado pelo espetacular salto quântico. Percebi que tempo-espaço, partícula e onda, mente e espírito são limites exclusivos do pensamento. Finalmente, descobri que: vida e morte são duas faces de uma única realidade, dois lados da mesma moeda.

O que importa é ver a liberdade transformada num jarro de flores no centro da mesa, regadas por gotas sobre a toalha de linho e um inseto pousado suave na última pétala amarela caída, depois alçando voo e zunindo de bater as minúsculas asas freneticamente, anunciando o verão. Tocou-me a beleza única e indescritível de todas as coisas.

A garotinha entregou-me a caneta retirada em cima do móvel ao meu lado. Apoiei o livro sobre as pernas sentado na cama e escrevi atento, anotando as ideias que surgiam a mente, com a intenção de deixar para o destino a minha história. E sem que qualquer controle sobre as palavras estivesse ao meu alcance, elas se criaram, exatamente como deveria ser. E assim foi escrito:

Capítulo 1 · O Destino começa aqui

SEGREDO DO DESTINO

14 de Janeiro de 2008 23 h31min

É tarde da noite. Chego à casa de praia. A pasta de trabalho é deixada na mesa do quarto. O relógio na parede marca o avanço do tempo. O inesperado sobressalta os costumes e rompe a rotina que me é familiar.

Vejo a vida jogando com dados viciados. Os erros se repetem. Vivo de perdas, desatento aos sinais. Tenho feito escolhas equivocadas que corrompem a vida. O caos controla a ordem dos acontecimentos, ainda assim as lembranças se espalham nos cantos da casa e duas verdades me surpreendem: a primeira foi um sopro de ar que insuflou as narinas e me fez nascer; e a segunda é que morrerei. Nesse instante me vi morto na cama.

O corpo esfria imerso num cubo de gelo. Adentro no túnel de névoa fria e atravesso a escuridão, uma cegueira alvacenta embaça a visão.

Abro um espaço com os dedos entre os vãos da persiana na janela do quarto. Observo a bruma erguida atrás das árvores, há uma coruja que pia ruidosa, acasalando no galho; o céu se cobre com uma manta escura, bordada por pontos luminosos; a cadeira de balanço na varanda é arrastada pelo vento; cavidades se abrem no mar, atrai a vida que repousa na areia; o sal salta a boca e a orla negra estica a praia, quebrando a linha divisória do oceano, enquanto uma carga perdida flutua isolada nas ondas à deriva. Tudo é movimento.

E quando algo além do meu alcance me toca, sou tomado por uma intensa imobilidade.

Deito na cama e observo o teto do quarto, acompanho o ventilador com os olhos girando. O calor é intenso e a respiração profunda. As pálpebras pesam. Suspiro de olhos fechados. Imagens surgem como paisagens passando em velocidade no vidro do automóvel.

De súbito irrompe o bizarro desejo de viver obcecadamente. Mas a morte é obcecada pela vida. Esbarro nos limites da existência. E enquanto espero por um telefonema, o destino cruza o meu caminho após tantos anos e me observa com ares de quem conhece o futuro.

Retomo a respiração e sou levado por uma estranha sensação ao escrever a primeira página deste livro...

IMPRESSO NA GRÁFICA sumago

sumago gráfica editorial ltda
rua itauna, 789 vila maria
02111-031 são paulo sp
tel e fax 11 **2955 5636**
sumago@sumago.com.br